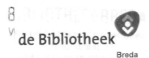

Helen Vreeswijk

Loverboys

Manteau

*Loverboys is een op waarheid gebaseerd misdaadverhaal. De
namen van personen zijn veranderd en enkele gebeurtenissen en
details zijn aangepast. Iedere gelijkenis met bestaande personen
berust op louter toeval.*

www.helenvreeswijk.nl
helenvreeswijk.hyves.nl

© 2005 Uitgeverij Manteau / Standaard Uitgeverij en Helen Vreeswijk
Standaard Uitgeverij nv, Mechelsesteenweg 203, B-2018 Antwerpen
www.manteau.be
info@manteau.be

Omslagontwerp: Wil Immink
Vormgeving binnenwerk: 508 Grafische Produkties BV, Valkenburg a/d Geul

VOOR BELGIË:
ISBN 978 90 223 2465 3
D/2009/0034/497

VOOR NEDERLAND:
ISBN 978 90 223 2443 1
D/2009/0034/492

NUR 285

1

Met een ontevreden gezicht bestudeerde Lisa haar
spiegelbeeld. Alles zat tegen vandaag. Ze had een nieuw
puistje naast haar neus ontdekt, haar favoriete blouse leek
gekrompen: hij knelde onder haar oksels. Haar spijkerbroek
flodderde langs haar benen en tot overmaat van ramp bleven
haar haren niet zitten zoals zij dat wilde. Ze vloekte binnensmonds en trok met een wild gebaar voor de vierde maal het
elastiek uit haar haren. Als een zwaar gordijn bedekten de
lange, gitzwarte haren haar smalle schouders. Verschrikkelijk,
mompelde ze in zichzelf. Ik lijk wel tien met die haren in een
staart. Misschien kan ik het beter opsteken of...
'Lisa... Lisa!' Mevrouw Aldra's stem klonk onderaan de trap.
'Schiet nou toch op. Je komt straks weer te laat op school. Het
is elke dag hetzelfde liedje. Ik word doodziek van je getreuzel.'
'Het valt ook niet mee om iets normaals uit mijn kledingkast
te trekken', brulde Lisa terug. 'En met zo'n truttig kapsel kan
ik ook geen kant op.'
Ze smeet de borstel op het bed, liep met grote passen haar
slaapkamer uit en stampte de trap af.
'Je haren zijn prachtig en wat je kleren betreft...' antwoordde
mevrouw Aldra.

'Die zijn uit het jaar nul', maakte Lisa de zin af. Ze leunde tegen de deurpost en keek haar moeder nukkig aan.

'Ik hoor het al', zuchtte mevrouw Aldra. 'Je hebt een rothumeur. Slecht geslapen?'

'Dat heeft er niets mee te maken. Kijk dan zelf. Ik zie er toch niet uit als een vijftienjarige.'

'Je ziet er keurig uit.'

'Ik wil er niet keurig uitzien. Keurig is uit de mode. Ik wil opvallen en stoere kleding dragen. Ik heb het over versleten spijkerbroeken, een piercing in mijn navel of een gave ring door mijn wenkbrauw, net als Sonja.'

Mevrouw Aldra lachte schamper. 'Geen sprake van.' Ze schoof een plastic broodtrommel over het aanrechtblad.

'Wat is dat?'

'Je brood natuurlijk. De broodzakjes zijn op, daarom heb ik je brood in een trommeltje gedaan.'

'Een trommeltje?' Lisa's stem sloeg over. 'Ik zie me al lopen met dat domme ding. Daar begin ik echt niet aan. Geef me maar vijf euro, dan haal ik wel iets in de kantine.'

'Wat een flauwekul! Dat kost handen vol met geld.'

'Geld, geld... Je zeurt altijd over geld. Als ik iets wil en het kost geld, dan mag het nooit', sneerde Lisa terwijl ze de broodtrommel van het aanrecht graaide. Driftig trok ze de rits van haar rugtas open en propte de broodtrommel erin.

'Dat komt omdat we niet veel geld hebben', antwoordde moeder nuchter. 'Ik moet het alleen verdienen. En ik denk dat het allemaal wel best meevalt. Je overdrijft weer zoals gewoonlijk. We hebben het niet slecht.'

'O, nee?' riep Lisa fel. 'Kijk nou eens wat jij aan hebt. Die jurk is al 100 jaar oud. Je gaat al eeuwen niet meer met de mode mee. Misschien is dat de reden waarom je geen man kunt krijgen.'

Mevrouw Aldra strekte haar rug en keek haar dochter donker aan. Haar stem werd koel. 'Ik denk dat het beter is dat je nú naar school gaat.'
'Dat denk ik ook', snoof Lisa. Ze gooide de rugtas over haar schouder en beende de keuken uit. Met een dreun viel de voordeur in het slot.

Lisa voelde zich rot. Ze had die laatste opmerking beter niet kunnen maken. Maar het floepte eruit voordat ze er erg in had. Ze maakte constant ruzie met haar moeder, die haar elke dag heviger leek te irriteren. Dat kwam omdat ze haar vader zo vreselijk miste. Sinds hij in een flatje in Amsterdam woonde, zag ze hem nog zelden. Hij had een zwak voor vrouwen en telkens werd hij opnieuw verliefd. Tot viermaal toe had hij zijn gezin verlaten voor een andere vrouw. En tot viermaal toe kwam hij na maanden weer terug. Na vrouw nummer vijf was vader niet langer welkom. Lisa had moeder gesmeekt om het weer goed te maken. Maar haar moeder was onverbiddelijk: hij kwam er niet meer in. Door moeders starre houding veranderde alles. Vader weigerde om alimentatie te betalen en moeder moest gaan werken bij de spoorwegen. Lisa slaakte een diepe en pijnlijke zucht. Moeder ging nachtdiensten draaien waardoor ze overdag thuis was voor Lisa en Bart. Halverwege de ochtend tot ver in de middag sliep ze en na het avondeten ging ze de deur uit om te werken. Dan bleef Lisa alleen met haar broertje Bart, die net elf was. Lisa vond dat haar leven alleen nog maar bestond uit school, thuis huiswerk maken en op haar broertje passen. Er was nog weinig tijd voor plezier. Moeder had vader gewoon moeten vergeven. Hij was toch weer teruggekomen? Ze had haar stomme trots moeten inslikken, desnoods voor haar kinderen. Traag reed Lisa het schoolplein op. Ze zette haar fiets in het fietsenrek en stapte over het lege schoolplein het gebouw binnen. Lisa klopte op de deur van de administratie en mevrouw De Vries keek op van haar schrijfwerk.

Automatisch gleden haar ogen naar de klok boven de deur. 'Lisa Aldra... zo zie ik je nooit en dan twee keer deze week. Waarom ben je zo laat?' Lisa trok onverschillig haar schouders op. 'Gewoon... te laat.'

'Nou, dan heb je jezelf behoorlijk overtroffen. Ruim twintig minuten te laat... Mag ik je kaart even.'

Lisa viste de kaart uit haar jaszak en schoof die naar de vrouw toe.

De vrouw drukte een stempel in een leeg vak. 'Dit is je tweede rode stempel. Je weet het: bij drie stempels nablijven op een vrije middag.'

Met een vluchtig lachje grabbelde Lisa de kaart van het bureau. 'Ja, mevrouw', zei ze gedwee.

De pauze was aangebroken. In verschillende groepjes hadden de leerlingen van het Sint-Maartencollege zich verzameld op het schoolplein. Lisa en Kelly zaten met hun ruggen tegen de muur en deelden samen een blikje cola. '...en wat zei je moeder toen?' wilde Kelly tussen twee slokken door weten. 'Niks.'

'Niks? Onwijs, mijn moeder zou totaal flippen. Maar mijn moeder flipt om elk klein dingetje wat ik doe, tenminste als ze thuis is.'

Lisa trok even spottend haar wenkbrauw op. 'Klein dingetje? Geld uit haar portemonnee stelen noem ik niet...' Het laatste slikte ze snel in toen ze Fatiha met haar twee vriendinnen in het kielzog, hun richting uit zag komen.

'Daar heb je die schreeuwlelijk', waarschuwde ze Kelly.

Kelly volgde haar blik en toen ze de meisjes zag aankomen glimlachte ze van oor tot oor. 'Fatiha is best aardig.'

'Ik vind haar maar een uitsloofster', siste Lisa tussen haar tanden.

'Hoe is 'ie meiden, ik zocht jullie', zei Fatiha terwijl ze een paar fikse trekken van haar sigaret nam.

'Saai maar nog steeds in leven', antwoordde Kelly. Lisa zweeg en keek langs het meisje heen het schoolplein over.

'Sigaret?' Zonder het antwoord af te wachten wierp Fatiha de meisjes een sigaret in hun schoot. Lisa schudde haar hoofd en stak de sigaret in de lucht. 'Ik rook niet', verklaarde ze kortaf.

'Gaan jullie vanmiddag mee de stad in? Lekker de beest uit hangen, lekker shoppen?' vroeg Fatiha terwijl ze de geweigerde sigaret terug in het pakje stopte.

'Ja, leuk', riep Kelly en enthousiast porde ze Lisa in de zij. 'Kunnen we lachen.'

Lisa schudde haar hoofd en snauwde: 'Ik heb geen geld, ga jij maar alleen.'

'Hé, doe niet zo flauw. Als jij niet gaat, ga ik ook niet', meesmuilde Kelly. 'Kom nou, wees nou geen spelbreker.'

'Heb jij geld dan? Ik dacht dat jij na dat akkefietje met die portemonnee al weken geen zakgeld meer kreeg', antwoordde Lisa sarcastisch.

'Ja, eh... Gatver wat ben jij ongelofelijk saai', beet Kelly terug. Geïrriteerd stak ze de sigaret aan en inhaleerde diep.

'Je hebt toch geen geld nodig', hinnikte Fatiha terwijl ze veelbetekenend in het rond keek. 'Ik kom altijd met iets leuks thuis en betaal daar geen euro voor.'

'Hebben we het hier over stelen?' vroeg Lisa achterdochtig.

'Whooo.' De ogen van Kelly glinsterden en met veel ontzag

keek ze naar Fatiha op. 'Dat lijkt me reuze spannend. We gaan mee', besliste ze.

'Jezus, Kelly! Daar doe ik echt niet aan mee', grauwde Lisa. Met een boos gezicht keek ze Fatiha aan.

'Mens, wat zeur je nou? We kijken toch alleen maar hoe zíj het doen. We gaan mee!' Uitdagend blies Kelly de prikkelende rook in het nors uitziende gezicht van haar vriendin. Deze wapperde boos de rook uiteen en stemde met tegenzin in. 'Oké... alleen maar kijken.'

Lisa wist drommels goed waar Fatiha mee bezig was. Ze probeerde haar beste vriendin van haar af te pakken. En om indruk te maken bedacht het wicht allerlei stoere verhalen over stelen, roken en jongens, zodat zij als een watje overkwam. Maar Kelly was háár vriendin... Ze zou laten zien dat de verhalen van Fatiha allemaal gebakken lucht waren. De bel klonk en de leerlingen kwamen langzaam in beweging.

Na schooltijd fietsten Lisa, Kelly, Fatiha en Jasmin naar de stad. Ze parkeerden de fietsen in een steeg en liepen de stad in. 'We gaan naar het groot warenhuis want daar is het altijd druk met mensen en ze hebben weinig personeel. Daar word je nooit gesnapt', beweerde Fatiha.

'Gesnapt?' Daar had Lisa nog niet bij stilgestaan en Kelly waarschijnlijk ook niet. Ze keek Kelly zijdelings aan maar zij had alleen nog maar oog voor Fatiha. Opgewonden dribbelde Kelly achter Fatiha aan. Voor het warenhuis hielden ze halt. 'Wat willen jullie hebben', bedisselde Fatiha. 'Nagellak, oogschaduw, lippenstift?'

'Niets!' weerde Lisa af. Waarschuwend keek ze naar Kelly. 'Dat was de afspraak.'

8

'Doe niet zo truttig', vloog Fatiha op. Ze wendde zich tot Kelly. 'Nou, wat heb je nodig?'

'Nagellak', antwoordde Kelly, de stomp van Lisa negerend. Het viertal ging naar binnen. Achter de bakken met herenondergoed en sokken observeerden Kelly en Lisa de twee meisjes die quasi-nonchalant door de winkel slenterden. Bij de rekken met nagellak bleven ze staan. Fatiha speurde in het rond en knikte toen naar Jasmin. Jasmin liet snel iets in haar jaszak glijden, draaide zich om en verliet de winkel. Op het plein, enkele meters van het warenhuis stonden ze op elkaar te wachten. 'Dat ging gemakkelijk', riep Kelly enthousiast terwijl ze het flesje met nagellak bekeek. Haar wangen gloeiden en haar ogen fonkelden uitdagend. 'Echt doodgemakkelijk.'

'Ik zei het toch, kinderspel. Probeer het maar dan sta ik op de uitkijk', stelde Fatiha voor.

'Nee! Kom nou. We zouden alleen maar kijken. Kelly!' riep Lisa verontwaardigd.

'Zeg, ben jij haar moeder of zo?' bitste Fatiha. 'Als jij te laf bent, is dat jouw zaak. Leef je eigen leven.'

Lisa vernauwde haar ogen en beet op haar onderlip, ze was even van slag. 'Trut', gromde ze zacht. Ze zocht met haar ogen steun bij Kelly, die stom stond te giechelen. Lisa was gekwetst. Haar vriendin heulde met de vijand. Ze voelde een drang om te bewijzen dat ze ook lef had. Dat ze geen tweederangstrutje was. Ze wilde indruk maken, een verpletterende indruk, zodat het voor eens en altijd duidelijk was dat ze veel interessanter was dan Fatiha.

'Ik steel zelf wel iets', riep Lisa plotseling heftig. Ze schrok van haar eigen woorden maar riep: 'En niet uit een warenhuis, daar is niets aan. Dat kan elke boerentrut.' Ze keek Fatiha uitdagend aan en liep toen met een strak gezicht de winkelstraat door.

'Kom Kelly...' Ze beende een kledingwinkel binnen en keek nauwelijks op of om. Haar hart roffelde in haar borst, haar keel was droog en de zenuwen gierden door haar keel. Ze liet niets merken. Haar handen trilden toen ze twee blouses uit het rek trok. Ze blikte nerveus over haar schouder de winkel door. Er waren geen klanten en de caissière was druk bezig enkele kledingstukken van een prijskaartje te voorzien. Op het moment dat de vrouw bukte stak Lisa bliksemsnel de blouses onder haar shirt. Angstzweet liep in straaltjes langs haar rug. Ze draaide zich om en liep met grote stappen naar de uitgang. Haar voeten gingen steeds sneller en op het laatst holde ze de zaak uit, nagestaard door een verblufte Kelly. Ze rende zo hard ze kon het plein over, de winkelstraat uit, naar de steeg waar de fietsen stonden. Daar leunde ze buiten adem en met een vuurrood hoofd tegen de muur. Ze voelde zich misselijk maar haar hart zwol op van triomf. Het was haar gelukt. Ze had die stomme meiden laten zien dat ze niet laf was. Dít durfde zelfs Fatiha niet.

Kelly kwam als eerste de steeg in rennen. Joelend sloeg ze haar armen om Lisa heen. 'Jij bent hartstikke gek. Je was geweldig.' En tegen Fatiha en Jasmin die nu ook hijgend in de steeg stonden: 'Was ze niet geweldig? Onwijs cool...'

De twee meisjes knikten.

'Cool', herhaalde Fatiha met tegenzin. Haar ogen flikkerden kwaadaardig.

Lisa haalde haar buit tevoorschijn en duwde een van de blouses in Kelly's handen.

'Hier... deze heb ik voor jou meegenomen', zei ze schor. Haar stem trilde van emotie. 'Dat is lief', kirde Kelly

dankbaar. Ze hield de blouse onder haar kin en paradeerde
door de steeg.

'Stop het ding in je tas', reageerde Lisa heftig. Angst borrelde
omhoog. Schichtig gluurde ze vanuit de steeg de winkelstraat
in terwijl ze met een nerveus gebaar probeerde de blouse uit
Kelly's handen te slaan. 'De hele wereld hoeft het niet te
weten. Laten we gaan.'

Kelly giechelde en haalde onverschillig haar schouders op. De
blouses verdwenen in de rugtassen en de meisjes sprongen op
hun fietsen.

'We komen langs het café van mijn oom, daar kunnen we iets
drinken', opperde Fatiha. 'Hierin...' Ze wees en zwenkte de
zijstraat in. De meisjes volgden.

Het viertal nam plaats aan een tafeltje voor het raam en
bestelde cola. De buit werd op de tafel uitgestald en ging van
hand tot hand. Lisa gluurde ongemakkelijk over haar glas naar
de meisjes. Waar was ze aan begonnen? Hoe kon ze zich zo
gek laten maken? Stel dat dit uitlekte, stel dat haar moeder het
kreeg te horen, stel... 'Jullie mogen aan niemand iets vertellen',
fluisterde ze plotseling. 'Ik heb al genoeg problemen thuis.'
'Natuurlijk houden we onze mond, het blijft een geheim',
suste Fatiha. 'Toch?' Ze keek de andere meisjes bazig aan.
Deze knikten slaafs. Lisa haalde diep adem en nipte aan haar
cola.

Haar blik dwaalde door het vertrek en daar zag ze de jongen
voor het eerst. Hij stond aan de bar, met een sigaret in zijn
hand. Ze staarde naar hem. Naar zijn hoekige gezicht, naar de
donkere gloed in zijn haren, naar zijn gespierde armen. De
jongen grijnsde en nam een trek van zijn sigaret. Plotseling
knipoogde hij. Met een rood hoofd wendde Lisa haar ogen af

en frunnikte aan haar nagels. Vanuit haar ooghoek zag ze de jongen naderen. 'Fatiha?' zei hij, toen hij dichterbij kwam. 'Wie zijn deze beeldschone dames?'

Hij had een aangename stem en een licht accent. 'Dit zijn Lisa en Kelly, ze zitten bij mij op school', antwoordde Fatiha. Er dansten pretlichtjes in zijn ogen, maar zijn mond bleef ernstig. Hij stak zijn hand uit en keek Lisa met zijn donkere ogen strak aan. 'Ik heet Mo', stelde hij zich voor.

Lisa staarde verward naar zijn hand en had het gevoel een eind boven de grond te zweven. Ze aarzelde even, maar legde toen de hare erin. Hij kneep zachtjes in haar hand en liet toen los. Kelly kreeg een hand, en ook zij staarde hem aan.

'Ik ben een vriend van Fatiha', zong zijn stem.

'O', stamelde Lisa en bedacht meteen hoe onnozel dat klonk.

'En wij zijn vriendinnen van Fatiha', kirde Kelly. Lisa knikte instemmend.

Mo glimlachte zijn witte tanden bloot en zei: 'Vrienden van Fatiha zijn mijn vrienden.' Zijn ogen gingen terug naar Lisa en bleven haar doordringend aankijken. Een warme gloed stroomde door haar heen. Die ogen... die prachtige ogen.

'Ik zie dat de dames hebben geshopt?' Zijn stem klonk sarcastisch, zelfs een tikkeltje samenzweerderig. Lisa schrok en staarde Fatiha vertwijfeld aan.

'Het zat ineens in onze tassen en hoe het daar komt...?' antwoordde Fatiha bijdehand. Ze haalde haar schouders op. 'Ik zou het echt niet weten. We willen niet ondankbaar overkomen dus houden we het maar.'

Mo gooide zijn hoofd achterin zijn nek en barstte in lachen uit. 'Jullie zijn gevaarlijke grieten', bulderde hij.

Lisa voelde zich opgelaten; ze wist niet of ze ernstig moest kijken of lachen.

Ze besloot het laatste. Binnen enkele seconden lagen de meisjes gierend over de tafel.

'Gevaarlijk', herhaalde Mo lachend. Hij draaide zich om en ging terug naar de plek aan de bar. Een man kroop naast Mo op een lege kruk en boog zich nieuwsgierig naar hem toe. Mo mompelde iets tegen de man, die vervolgens de meisjes taxerend opnam. De man grijnsde en zwaaide met zijn hand door de lucht. Hij was klein en breedgeschouderd, wat hem de uitstraling gaf van een gorilla. De hand van Fatiha ging omhoog terwijl ze tegen de meisjes zei: 'Dat is mijn neef Ramon.'

Tien over zes plofte Lisa op de eetkamerstoel. Geïrriteerd tikte mevrouw Aldra op haar polshorloge. 'Waar bleef je nou? Je weet toch dat ik om halfzeven de deur uit moet om te werken. Ik vind het prettig als we met zijn drieën eten. Dat is hét moment dat we als gezin bij elkaar zijn en dingen bespreken. Ik zie jullie al zo weinig door die rotdiensten die ik draai. Nu zit jij alleen aan tafel en dat vind ik vervelend. Waar heb je de hele middag uitgehangen?'

'Ik heb bij Kelly mijn huiswerk gemaakt en niet op de tijd gelet', loog ze. 'Sorry.'

'Ja, ja', mompelde mevrouw Aldra terwijl ze een glas melk voor haar dochter inschonk. Na een blik op haar horloge zei ze: 'We hebben nog een kwartier om wat bij te kletsen.' Ze glimlachte. 'Laten we die paar minuten maar niet verpesten door geruzie. Hoe was jouw dag?'

'O... gewoon. Niks bijzonders', antwoordde Lisa.

2

'Goedemorgen.' De stem klok vrolijk en opgewekt.

Mevrouw Aldra keek op toen Lisa de keuken binnenstapte.

'Ook een goedemorgen, lieverd. Hoe kom jij aan die blouse?'
wilde ze weten.

'Heb ik geleend van Kelly.' Lisa probeerde een nuchtere toon
in haar stem te leggen.

Ze had die vraag wel verwacht en had voor de spiegel
geoefend op het antwoord.

'Lenen jullie tegenwoordig kleren uit?'

'Waarom niet? Kelly heeft zat en ik niet.'

Moeder negeerde de sarcastische opmerking en glimlachte
minzaam. 'Hij staat je beeldig. Wees er in hemelsnaam wel
zuinig op. Het is tenslotte van iemand anders.'

'Tuurlijk.'

'Neem je geen boterham?' Ze schoof het bord over de tafel
naar Lisa toe.

'Ik heb geen trek.'

'Je moet toch echt wat eten, meisje, dat is beter voor je
concentratie', beweerde moeder terwijl ze uit haar stoel
omhoog kwam.

'Bart, het is al halfacht', brulde ze onder aan de trap. 'Maak voort, je komt te laat op school.' Ze kwam de keuken weer binnen sloffen en observeerde haar dochter.

'Wat', snerpte Lisa vijandig. Ze kreeg altijd de kriebels als moeder haar zo aanstaarde.

'Je hebt overdreven veel poeder op je gezicht.'

'Dat is om mijn puistjes te camoufleren. Ik zit helemaal onder.'

'Volgens mij valt dat wel mee.'

'Niet! Mijn gezicht lijkt op een boterham met hagelslag.'

Mevrouw Aldra schoot in de lach en liet zich hoofdschuddend op de eetkamerstoel zakken. 'Door al dat poeder valt het juist op. Je lijkt wel een clown.'

'Welja, maak me maar weer belachelijk', riep Lisa met overslaande stem. Haar mondhoek begon te trillen.

'Liefje, ik zeg het echt niet om...'

'Laat me toch met rust, let niet zo op me', beet Lisa haar moeder toe.

Verbolgen stampte ze de keuken uit. Mevrouw Aldra zuchtte diep, het was een wanhopige zucht en het leek vanuit haar tenen te komen.

Het schoolplein van het Sint-Maartencollege werd doormidden gedeeld door een brede streep schaduw en een gevelzijde van zon. In de lunchpauze zaten de meeste leerlingen in een lange sliert, zij aan zij, tegen de muur, genietend van de zon. Lisa was net van plan om een hap uit haar boterham te nemen toen ze Fatiha op haar af zag komen. 'Dat kreng gaat ons toch niet elke pauze lastigvallen?' mopperde ze half in zichzelf. Ze gooide de boterham terug in de broodtrommel: haar eetlust was totaal bedorven. Fatiha stopte en lachte geheimzinnig. Ze haalde een pakje sigaretten tevoorschijn en stak deze uitnodigend onder Lisa's neus.

'O, nee,' zei ze zoetsappig, 'jij rookt niet.'

Met een sigaret tussen de tanden liet ze zich tussen Kelly en Lisa op de grond zakken. Ze porde Lisa in haar zij. 'Mo wil je spreken.'

Lisa verstijfde en staarde de indringster met open mond aan. 'Waarom?' stamelde ze. Ze keek onzeker naar Kelly die met een nors gezicht terug keek.

'Ga dat zelf maar vragen', antwoordde Fatiha en ze knikte met haar hoofd naar de uitgang. 'Hij staat op je te wachten.'

Ze zag hem staan, nonchalant tegen zijn auto geleund. Hij wenkte en schoot een sigarettenpeuk de straat op. Verwarring en ongeloof vochten van binnen om voorrang. Wat wilde hij van haar? Wat was dit voor een jongen?

Hij gebaarde weer. 'Ga dan.' Fatiha gaf haar een zet.

Langzaam kwam Lisa overeind en liep naar hem toe. Ze keek hem met grote vragende ogen aan, zonder iets te zeggen. Hij raakte heel even haar hand aan toen hij zei: 'Kunnen we na schooltijd samen iets gaan drinken?' Zijn lach was betoverend.

'Wat?' stamelde ze onnozel. Ze nam hem op en was onzeker omdat ze niet wist of hij haar in de maling nam of niet.

'Ik wil je graag beter leren kennen. Ik vind je ontzettend mooi.'

Lisa hapte naar lucht en haar hart bonkte driftig tegen haar ribben.

'O...' mompelde ze beduusd en kon zichzelf wel voor het hoofd slaan. Stond ze daar stom te stotteren. Waarom kon ze geen zinnig woord meer uitbrengen? Het was zo'n simpele vraag. Hij boog zich voorover: zijn adem rook naar sigaretten. 'Is dat een ja?'

Lisa kon alleen nog maar stom knikken.

'Mooi, hoe laat zie ik je?'

'Halfvier...' fluisterde ze.

'Dan sta ik om halfvier hier op je te wachten.' Hij knipoogde, stapte in zijn auto en scheurde met hoge snelheid de straat uit. Verdoofd ging ze terug naar Kelly die haar met ogen vol jaloezie aankeek.

'Wat moest hij van je', wilde ze weten.

'Weet ik niet', antwoordde Lisa onnozel. 'We gaan iets drinken.'

De wijzers van de klok kropen tergend langzaam naar halfvier. Nerveus blikte Lisa om de vijf minuten op haar horloge, bedenkend waar ze met Mo over kon praten. Het was duidelijk dat hij ouder was, veel ouder. Wat voor interessants had ze hem te vertellen? Wat in hemelsnaam moest ze zeggen? 'Ik vind je ontzettend mooi', gonsden zijn woorden door haar hoofd. Ze beet op haar onderlip.

Halfvier. Aan de overkant van het schoolplein stond de donkerblauwe sportwagen van Mo geparkeerd. De ramen van het vehikel waren geopend en harde muziek rolde de straat op. Hij hing met zijn arm uit het raam en roffelde met zijn vingers op het portier. Zodra hij Lisa uit het gebouw zag komen, floot hij op zijn vingers waardoor ze zijn kant op keek. Een glimlach gleed over haar gezicht en bijna huppelend liep ze het schoolplein over. 'Fijn dat je met me mee gaat', zei hij. Galant hield hij het portier voor haar open. Ze liet zich in de witlederen passagierstoel zakken en keek uitdagend naar de meisjes die op afstand stonden te smoezen. De motor sloeg aan en de sportwagen trok op.

'Heb je een leuke dag gehad?' wilde hij weten zonder zijn ogen van het wegdek af te houden. Wild duwde hij de versnellingspook in de derde versnelling en gaf een extra dot gas.

'Gewoon. Het is dat ik naar school moet anders...'

Mo keek haar zijdelings aan en grijnsde. 'Ik weet wat je bedoelt, school is waardeloos.' Hij trok aan het stuur en de banden piepten in de bocht. Met een schok kwam de auto voor café Proost tot stilstand. 'Blijf nog even zitten', zei hij met een knipoog. Lenig kwam hij uit de auto, trok het portier voor Lisa open en stak zijn hand naar haar uit. Hij trok haar behulpzaam uit de stoel omhoog en begeleidde haar naar de deur. Ze voelde zijn hand in haar rug drukken toen ze het café binnenstapten.

'Laten we daar gaan zitten', zei hij. Hij gebaarde naar het tafeltje in de hoek. 'Wat wil je drinken? Een cola?'

Ze knikte bevestigend en wurmde zich langs de tafeltjes naar de aangewezen plek. Aan de bar verstomden de gesprekken en iedereen keek in haar richting. Ongemakkelijk frunnikte ze aan het tafelkleed en probeerde de nieuwsgierige blikken te negeren. Er klonk een stem: een donkere, bulderende mannenstem. 'Kijk voor je, nog nooit een meisje gezien? Schiet op!'

Het was de stem van Ramon die de vragende en brutale ogen tot de orde riep. Vriendelijk knikte hij haar toe. Ze knikte dankbaar terug.

Mo zette een glas cola en een fles bier op tafel en schoof zijn stoel dicht naast die van haar. Uit zijn jaszak haalde hij een pakje zware shag en stak het goedje in haar richting.

'Wil je er eentje van me roken?'

'Ik rook niet.'

'Vind je het erg als ik...'

'Nee, natuurlijk niet', antwoordde ze snel. Ze observeerde zijn handen die rap de shag in het vloeitje ronddraaide.

'Ik vond het verschrikkelijk', onderbrak hij plotseling de stilte. Ze schrok van zijn stem. 'Hoe bedoel je?'

'Het wachten...', herhaalde hij. 'Ik vond het wachten verschrikkelijk.' De sigaret plakte aan zijn lippen en wiebelde bij elk woord op en neer. 'Het leek een eeuwigheid te duren voordat het halfvier werd. Ik wilde je dolgraag weer zien.' Doordringend keek hij haar aan. Ze voelde dat ze rood werd en dat de kleur tot achter haar oren kroop. Allemachtig, ze wist nauwelijks wat ze moest antwoorden. 'Ja? Vervelend...' De woorden rolden onhandig uit haar mond. Vervelend... Hoe kon ze zoiets belachelijks antwoorden. Vervelend... Wat moest hij niet van haar denken? Ze gedroeg zich als een domme kip. Uit alle macht probeerde ze haar gevoelens, die als een woeste zee door haar lichaam golfden, onder controle te krijgen.

'Ik vind je ook erg aardig... eh nee... ik bedoel', stotterde ze en toen snel erachter aan: 'Hoe oud ben je?'

'Tweeëntwintig. Maar leeftijd is niet het belangrijkste, alles draait om gevoelens. Dat is wat telt, wat je hier voelt.' Ter verduidelijking tikte hij op zijn borst: de plek waar het hart zat.

'Dat is waar', beaamde ze. Er viel een ongemakkelijke stilte. Om zich een houding te geven nam ze een slok cola, maar het glas trilde in haar hand.

'Ik zie dat je je nieuwe blouse aan hebt. Hij staat je geweldig.' Ze glimlachte vaag.

'Heb je een vriend?' De sigaret gloeide op, en hij ademde de rook uit door zijn neusgaten.

'Nee.' Haar stem schoot uit en om de woorden kracht bij te zetten schudde ze driftig met het hoofd.

'Gelukkig maar', zei hij zacht. 'Ik hou namelijk niet van concurrentie.' Hij schonk haar zijn charmante glimlach en ze smolt.

De onzekerheid en verlegenheid die haar zo verkrampten, gleden van haar af. Ze lachte voluit. 'Wees maar niet jaloers,' suste ze, 'ik ben niet snel verliefd.'

Hij legde zijn hand op de hare en de aanraking bezorgde haar kippenvel.

'O, nee?' Hij trok een pruillip. 'Maak ik geen kans? En als ik mijn best doe?'

'Misschien als je écht je best doet dan...' antwoordde ze plagend.

Hij boog zich voorover, met zijn gezicht dicht bij het hare en zei zacht: 'Ik weet wel wat je wil.'

Ze keek in zijn ogen. Ze hadden een dwingende kracht waarvan ze zich niet kon losmaken. Toen kuste hij haar, boven op haar lippen. Hij kuste haar ogen, haar haren en toen weer vol op de mond. Even verstijfde ze maar uiteindelijk beantwoordde ze vol overgave zijn kussen.

Lisa zat gebogen aan de eethoektafel en dreunde de Duitse naamvallen, die ze morgen voor een toets moest kennen, uit haar aantekeningen hardop. '*Mit, nach, nei, seit, von, zu...*' Ze deed vergeefse pogingen om zich te concentreren. Maar telkens spookte het gezicht van Mo door haar hoofd. Ze was nog nooit zo verliefd geweest. Bij hem voelde ze zich zo anders, zo... volmaakt. Ze vond dat ze van geluk mocht spreken dat zo'n mooie jongen op haar verliefd was geworden. Hij kon tenslotte elk meisje krijgen dat hij wilde.

Lisa tuurde naar de tekst. De Duitse woordjes begonnen te dansen voor haar ogen en veranderden in langwerpige vlekken en puntjes. Ze sloeg de multomap dicht. Dit had geen nut, dacht ze. Ze ging eerst maar douchen en daarna, zodra ze haar gedachten weer onder controle had, verder met het leerwerk. Toen ze de kamer wilde uitlopen, hoorde ze een claxon door de straat klinken. Een schor en aanhoudend getoeter. Hij zou toch niet...? schoot het door haar heen. Hij had gevraagd waar ze woonde maar nee... Het idee leek belachelijk. Ze liep ze naar het raam en zocht de straat af. De tuinen van de eengezinswoningen werden spaarzaam verlicht door enkele straatlantaarns. De claxon klonk, een-, twee- tot driemaal toe. Aan de overkant van de straat floepten twee koplamplichten aan, uit, en weer aan. Een man sprong uit de auto en zwaaide met zijn armen door de lucht: het was Mo.

Lisa stormde de kamer uit, de hal in. Omdat ze niet te gretig wilde overkomen wachtte ze enkele seconden voordat ze de voordeur opentrok. 'Mo?' riep ze verrast naar de jongen, die met grote passen op haar afliep.

'Hallo, schoonheid.' Hij drukte een kus op haar wang. 'Ik kom je gezelschap houden. Je moeder is toch werken? Kijk...' Hij hield een plastic tasje omhoog. 'Ik heb een videootje gehuurd en wat lekkers gehaald.'

'Nee Mo, beter van niet. Ik bedoel, mijn moeder vindt het vast niet goed', zei Lisa gehaast en ze maakte een verontschuldigend gebaar. 'Mijn broertje is ook thuis en ik...'

'Er gebeurt niks. We gaan gewoon relaxed op de bank een film kijken.' Hij sloeg zijn armen om haar heen en keek haar smekend aan. 'Toe lieverd, ik wil graag bij je zijn, ik mis je zo.'

'Mo...' weerde Lisa zachtjes af. 'Mijn moeder springt op tilt als ze erachter komt dat ik jongens binnenlaat. Ik heb haar nog niets verteld over ons.'

'Je schaamt je toch niet voor mij', riep Mo geschrokken uit.

'Nee, natuurlijk niet. Doe niet zo idioot', antwoordde ze verontwaardigd. 'Maar mijn moeder is verschrikkelijk ouderwets. Ik moet zoiets eerst vragen, snap je. En Bart brieft het zeker door als ik het toch stiekem doe.'

Mo knikte begrijpend. 'Ik snap het wel. Soms kunnen ouders zo bezitterig doen, misschien een andere keer. Je moet me dan wel iets beloven anders ga ik niet weg.'

'Wat?'

'Dat je morgenavond mee gaat stappen. Dan vraag je Kelly ook mee voor Ramon. Heeft hij ook iemand om tegen te praten. Beloofd?' Lisa weifelde even maar toen ze in zijn smekende ogen keek, zwichtte ze.

'Oké, dat is goed', antwoordde ze. Hij mompelde iets onverstaanbaars en kuste haar op de lippen.

Na enkele minuten liet hij haar los en wreef over haar wang. 'Vergeet je Kelly niet te vragen? Ik kom je om een uur of acht ophalen.' Hij drukte nog een snelle kus op haar mond en beende de straat over naar zijn auto. Het portier zwaaide open en klapte weer dicht. Hij wierp haar een handkus toe en zoefde vervolgens de straat uit.

Ja, ze wist het nu zeker, ze mocht van geluk spreken met zo'n lieve jongen.

Ze liep het huis binnen en sloot langzaam de deur. Ze realiseerde zich dat ze een probleem had, een groot probleem. Want wat moest ze aantrekken? In paniek rende ze de trap op en trok, tegen beter weten in, haar kledingkast open. Ze beet op haar lip en liet een klagelijk gejammer horen. Niets wat in de kast hing, was geschikt voor een avondje uit met Mo. Ze kon onmogelijk met die kinderachtige troep aankomen. Hij zou een afknapper van haar krijgen. Waar haalde ze in hemelsnaam iets gepast vandaan? Koortsachtig dacht ze na. Misschien bood haar spaarpot redding en ze graaide het ding van de plank. De munten rolden over het bed en met een verhit hoofd begon ze te tellen. Drieëntwintig euro. Daar kocht ze nog geen broek van. Ze kon moeder om een voorschot op haar kledinggeld vragen of vader bellen en bij hem wat geld bietsen.

3

Vrijdagochtend, kwart over zeven. Neuriënd kwam Lisa de keuken binnen. Ze drukte een kus op moeders voorhoofd en schonk voor zichzelf een mok koffie in.

'Mam, vanavond ga ik met Kelly naar het schoolfeest, weet je nog? Dan ben ik laat thuis.'

Moeders ogen keken verbaasd over het randje van de mok, de wenkbrauwen schoten omhoog. 'Welk feest?' Ze zocht krampachtig in haar geheugen. De laatste maanden vergat ze steeds vaker dingen: boodschappen, afspraken, vergaderingen op het werk en laatst nog de verjaardag van haar broer Joost. Nu was ze weer het schoolfeest vergeten en natuurlijk had ze voor die avond geen oppas geregeld. Ze wreef vermoeid met haar hand over haar voorhoofd.

'Hé, mam', riep Lisa gemaakt. Ze rolde met haar ogen. 'Je bent ook zo verstrooid. Ik heb het twee weken geleden aan je verteld. Ik ga het nu echt niet meer afzeggen. Wat doe je nou met Bart?'

'Sorry, ik heb weer niet goed geluisterd. Maar geen nood, ik vraag de buurvrouw wel om op Bart te passen. Ga jij maar gezellig uit.'

Lisa kreeg het heet en koud en werd overspoeld door een

knagend schuldgevoel. Het was niet eerlijk dat ze misbruik maakte van moeders vergeetachtigheid. Ze wilde liever niet liegen maar ze zag geen andere oplossing. Wat maakte een zo'n klein leugentje ook uit? Had zij dan geen recht op plezier? En het feest was zo onverwachts, stel dat moeder geen oppas kon vinden. Dan ging het avondje stappen met Mo aan haar neus voorbij. Dan kon ze thuis blijven om op haar broer te passen. Nee, een klein leugentje moest kunnen. Ze negeerde het schuldgevoel en trok een neutraal gezicht.

'Ik wilde vandaag iets nieuws kopen, speciaal voor het feest. Kan ik een voorschot op mijn kledinggeld krijgen?'

Mevrouw Aldra liet haar schouders hangen en trok een spijtig gezicht.

'Nee lieverd, mijn salaris wordt pas over een week gestort en ik zit krap bij kas. Jammer...' En toen ze het teleurgestelde gezicht zag, liet ze er snel op volgen: 'Waarom leen je niet wat kleren van Kelly?' Lisa liep rood aan. Ze zat klem, klem door een van haar eigen leugens. 'Nee, dat kan niet', viel ze geërgerd uit. 'Laat maar! Ik bel pa en vraag hem wel om wat geld.'

Er knapte iets bij mevrouw Aldra. Ze veerde uit haar stoel omhoog en greep het tafelblad vast: de knokkels trokken wit weg. Een plotselinge boosheid en frustratie borrelden omhoog. De stem was schril en haar ogen vlamden toen ze riep: 'Niets daarvan! Ik wil niet dat je bij hem gaat bedelen om geld. Hij kijkt al maanden niet meer naar ons om. De egoïst heeft het veel te druk met zijn eigen leven en zijn nieuwe liefje. Hij heeft geen ruimte meer voor zijn kinderen. Als het niet spontaan gaat, dan hoeft het niet. We gaan er niet om smeken, hoor je! Wij hebben zijn aalmoes niet nodig. Er wordt in dit huis niet gebedeld.'

'Ik moet wel', schreeuwde Lisa terug. 'Dit is zo geen leven. We kunnen nooit iets extra's doen. We hebben nooit eens geld. Jíj gooit pa op straat en wij zijn de dupe daarvan. Jij ook met je stomme trots.'

Moeders hand schoot naar voren en trof Lisa voluit op haar rechterwang.

Verdoofd staarde ze haar moeder aan terwijl haar vingertoppen langs de brandende wang wreven. Het was niet de pijn die haar lippen deden trillen maar eerder de verontwaardiging, de verbazing. Nog nooit had moeder een vinger naar haar uitgestoken. Er werd altijd met woorden gevochten, met boze blikken of door een beklemmend stilzwijgen.

'Híj heeft ons belazerd', siste moeder tussen haar tanden. 'Híj moest zo nodig zijn broek bij elke vrouw laten zakken, dus durf niet de schuld in mijn schoenen te schuiven.' Ze vocht uit alle macht om haar woede en haat te bedwingen.

De verbazing op Lisa's gezicht duurde misschien maar vijftien seconden, toen verhardde haar uitdrukking zich tot een droge, minzame glimlach. Als twee kemphanen stonden ze tegenover elkaar, koppig en boos. Uiteindelijk draaide Lisa zich om en liep zonder verder nog iets te zeggen de keuken uit.

'Heb het lef niet om mij de schuld te geven', spuugde moeder haar na.

Lisa trapte langzaam de pedalen van haar fiets in het rond terwijl een diepe frons op haar voorhoofd lag. Ze was onredelijk geweest. Het was stom om mam de schuld van alles te geven. Ze deed haar uiterste best om het gezin gelukkig te maken. Als ze het geld had gehad, dan had ze het

Lisa zeker gegeven. Lisa snapte alleen die stomme trots van haar moeder niet. Wat maakte het nou uit van wie ze het geld kreeg? Haar vader had geld genoeg en een telefoontje... Wat een ophef over één telefoontje. Maar Lisa durfde nu niet meer te bellen, moeder zou razend zijn. Verschillende scenario's spookten door haar hoofd. Uiteindelijk zag ze maar één oplossing. Ze bonkte haar fiets tegen de stoeprand omhoog en sprong van het zadel. Op het schoolplein zag ze Kelly tussen een groepje meisjes staan. 'Kelly!' Ze brulde en wenkte ongeduldig. Kelly trok een nors gezicht. Fatiha was net bezig met een spannend verhaal en ze wilde daar geen woord van missen. Toen nogmaals haar naam over het schoolplein galmde, liep ze met tegenzin naar het fietsenrek. 'Is er ergens brand of zo?' vroeg ze geërgerd.

'We gaan vanavond dansen.' Nu was Kelly een en al belangstelling. 'Gaan we uit? Met wie en waarheen?'

Lisa vlocht het kabelslot door de spaken van haar fiets en lachte geheimzinnig.

'Zeg het dan', spoorde Kelly haar vriendin aan.

Lisa trok Kelly aan haar arm onder het afdak en haar stem sloeg over van opwinding: 'Het schijnt een gaaf feest te zijn. Ik, Mo, jij en Ramon.'

Een ogenblik was Kelly uit het veld geslagen en staarde haar vriendin ongelovig aan. 'Ik en Ramon? Mens,' riep ze verontwaardigd, 'die vent is hartstikke oud, wat moet ik met die opgeblazen skippybal?'

'Hij is hooguit dertig. Wat maakt het trouwens uit met wie je gaat, je ontmoet genoeg andere leuke jongens. We gaan gewoon een avondje stappen, lol maken.' En toen ze de twijfel in Kelly's ogen zag, zei ze snel: 'Fatiha gaat waarschijnlijk ook. Denk je dat je vanavond mag?' Dat gaf de doorslag.

'Tuurlijk', antwoordde Kelly overtuigend. 'Mijn zus blijft bij haar vriend slapen, ma is pas laat thuis en mijn pa is op zakenreis. Geen probleem dus.'

'Mooi! Dan moeten we vanmiddag wel even de stad in. Ik wil iets nieuws hebben voor vanavond, iets aparts.' Lisa's besluit stond vast. Er was geen andere keus dan dat ze haar kleding bij elkaar ging stelen. Als ze gepakt werd, dan was het allemaal moeders schuld. In gedachten zag ze zichzelf al op het politiebureau zitten met haar moeder snotterend aan haar zij. Allemaal haar schuld, door haar trots mocht ze niet bellen met pa.

'Ik steel het een en ander bij elkaar', legde ze Kelly met een strak gezicht uit.

'Jij gaat het jatten? En je was er zo tegen?' herhaalde Kelly beduusd.

'Dat ben ik nog steeds. Maar mijn moeder heeft geen geld dus...' Haar stem was opstandig. 'Wat moet ik dan? Ik weet nu hoe het moet, het is bijna net zo gemakkelijk als fietsen.'

'Spannend!' vond Kelly.

Diezelfde middag stonden de meisjes voor de etalage van een boetiek die bekend stond als duur en excentriek. De verkoopsters paradeerden door de winkel als modepoppen, gekleed in een van de creaties die in de winkel te koop hingen. Hun gezichten waren opvallend opgemaakt in felle kleuren, hun haren vakkundig opgestoken als suikerspinnen.

'Wil je hier iets stelen? Ben je wel goed wijs? Hier komen alleen maar mensen met veel geld. We vallen keihard op in onze jeans. Dat lukt ons nooit.' In de stem van Kelly klonk een mengeling van opwinding en angst.

'Moet jij eens opletten', antwoordde Lisa met gespeelde

onverschilligheid. 'Zie je die rode jurk? Dat wordt hem.' Er lag een gespannen trek rond haar mond toen ze de winkeldeur opentrok en naar binnen stapte. Een vrouw in een strak, zwart lakpak keek de meisjes onderzoekend aan. 'Kan ik misschien de dames van dienst zijn?'

'We kijken liever eerst even rond', antwoordde Lisa met een vaste stem. 'Zodra ik iets zie, laat ik het u weten.' De zwaar opgemaakte ogen keken de meisjes spottend aan. 'Natuurlijk', zei de vrouw. 'Maar misschien kunnen jullie beter...' Ze werd onderbroken door de zoemer van de winkeldeur die verried dat er een nieuwe klant binnenkwam. De verkoopster herkende de vrouw als een van haar beste klanten en liep gehaast op haar af. 'Mevrouw Gearisten, wat leuk u weer te zien.'

Lisa trok Kelly mee naar de rekken achter in de zaak. Ze voelde het bloed in haar hoofd gonzen. Gehaast zocht ze met trillende vingers naar de juiste maat. Weer klonk de zoemer van de deur door de winkel. 'Dag meneer...' riep de zoete stem van de andere verkoopster. Lisa's ogen flitsten van links naar rechts. 'Kijkt er iemand?' siste ze tegen Kelly.

'Nee, niemand.'

Ze verzamelde al haar moed en stak toen bliksemsnel het rode jurkje in haar tas.

'Nu ik...', fluisterde Kelly terwijl ze Lisa opgewonden meesleurde naar de andere kant van de winkel. 'Ik wil deze.' Ze liet een donkerblauw rokje zien. 'Vind je het wat?'

'Schiet toch op!' snauwde Lisa die nerveus over haar schouder de winkel doorgluurde. Ze hield de tas open terwijl Kelly de rok van het haakje in de tas liet glijden. Ze likte langs haar droge lippen en seinde naar de deur. Langzaam en zo onopvallend mogelijk schuifelden de meisjes naar de deur.

'Jongedames...' Lisa bevroor toen ze de stem van de verkoopster achter zich hoorde. Uit haar ooghoeken zag ze de vrouw in het strakke lakpak naderen. Haar hart bonsde met snelle slagen, zweet parelde op haar voorhoofd. Ze waren er gloeiend bij. 'Lopen!' Ze herkende de schelle stem van Kelly maar deze leek zo ver weg.

'Loop dan toch', toeterde Kelly in haar oor. Ze greep Lisa bij haar arm en sleurde haar achter zich aan naar de deur. Lisa's voeten bewogen alsof ze van een ander waren: verdoofd en zwaar. De winkeldeur zwaaide open en de meisjes stoven naar buiten.

De nieuwe jurk had Lisa zorgvuldig onder haar jas verborgen toen ze de kamer binnenstapte. 'Verdraaid, Lisa. Je bent weer veel te laat', gromde moeder. Ze keek op haar horloge terwijl ze gehaast haar jas aantrok. 'Ik heb de hele middag op je zitten wachten. Ik wilde nog even met je praten over vanmorgen.'

'Liever niet', antwoordde Lisa terwijl ze elk oogcontact vermeed. 'We krijgen toch alleen maar ruzie.'

'Dan moeten we dat proberen te voorkomen, lieverd.' Moeders stem werd zacht. 'We praten morgen. Ik moet nu echt naar mijn werk. Ik ben al verschrikkelijk laat.' Lisa week achteruit toen moeder haar wilde kussen. Ze knikte alleen en liep toen de keuken in.

'Je eten staat in de koelkast, lieverd', hoorde ze moeder bij de voordeur roepen. 'Veel plezier vanavond.'

Lisa haatte dit. Allemaal lieve woorden waardoor ze zich nog schuldiger voelde. Ze stak haar hand onder haar jas en frunnikte aan de jurk. Ze had spijt dat ze het ding had gestolen. Zoveel spijt... In een plotseling opkomende driftbui trok ze de jurk te voorschijn en gooide het door de keuken. Minutenlang keek ze naar het hoopje rode stof in de hoek. 'Je kunt het niet meer terugdraaien', zei een stemmetje in haar hoofd. 'Gebeurd is gebeurd. Je kunt de jurk net zo goed aantrekken.' Ze beet op haar lip en raapte de jurk van de grond.

De rode jurk zat als een tweede huid om het lichaam van Lisa. Haar borsten waren goed zichtbaar, zelfs ietwat uitdagend zichtbaar, wat ervoor zorgde dat ze er enkele jaren ouder uitzag. Ze grinnikte toen ze voor de spiegel in het rond draaide. Moeder kreeg beslist een stuip als ze haar in deze jurk zou zien.

'Hij staat je geweldig', kirde Kelly vanaf de bank. Ze graaide tussen de make-up spulletjes en haalde een lipstick tevoorschijn. 'Hier, diep rood. De kleur past prachtig bij de jurk. Laat mij maar even...' Ze liep naar Lisa toe en smeerde het goedje op de getuite lippen. 'Prachtig!' Eenzelfde laag bracht ze op haar eigen lippen aan.

'Wat zeiden ze thuis van je nieuwe rok', wilde Lisa weten. Kelly haalde haar schouders op. 'Het viel mijn moeder niet eens op dat ik iets nieuws aan had. Ze stond klaar om naar kantoor te gaan. Ze had haast, zoals altijd. Mijn ouders leven alleen maar om te werken.' Ze staarde bedenkelijk in de spiegel. Haar zus Sandra beweerde altijd dat haar ouders geen kinderen hadden moeten nemen en misschien had ze wel gelijk. Vader was vertegenwoordiger van kopieermachines en verbleef veel in het buitenland. Ze zagen hem weinig, gemiddeld zo'n twaalf dagen per maand. En als hij dan nog thuis was, zat hij achter de computer te werken. Moeder werkte als secretaresse op een goedlopend advocatenbureau.

Ze deed haar werk uitmuntend en werd al gauw onmisbaar voor de zaak. Er waren dagen dat ze 's avonds niet eens thuiskwam om te eten. Dan at ze een hapje in de stad. Sandra met haar achttien jaar kreeg dan de leiding over Kelly. En daar maakte Sandra niet veel werk van, ze ging liever met haar vrienden stappen.

Er klonk een claxon door de straat, het dichtslaan van een autoportier en niet veel later de deurbel. Lisa keek nog even taxerend in de spiegel, trok moeders nieuwe lederen jack over de schouders en liep toen de voordeur uit.
Ramon zat achter het stuur van de zilvergrijze Mercedes. Hij floot zachtjes tussen zijn tanden toen de meisjes op de achterbank plaatsnamen.

Discotheek Lolita was een van de populairste uitgaansmogelijkheden van Breda en omstreken. Het pand, voorheen een pakhuis, stond op het industrieterrein even buiten de stad. De twee etages waren voorzien van acht kleine bars en vier dansvloeren die binnen een mum van tijd stampvol stonden met swingende jongeren. De muziek dreunde uit de speakers de zalen door en breedgeschouderde portiers hielden nauwlettend de hossende menigte in de gaten. Lisa en Kelly hingen aan een van de bars en nipten onwennig aan een glas bier. Uitgelaten zwaaiden Mo en Ramon hun glazen door de lucht en deinden luid zingend met de muziek mee.
'Tof, toch?' schreeuwde Lisa boven de muziek uit. Kelly knikte instemmend en veerde plotseling op. 'Fatiha!' brulde ze en maaide met haar armen door de lucht. 'Hier, Fatiha.' Een hoge gil van herkenning. Theatraal vloog Fatiha Kelly om de

hals. 'Leuk dat jullie hier zijn', gilde ze. 'Mootje...' Met een spontaan gebaar sloeg ze haar armen om hem heen en kuste hem. Lisa voelde een steek van jaloezie en probeerde nonchalant langs de twee weg te kijken. Dat deed ze express, meende Lisa. Puur treiteren, het kreng. Maar ze liet zich niet op de kast jagen. Ze liet haar avondje niet verpesten door die rotmeid. Mo fluisterde Fatiha iets in het oor waarna het meisje giebelend in Ramons armen dook. Ze kusten elkaar zoals familie dat deed en bleven enkele minuten in een hoek staan praten. De uitsloofster, gromde Lisa. Ze loerde vanuit haar ooghoeken naar het meisje. De aanstelster! Ze zag dat de houding van Ramon plotseling veranderde. Hij raakte geïrriteerd, zijn gezicht werd nors. Hij rukte zich los en duwde Fatiha vervolgens ruw van zich af. Vasthoudend trok ze aan zijn arm. Hij snauwde. Oplettend gluurde hij om zich heen en haalde toen met een bruusk gebaar een klein doorzichtig zakje uit zijn broekzak. Met duidelijke tegenzin stopte hij het in haar handen, snauwde iets in haar oor en beende toen de zaal uit. Een genoegzame glimlach gleed over Fatiha's gezicht toen ze haastig het zakje in haar tas frommelde. Even later verdween ze naar de wc.

'Zeg lieverd.'

Lisa draaide zich verbaasd om en keek in twee roodgeaderde ogen.

'Ik denk dat jij mij vanavond heel gelukkig gaat maken.' Een jongen met een pokdalig gezicht hing over haar heen en keek verlekkerd naar haar borsten.

'Rot op, griezel', beet ze de jongen toe, ondertussen met haar ogen naar Mo zoekend. Enkele minuten geleden stond hij nog naast haar. Waar was hij nu?

'Toe maar', grijnsde de knaap terwijl hij een knipoog zond

naar zijn twee vrienden die om Kelly heen stonden. Met een loom gebaar kamde hij met zijn vingers door zijn lange blonde haren. 'Ik hou wel van een meisie met pit. Als je in bed ook zo bent...' Hij likte uitdagend langs zijn lippen. 'Hebben jij en je vriendin geen zin om met ons de parkeerplaats te verkennen?' Weer een vette knipoog naar zijn vrienden.

'Donder op', snauwde Kelly die de hand rond haar middel wegsloeg. 'We zijn bezet. Laat ons met rust.'

'Oh, ze zijn bezet, Arie', herhaalde de knaap met het stekelhaar en zijn hand gleed weer rond Kelly's middel.

'Blijf van me af.' Kelly gaf de jongen geïrriteerd een zet.

Arie, de jongen met het lange, blonde haar, greep Lisa vast en trok haar ruw tegen zich aan. 'Kom nou liefje, doe nou niet zo preuts.' Zijn lippen raakten brutaal haar mond. Lisa worstelde om los te komen, maar de kerel hield haar in een ijzeren greep.

'Hé.'

Snelle handen grepen de jongen vast en rukten hem van Lisa los. Beschermend stond Mo voor de meisjes: zijn ogen schoten vuur en zijn handen waren tot vuisten gebald. Hij bewoog zijn lippen nauwelijks toen hij zei: 'Blijf met je vieze poten van ze af. Rot op, ga ergens anders de bink uithangen.'

Arie strekte zijn rug en haalde hoorbaar zijn neus op. Hij keek Mo minachtend aan en haalde toen onverschillig zijn schouders op. Even leek het dat de jongen weg wilde lopen. Maar plotseling draaide hij zich met een ruk om en greep Mo bij zijn overhemd vast. Mo reageerde razendsnel. Zijn vuistslag trof Arie in de maag, waarna hij hem met een draaiende beweging tegen de grond smakte. Kreunend lag de knaap op de grond. Met een pijnlijk gezicht krabbelde hij omhoog en knikte naar zijn vrienden. Dreigend stonden ze om Mo heen. Een van hen haalde een stiletto tevoorschijn en knipte het ding achteloos open en dicht.

'Mo...' Lisa hield Mo aan zijn overhemd vast. Ze was bang, echt bang. Waar bleven die kleerkasten van portiers die op bijna elke hoek van de zaal stonden? Was iedereen blind geworden? Zagen ze de knul met het mes niet?

'Problemen, Mo?' Ramon elleboogde zich door de mensen heen. 'Ik zou dat aardappelmesje maar opbergen', riep hij sarcastisch terwijl hij zijn brede borst uitdagend naar voren stak. 'Straks snij je jezelf nog. Messen zijn gevaarlijk.'

De jongen weifelde toen hij het geblokte lichaam van Ramon bestudeerde. Hij wierp zijn kompaan een snelle blik toe maar die schudde waarschuwend met zijn hoofd. Als antwoord spuwde de jongen op de grond en borg met tegenzin de stiletto op. 'Jullie zijn nog niet van ons af', grauwde de knaap. Ramon grijnsde toen hij zei: 'Ik kan haast niet wachten.' De drie jongens keken nog even de meisjes dreigend aan en verdwenen toen tussen de hossende mensen op de dansvloer.

'We kunnen beter gaan.' Ramon greep Mo bij zijn arm en wenkte naar de twee meisjes. 'Straks krijgen we problemen. Ik vertrouw die gasten niet, kom Mo.' Hij trok Mo, die luid protesteerde, achter zich aan naar buiten.

Bij de auto liet Ramon hem los. Scheldend en tierend schopte Mo tegen de autobanden.

'Je had me moeten laten gaan', schreeuwde hij woedend. 'Ik had die vent afgemaakt. Weet je wat ze deden? Heb je het gezien?' Ramon schudde zijn hoofd. 'Doe nou maar kalm. Denk aan de meisjes, laten we het gezellig houden.'

Mo knikte en met bezorgde ogen keek hij Lisa aan. 'Gaat het lieverd?' Hij sloeg zijn arm rond haar schouder en drukte een kus op haar haren. 'Je trilt.'

'Het gaat best. Ramon heeft gelijk, laten we maar weggaan.'
Mo wierp een donkere blik naar de ingang terwijl hij een
plukje shag in een vloei rangschikte. Zijn houding was nog
steeds strijdlustig en opstandig.

'Kom!' Ramon had al achter het stuur van zijn auto
plaatsgenomen. 'We halen wat lekkers en drinken bij mij
thuis een biertje', opperde hij. Instemmend schoven de
meisjes op de achterbank.

'Mo?'

Mokkend zocht Mo in zijn zakken, zijn blik nog steeds star op
het gebouw gericht. 'Verdraaid', gromde hij. 'Ik heb mijn
aansteker op de bar laten liggen. Ik ben zo terug...' En voordat
de anderen konden protesteren beende hij het parkeerterrein
over en verdween het gebouw in. Verbouwereerd staarde Lisa
hem na.

'Wat doet hij nou? Hij kan niet terug, toch niet alleen. Straks
wachten ze hem op. Ramon...'

'Rustig maar', maande hij haar. 'Hij is niet helemaal gek, hij
kijkt echt wel uit. We blijven rustig wachten.'

4

Mo liep met grote passen door de gangen van discotheek
Lolita. Hij trok de deur van de nooduitgang open die uitkwam
op een braakliggend veldje achter het gebouw. Boven de
nooingang brandde een zwak licht die de gele bakstenen
buitengevel ietwat deed oplichten. Enkele meters verderop
zaten vier jongens onderuitgezakt tegen de muur. Een fles
rum ging van hand tot hand, er werd gemompeld en gelachen.
Ze keken op toen de deur van de nooduitgang achter Mo dicht
knalde. Mo stond stil en liet zijn blik taxerend over het groepje
dwalen. Hij stak de handen in zijn zak en keek de jongen met
het pokdalig gezicht strak aan. Het gezicht van Arie kreeg een
ernstige uitdrukking. Hij streek zijn lange haren achter zijn
oor en krabbelde omhoog. 'Je hebt een harde rechtse, mooie
jongen', snoof hij minachtend. Mo maakte een
verontschuldigend gebaar. 'Dat was anders niet mijn
bedoeling maar het moest allemaal zo echt mogelijk lijken.'
De blonde knaap lachte zuur en sloeg Mo vriendschappelijk
op de schouder. 'Dat is je dan aardig gelukt.' De grijns
verdween van het gezicht toen hij zijn hand uitstak. 'Mogen
we dan nu even vangen?'
Mo haalde een bundeltje bankbiljetten uit zijn broekzak en

duwde Arie twee briefjes van twintig euro in zijn hand. Uit de andere broekzak viste hij een plastic zakje gevuld met wit poeder. 'Hier, zoals afgesproken, het beste wat er op straat te koop is.'

Arie knikte tevreden. 'Wil je wat drinken?' Hij seinde naar de fles met rum. Mo schudde met zijn hoofd. 'Nee. Ik heb die twee gansjes in de auto zitten. Misschien een andere keer.'

'Als je weer indruk wilt maken op je meisjes, weet je ons te vinden.'

'Dat is afgesproken, bedankt!' Mo draaide zich om en ging terug naar het parkeerterrein waar Ramon en de meisjes op hem zaten te wachten.

'Wat heb je binnen nou gedaan', informeerde Kelly nieuwsgierig toen Mo zich in de autostoel liet zakken. Ze raakte even zijn schouder aan zodat hij zich omdraaide. 'Niks bijzonders. Maar geloof mij, dat zootje bluffers valt voorlopig geen meisjes meer lastig.' Hij keek zijdelings naar Ramon en de auto kwam in beweging. Kelly was verrukt. Verrukt over Mo en zijn heldhaftige optreden. Hij was zo anders dan de jongens waarmee zij altijd uitging. Hij was zo volwassen, zo stoer, zo... knap. Waarom had hij voor Lisa gekozen? Lisa paste niet bij hem. Lisa was zijn type niet. Zij was soms een bange wezel, een duf konijn. Hij kon veel beter krijgen, hij kon háár krijgen. Kelly schrok van het idee dat plotseling opborrelde en keek haar vriendin vluchtig aan. Ze kon Mo toch niet van Lisa afpakken? Dat zou niet eerlijk zijn. Lisa en zij waren al jarenlang vriendinnen, hartsvriendinnen. En hartsvriendinnen deden zoiets elkaar niet aan. Ze kon alleen maar wachten. Wachten totdat Mo het zelf inzag dat Lisa niet de juiste was en dan sloeg zij haar slag. Ze zou wachten, maanden als het moest. Onder in haar buik voelde ze iets rommelen, als een soort protest tegen haar besluit.

De flat van Ramon was sober ingericht met een bruin ribcord bankstel waar enkele versleten beige kussens op lagen. Een grenen salontafel ingelegd met plavuizen prijkte in het midden van de woonkamer. Twee plastic klapstoelen stonden aan weerskanten van een eiken dressoir die bezaaid lag met kranten, brieven en ander papierwerk. De muren waren kaal en eentonig witgesausd; geen schilderij, geen foto's. In de hoek naast de muziekinstallatie lagen verschillende kussens slordig op een grote hoop. Mo liet zich languit in de kussens vallen, greep Lisa aan haar jurk vast en trok haar vervolgens naast zich op de grond. Hij streek een haarlok van haar voorhoofd en kuste haar in de nek.

'Eten we eerst ons broodje op?' vroeg Ramon. Hij had de papieren zak op de salontafel opengescheurd en de broodjes shoarma rijkelijk voorzien van knoflooksaus. Hij plofte naast Kelly op de bank en drukte een broodje in haar handen. De muziek werd aangezet en het bier kwam op tafel. Het werd een gezellige avond. De jongens vertelden vrolijk over hun langdurige vriendschap en zo nu en dan probeerden ze elkaar plagend de loef af te steken. De een gaf de ander een zet, ze gaven elkaar speels een stomp en hielden elkaar dan weer broederlijk vast. De meisjes luisterden geboeid naar de verhalen en dronken het bier dat rijkelijk vloeide.

Herhaaldelijk sloeg Ramon zijn arm rond Kelly's schouder en keer op keer duwde zij hem weg. Hij schoof tegen haar aan en zijn hand aaide over haar knieën, haar arm en haar haren. Maar ze toonde totaal geen interesse in zijn toenadering. Haar blik gleed telkens naar de twee die nu giebelend en languit in de kussens lagen. Ze zag hoe zijn lippen teder haar schouders aftastten en ze voelde afgunst.

'Je bent wat gespannen', smiespelde Ramon in haar oor. Zijn stem deed haar opschrikken. 'Daar heb ik wel wat voor.' Hij stond op en haalde een blikken koektrommel uit het dressoir. 'Mo!' Hij gaf hem een schop tegen zijn laarzen. 'Geef me je shag eens.'

Mo kwam iets omhoog en wierp in een boog het pakje door de lucht.

'Bewaar voor ons ook wat', gromde hij. Ramon mengde de gedroogde bladeren uit het blik tussen het tabak en rolde daarvan een sigaret. Met grote belangstellende ogen loerde Kelly naar de sigaret. 'Zijn dat drugs?' vroeg ze onnozel.

'Hennep', verklaarde Ramon kalm. 'Eigen kweek...' Zijn handen stopten en om zijn mondhoeken krulde een minachtend lachje. 'Heb jij nog nooit geblowd?'

'Ja, natuurlijk wel', loog ze. En meteen liet ze erop volgen: 'Toen zat het spul al in de sigaret verwerkt, vandaar.' Dus zo zag het eruit, dacht ze. Het leek op een zielig hoopje gedroogde brandnetels. Ze voelde een golf van opwinding door zich heen gaan. Ze had dikwijls de wildste verhalen gehoord over het spul en dat had haar nieuwsgierigheid geprikkeld. Eindelijk kreeg zij nu de kans om het goedje te proberen. En morgen... Morgen ging ze al haar vriendinnen vertellen dat ze hét gerookt had.

'Hier, jij eerst.' Ramon bood haar de sigaret aan. 'Goed inhaleren.'

Kelly trok gretig aan de sigaret. Ze hield de rook enkele seconden in haar mond gevangen en blies het toen langzaam uit. Ze deed haar ogen dicht en wachtte gespannen af op wat komen ging. Er gebeurde weinig. Haar wangen zogen naar binnen toen ze een tweede trek nam.

'Rustig aan', waarschuwde Ramon terwijl hij de sigaret tussen haar vingers uit trok. 'We hebben alle tijd.' Hij keek haar boven het gloeipunt van de sigaret aan en knipoogde.

'Mo? Jij ook een trekje?' Mo kwam overeind en nam de sigaret aan.

Dit keer stribbelde Kelly niet tegen toen Ramon haar in zijn armen trok. Ze voelde zich licht in het hoofd, gespannen en ongewoon gevoelig bij elke aanraking. Zijn handen omsloten haar gezicht en hij kuste haar. Ze opende haar mond en beantwoordde zijn kus. Ramon viel toch wel mee, dacht ze.

Mo lag loom op zijn zij en drukte de sigaret tegen Lisa's lippen. 'Hier, neem een trekje.'

Hakkelend gaf ze antwoord: 'Liever niet. Ik wil niet aan de drugs.' Het klonk benauwd.

'Lieverd, dit is gewoon wat softspul, hieraan kun je echt niet verslaafd raken', legde hij uit. 'Dat weet toch iedereen?' Lisa haalde schaapachtig haar schouders op; ze voelde zich ontzettend onnozel. Ze sloot haar lippen rond de sigaret en nam voorzichtig een trekje, en nog een en nog een. Het duurde niet lang voor haar hoofd tolde; de kamer schommelde woest heen en weer. Plotseling zag ze zichzelf door de winkelstraat rennen in een rode jurk, haar haren wapperden als een zwarte vlag. En achter haar strompelde moeder met uitgestrekte armen terwijl ze hysterisch haar naam schreeuwde. Lisa giechelde en stak haar tong uit naar haar droom. Ze merkte niet dat er een hand onder haar jurk gleed en haar borsten zochten. Daar zag ze vader die moeder vastgreep en wild op haar mond zoende. Moeder duwde hem met een gezicht vol afschuw weg. Het beeld werd troebel. Lisa slikte en het leek of ze zweefde. Langzaam probeerde ze onder Mo los te komen. Ze duwde tegen zijn borst, eerst zachtjes, maar ten slotte met steeds meer geweld. 'Ga van me af', jammerde ze. Ze zag er grauw uit. 'Ik voel me niet goed.' Het volgende ogenblik begon ze hevig te braken.

'Gadverdamme.' Mo was opgesprongen en probeerde te voorkomen dat het drab in zijn nek gleed. 'Takkewijf', bulderde hij woest terwijl hij de keuken in vloog. Lisa's maag trok samen, een hevige pijnscheut volgde en weer een lading braaksel kwam naar buiten. Beduusd en sloom staarde Kelly de kamer rond. Ramon sprong op en graaide vloekend de krant van het dressoir. Onhandig probeerde hij het braaksel op te vangen.

Met een ontbloot bovenlijf kwam Mo de woonkamer weer binnen. Zijn ogen schoten vuur toen hij tegen Ramon snauwde: 'Breng dat achterlijke gedrocht naar huis. Oprotten met die wijven, ik ben ze meer dan zat.'

Ruw smeet hij hun jassen door de kamer en stampte naar de voordeur. De deur werd opengegooid en hij maakte met zijn hoofd een beweging naar de uitgang. 'Donder op!'

Met een paar passen was Ramon bij Lisa. Hij trok haar aan haar arm overeind en duwde haar richting deur. Overrompeld door de plotselinge ommekeer lieten de meisjes zich door Ramon naar buiten dirigeren. De deur dreunde in het slot en Lisa barstte in huilen uit.

Verward en met dikke ogen stond Lisa op de stoep en keek naar de donkere ramen van het huis. Een claxon klonk en verdoofd stak ze haar hand op naar de Mercedes die met een slippende koppeling de straat uit reed. Ze viste de voordeursleutel uit haar jaszak en opende de deur. Nog even wierp ze een snelle blik over haar schouder in de hoop dat het voertuig was gekeerd om haar alsnog te halen. Maar de straat bleef verlaten. Een nieuwe golf van misselijkheid kwam omhoog. Ze sloot de deur en schoot de wc in. Haar slapen bonkten en met een vuurrood hoofd hing ze kotsend boven de pot.

Met trillende benen klom ze de trap omhoog. Er was niemand thuis, gelukkig maar, dacht ze. Nu hoefde ze niets uit te leggen. Ze trok ruw aan haar doorweekte jurk die zich had vastgezogen aan haar borsten. Uit alle macht probeerde ze zich te herinneren hoe het kon dat ze nu al thuis was en niet bij Mo.

De warme waterstraal uit de douchekop zorgde ervoor dat ze weer helder kon denken. Langzaam trok het branderige gevoel uit haar lichaam en kwamen haar verkrampte spieren tot rust. Haar gedachten flitsten terug naar de avond met Mo. Wat was er fout gegaan? Het was zo'n gezellige avond, alles leek perfect en toen... toen gebeurde alles razendsnel. Ze hadden wat gegeten en wat gerookt en toen... Ze zag het allemaal weer gebeuren. Verschrikkelijk! Ze sloeg een hand voor haar mond en begon geluidloos te huilen. Ze schaamde zich diep. Hoe kon ze Mo nu nog onder ogen komen? Ze had het verprutst, hij wilde vast niets meer met haar te maken hebben. Met haar rug tegen de muur gedrukt liet ze zich op de grond glijden. Minutenlang zat ze daar, ontdaan, met haar hoofd op haar knieën. De druppels uit de sproei-kop spatten op haar rug uiteen als verwijtende vingers die haar bestraffend aanpordden: onhandige koe... onhandige koe...

De volgende dag werd Lisa badend in het zweet wakker. De hele nacht had ze liggen woelen en draaien. Moeder stond naast het bed en schudde Lisa zachtjes heen en weer. 'Lisa... Lisa wordt eens wakker. Het is kwart over twaalf. Kelly heeft gebeld. Ze wilde weten hoe het met je was.' Kreunend wierp Lisa een snelle blik naar de alarmklok op het nachtkastje. 'Kwart over twaalf', herhaalde ze met dikke stem. 'Ik heb barstende hoofdpijn.'

Moeder zakte op het randje van het bed en bestudeerde het bleke gezicht van haar dochter. 'Kelly vertelde me dat je gisteren niet lekker was. Was je zo ziek?'

'Doodziek. Ik heb de hele boel ondergekotst.'

'Jasses, en dat nou net op een schoolfeest, en dan zo plotseling ziek worden, wat rot.'

Moeder zag dat Lisa moeizaam haar tranen wegslikte. Ze aaide langs haar wang toen ze zei: 'Er komen nog zat andere feestjes.'

Lisa draaide bruusk het hoofd. 'Niet! Dit was iets speciaals en ik heb het totaal verknald.'

'O? Vertel eens?'

Lisa kreeg plotseling sterk de behoefte om met iemand haar ellende te delen. Ze zocht troost en begrip. Waar moest ze beginnen met haar verhaal, ze kon moeder onmogelijk alles vertellen. Een klein beetje dan, de halve waarheid was voldoende.

'Ik ben verliefd op Mo...' Het kwam er hakkelend uit. 'En dit keer is het echt, ik ben serieus verliefd.' Moeder knikte begrijpend. 'We waren samen op het feestje en toen heb ik iets verkeerds gegeten. Een broodje shoarma met knoflook en...'

'Ja, maar lieverd', viel moeder abrupt in de rede en ze schudde meewarig het hoofd. 'Logisch dat je hebt overgegeven. Bah, die vette rommel. Ik heb je zo vaak gewaarschuwd om die troep niet te eten en nu ondervind je zelf hoe...'

'Laat ook maar!' snierde Lisa geïrriteerd. Dat deed ze nu altijd. Altijd dat stomme commentaar, altijd dacht ze alles beter te weten. Ze draaide zich met een ruk op haar zij en zweeg. Aan haar moeder had ze ook geen steun, die begreep er geen snars van. Ging ze haar de les lezen over gezond eten terwijl haar probleem daar niets mee te maken had.

'Waarom reageer je nu zo boos, Lisa?' Lisa staarde naar de muur en gaf geen antwoord. Moeder kwam omhoog en bleef enkele minuten naar de rug van haar dochter staren. 'Met zwijgen los je niets op. Waarom doe je zo vijandig? Lisa, toe nou...' Lisa perste haar lippen stijf op elkaar en ontspande zich pas toen moeder de kamer verliet.

Het was zaterdag halfdrie in de middag toen er bij Kelly aan de deur werd gebeld. Kelly deed de deur open en gaapte Ramon met open mond aan. 'Hoi schoonheid', riep hij vrolijk en stapte langs haar heen de gang binnen. Vluchtig drukte hij een kus op haar wang en gluurde de woonkamer binnen. 'Ben je alleen thuis?' Kelly knikte beduusd. 'Heb je zin om wat met mij te gaan drinken?'

'Ja, waarom niet.' Alles was beter dan alleen thuis te zitten, dacht ze.

Het was niet druk in het café. De barkeeper keek Kelly onderzoekend aan terwijl hij het vuile glas in het water dompelde. Kelly's ogen schoten langs de tafeltjes in de hoop dat Lisa en Mo ook aanwezig waren. Maar nee, alleen maar onbekende mannen. Ramon en Kelly namen plaats aan een tafeltje en hij bestelde wat te drinken. Ze voelde zich ongemakkelijk toen Ramon zijn arm rond haar schouder legde. 'Niet doen', zei ze en ze duwde zijn arm weg.

'Waarom niet? Ik dacht na gisteravond...' Hij keek haar met een taxerende blik aan.

'We hebben maar even gezoend en ik... ik weet het niet...' weerde Kelly af.

'Daarom zitten we ook hier, om elkaar beter te leren kennen. En wat die ene zoen betreft, ik wil best...' Zijn hand gleed rond haar middel en hij drukte zijn lippen op die van haar. Kelly wilde hem wegduwen maar bedacht zich. Ze kon het wellicht proberen, misschien dat zijn kus haar iets deed. Het was natuurlijk wel interessant, zo'n oudere jongen. Ze sloot haar ogen en kuste hem voorzichtig terug. Na een paar minuten trok ze zich los.

'Dat was lang niet slecht, toch?' zei hij tevreden.

'Gaat wel', stamelde ze zacht. Een ogenblik was hij uit het veld geslagen. 'Gaat wel?' herhaalde hij. Kelly staarde in haar glas en zocht naar de juiste woorden. 'Je bent best aardig maar veel te oud voor mij', wierp ze tegen. Er viel een pijnlijke stilte. Zijn uitdrukking verhardde. 'Vind je Mo dan leuker?' Kelly haalde haar schouders op. 'Wat maakt het uit wat ik van hem vind. Hij heeft Lisa al.'

'Dus je valt op Mo', concludeerde Ramon.

'Dat heb ik toch niet gezegd.' Geïrriteerd nam ze een slok van haar cola. Was het dan zo duidelijk dat ze verliefd was op Mo? Ze probeerde haar gevoelens voor hem al dagen te onderdrukken. Misschien kon ze zich beter op een andere jongen concentreren. Ze wist uit ervaring dat het miserabele gevoel van verliefd zijn en iemand niet kunnen krijgen, nog weken kon aanhouden. Ze had een tijdje verkering gehad met een Ierse jongen, Kris. Stapelverliefd was ze op hem. Maar naar een paar maanden had hij het uitgemaakt en ze was ontroostbaar geweest. Wekenlang.

'Ik vind jou niet te jong. Waarom wil je het niet met mij proberen?' vroeg Ramon terwijl zijn vingers met haar haren speelden. Ze kreeg de kriebels en stond snel op. 'Ik denk er over na', beloofde ze. 'Ik moet nu echt gaan.' Ze drukte een vluchtige kus op zijn wang en verliet het café.

5

Er waren vier dagen verstreken en Mo had niets meer van zich laten horen. In de pauzes stond Lisa buiten het schoolplein en tuurde hoopvol de straat door, op zoek naar de bekende blauwe sportwagen. 'Zet hem toch uit je hoofd', had Kelly brommend geadviseerd. 'Je kunt gemakkelijk iemand anders krijgen. Je bent hem niet waard.' Lisa negeerde het advies. Liefde was geen knop die je zomaar even om kunt draaien. Lisa kende Mo pas een paar dagen maar haar gevoel voor hem was anders dan wat ze ooit voor een jongen had gevoeld. Het moest wel pure liefde zijn. Ze verlangde naar zijn stem, zijn ogen en vooral naar zijn aandacht. Ze was zelfs zo radeloos dat ze aan Fatiha had gevraagd om haar te helpen. Fatiha kon via haar neef Ramon met Mo in contact komen en hem vertellen dat ze hem wilde spreken, dat ze hem zo miste. Fatiha had alleen maar meewarig gekeken en even voelde Lisa spijt. Spijt dat ze uitgerekend haar om een gunst had gevraagd. Maar ze wilde een tweede kans. Juist op het moment dat ze de hoop bijna had opgegeven stond hij voor de school te wachten. Ze verstijfde toen ze hem zag staan: haar hart bonsde met felle slagen tegen haar ribben. Ze greep Kelly vast en kneep van opwinding in haar hand. 'Hij is toch

gekomen', fluisterde ze bijna onhoorbaar. Ook Kelly
verstarde, haar mond was vertrokken van bitterheid. 'Fijn
voor je', bracht ze er met moeite uit. Ze rukte zich los en stak
het schoolplein over richting een groepje meisjes bij de
fietsenrekken. Lisa liep ongemakkelijk op Mo af. Hij
glimlachte breed en gooide met een nonchalant gebaar zijn
sigaret op de grond. Ze stond voor hem, niet goed wetend hoe
ze moest beginnen. Dit was die tweede kans waarop ze had
gehoopt, ze mocht deze niet door haar vingers laten glippen.
'Het spijt me. Het was niet mijn bedoeling... Ik had het niet
onder controle.' Haar woorden kwamen er wanhopig uit.
Hij hield haar blik vast toen hij langzaam zei: 'Nee, het was
mijn fout. Ik had niet zo onredelijk mogen reageren.
Natuurlijk deed je het niet met opzet.' Hij trok haar in zijn
armen en drukte een kus op haar voorhoofd. 'Ik heb je zo
gemist', prevelde hij zachtjes in haar haren. 'Laten we nooit
meer ruzie maken, dat vreet me van binnen op. Ik heb dagen
niet gegeten en kon alleen aan jou denken.' Hij kuste haar op
de lippen. 'Ik hou van je', fluisterde hij.
Ze gloeide vanbinnen en ze voelde zich meer dan gelukkig.
'Tot hoe laat zit je op school?'
'Na deze pauze nog twee uur', antwoordde ze.
'Twee uur! Maar ik wil graag bij je zijn. We hebben wat te
vieren. Kun je niet een keer gewoon spijbelen? Dan gaan we
samen een frietje eten. Daarna heb ik een verrassing voor je.
Toe, schoonheid, zeg ja.'
Lisa knikte. De school kon haar gestolen worden.

Ze zaten op het muurtje voor de frietkraam. Lisa vertelde
honderd uit. Over haar familie en de vele aanvaringen die ze
had met haar moeder. Over het stelen waartoe ze zich

gedwongen voelde en over school. Het was voor haar
belangrijk dat hij alles van haar leven wist. Dat schepte een
band, vond ze. Hij luisterde aandachtig terwijl hij zo nu en
dan haar haren achter haar oren streek. 'Weet je,' viel hij haar
uiteindelijk in de rede, 'je moeder bemoeit zich veel te veel
met jouw leven. Ze behandelt je als een klein kind. Daar zou ik
echt gek van worden.'
'Dat word ik ook', beaamde Lisa, blij dat er eindelijk iemand
was die er ook zo over dacht. 'Ze kan soms vreselijk irritant
reageren. Ze is ontzettend ouderwets en streng.'
'Door de bemoeizucht van je moeder word je nooit
volwassen', meende Mo. 'Logisch dat je misselijk wordt
van een stickie, je bent niks gewend.'
Lisa kreeg een kleur.
'Jij hoeft je nergens voor te schamen', zei hij geruststellend.
'Aan jou ligt het niet, het is je moeder. Je hebt mij nu. Binnen
een paar dagen heb ik een vrouw van jou gemaakt, míjn
vrouw. Ik ga jou leren hoe je van je af moet bijten, je hoeft niet
alles te pikken van je moeder.' Hij stond op en haalde een gsm
uit de binnenzak van zijn jas. 'Hier, een cadeau. Nu kunnen
we elke dag met elkaar praten. En als je moeder of iemand
anders moeilijk doet, dan bel je Mo. Ik weet wel raad.' Hij
grijnsde zijn witte tanden bloot en wreef liefkozend langs haar
wang. 'Zorg dat je hem dag en nacht aan hebt staan, zodat ik
je altijd kan bereiken. Beloof je dat?'
Weer knikte ze gedwee.
'En dan dat stelen... Dat is vanaf nu ook afgelopen. Als jouw
moeder jou geen kledinggeld geeft, dan doe ik dat wel. Ik wil
niet dat mijn vriendin steelt. Dan werk ik nog liever wat extra
uurtjes. Ik hou tenminste van je. Kijk eens...' Hij duwde
honderd euro in haar hand. 'Koop wat sexy ondergoed.

Vanavond wordt een speciale avond, dan wil ik met je naar bed. Na vanavond ben je míjn vrouw.'

Ze bloosde.

'Ik moet over een kwartiertje weg voor zaken. Als jij dan even de stad in gaat, pik ik je over twee uurtjes hier weer op. Bel je moeder maar en zeg dat je vanavond niet thuis eet. We gaan gezellig in een restaurantje eten en daarna naar de bioscoop. Misschien even iets drinken en dan... Het wordt een onvergetelijke avond, onze avond, dat beloof ik.' Hij kuste haar vingers terwijl zijn ogen haar gezicht gevangen hielden. Lisa knikte onzeker. Haar adamsappel schoot nerveus op en neer. Ze wilde niet weigeren, dan was ze hem misschien voorgoed kwijt. Seks. Het woord gonsde door haar hoofd. Hij had beslist al veel ervaring op seksgebied. Maar zij... Zij had nog nooit een man in het echt naakt gezien, laat staan... Maar als ze dan toch aan seks ging doen, dan wilde ze dat het liefst met Mo. Ze hield van hem en hij hield van haar. Hij was de enige. In een opwelling sloeg ze haar armen om zijn hals. 'Ik hou van je', fluisterde ze.

Aan het einde van de middag had Lisa haar moeder gebeld en verteld dat ze na school direct met Kelly mee naar huis was gegaan om daar haar huiswerk te maken. Ze mocht blijven eten en daarna mee naar de bioscoop. Als het erg laat werd, bleef ze slapen. Moeder sputterde even tegen maar stemde uiteindelijk toch toe. Na het telefoontje had Lisa een milkshake gekocht en zat op de afgesproken plaats op Mo te wachten. Herhaaldelijk gluurde ze in de plastic tas naar de rood doorschijnende bh en het bijbehorende slipje. Nog nooit had ze zoveel geld uitgegeven aan ondergoed. Ze had het in een lingeriewinkel gekocht, niks geen warenhuis. Haar vingers gleden langs het zachte kantwerk waar het slipje rijkelijk mee was voorzien. Ze vroeg zich af wat Mo ervan zou vinden. Een claxon deed haar geschrokken opkijken.

Lisa was verbaasd en teleurgesteld toen ze de zilvergrijze Mercedes zag staan: met Ramon achter het stuur en Kelly op de achterbank. Haastig trok ze haar hand uit de plastic tas en ze voelde dat ze vuurrood werd. Mo stapte uit, wenkte en hield uitnodigend het portier voor haar open. 'Het is gelukt', constateerde hij tevreden toen hij op de plastic tas de naam van de lingeriezaak las. Ze lachte wrang toen ze instapte. 'Heb je gewinkeld?' wilde Kelly weten. Ze was vreemd opgewekt. Haar ogen bleven nieuwsgierig op de tas rusten. En toen op fluisterende toon: 'Je had wel even mogen zeggen dat je ging spijbelen. Ik wist van niets en toen Wijers tijdens de les vroeg waar je was, moest ik snel een smoes verzinnen.'
'Vergeten... Wat heb je Wijers verteld?' vroeg Lisa met gespeelde onverschilligheid.
'Dat je maagkrampen had. Wat heb je gejat?'
'Ik ben niet constant aan het stelen', bitste Lisa. 'Dit heb ik gewoon gekocht.'
'Dat kan natuurlijk ook', giechelde Kelly. 'Laat eens zien.'
Haar mond viel half open toen de bh en het slipje uit de tas tevoorschijn kwamen. Kelly was even stil.
'Wat moet je daar nou mee?' vroeg ze uiteindelijk.
'Aantrekken natuurlijk', riep Lisa verontwaardigd en met een kleur propte ze het setje terug in de tas. 'Mo wil dat graag', liet ze er zachtjes op volgen.
'Mo?' echode Kelly en met grote ogen staarde ze naar het achterhoofd van de jongen.
'We gaan hét vanavond doen', fluisterde Lisa in Kelly's oor.

Kelly's gezicht trok grauw weg, werd vijandig en afstandelijk. Toonloos zei ze: 'Jij liever dan ik.'

Kelly had weinig gegeten en tijdens de film was ze meerdere malen de zaal uitgelopen. Als een soort bodyguard drentelde Ramon achter haar aan, wat de situatie alleen nog maar erger maakte. Herhaaldelijk viel Kelly tegen Ramon uit maar hij week niet van haar zijde. Zo nu en dan gromde hij iets in haar oor wat haar voor een korte periode leek te kalmeren. Tijdens de autorit tuurde ze grimmig en zwijgzaam naar buiten. Lisa keek haar zijdelings aan en vroeg zich af waardoor haar vriendin zo van streek was geraakt. Kelly had haar gisteren nog verteld dat Ramon een oogje op haar had en dat ze het met hem wilde proberen. Was er iets fout gegaan tussen die twee? Lisa had van een ruzie niets gemerkt. Ze legde vluchtig haar hand op Kelly's schouder. Maar deze liet een donker gesis horen en draaide haar mokkend de rug toe. De auto stopte en Lisa schonk verder geen aandacht meer aan Kelly. Ze had nu iets anders aan haar hoofd: ze waren bij het huis van Ramon gekomen.

In de wc had Lisa haar nieuwe lingerie aangetrokken. Ze stond enkele minuten besluiteloos in de kleine ruimte en vroeg zich af wat ze nu moest doen. Om in de slaapkamer te komen moest ze door de woonkamer en daar waren Ramon en Kelly. Ze kon toch moeilijk in haar ondergoed... Het scheen behoorlijk door. Uiteindelijk trok ze haar broek en blouse weer aan en stapte de kamer binnen. Kelly lag languit op de bank en had een sigaret tussen haar lippen. Ze inhaleerde diep en keek met een schuin oog naar Lisa. 'Schiet je op, ik wil zo naar huis', riep Kelly. 'Ik voel me niet echt lekker.' Lisa negeerde de opmerking en sloot de slaapkamerdeur achter zich. Onwennig stond ze naast het tweepersoonsbed en keek op Mo neer. Hij had een zakdoek over de lamp gehangen om het felle licht ietwat te temperen. Het vage lichtschijnsel verlichtte de kamer. Hij lag met een ontbloot bovenlichaam op haar te wachten. Met vlakke hand klopte hij op de lakens en hij glimlachte breed. Zenuwachtig liet ze zich op het bed zakken. 'Ik weet niet zo goed wat ik moet doen', bekende ze met een dikke stem. Hij maakte een sussend gebaar en staarde minutenlang naar haar gezicht. Zijn vingers gleden langs haar nek, rug en armen. Ze hield haar adem in toen hij de knoopjes van haar blouse openmaakte.

Ze had het niet echt fijn gevonden. De eerste minuten had ze verkrampt op bed gelegen, bang voor wat komen ging. Geduldig en zachtjes had Mo haar toegefluisterd. Zijn lippen voelden teder aan op haar blote huid. En toen ze eindelijk ietwat ontspannen was, deed ze uiteindelijk nog van alles fout. Telkens moest Mo haar vertellen wat ze moest doen. Wat hij fijn vond en wat niet. Ze voelde zich zo onhandig. Maar volgens Mo ging het geweldig. 'Zo'n eerste keer is altijd eng', had hij haar gerustgesteld. 'Je moet het allemaal nog leren, het komt vanzelf. Als we het vaker doen, ga je het fijn vinden.'

Mo had een sigaret opgestoken en hij inhaleerde diep. Lisa lag met haar hoofd op zijn borst en keek naar de rook die uit zijn neus omhoog kringelde. Hij had de ogen gesloten en zijn hand aaide langs haar rug. Beiden waren weggezonken in hun gedachten. Enkele minuten maar. Want plotseling verbrak een roffel op de deur de aangename stilte. De deur kierde open en het hoofd van Ramon verscheen om de hoek. 'Mo!' gromde zijn zware stem. Hij maakte een hoofdbeweging naar de gang. Op zijn ellebogen werkte Mo zich omhoog en keek geïrriteerd naar zijn vriend. Het hoofd maakte nogmaals een korte beweging. 'Kom effe...' Mo veerde overeind, graaide zijn broek van de stoel en beende de gang in. Op samenzweerderige toon werd er gefluisterd. Er klonk een vloek en toen weer zachte stemmen. Mo kwam de slaapkamer binnen en stapte in zijn schoenen. 'Ik ben zo terug liefje, ga maar vast even douchen.' Zijn stem klonk gejaagd en snel drukte hij een kus op haar haren. Hij stoof naar de deur, rukte hem open en denderde de trap af.

Met driftige stappen liep Kelly de straat uit, nergens naar op weg. Ze was woedend en teleurgesteld. Ramon had haar aan het eind van de schooldag opgehaald en naar het café gebracht. Daar zat Mo op haar te wachten want hij wilde haar spreken, zonder Lisa. Kelly ging bij Mo aan het tafeltje zitten en Ramon nam plaats aan de bar. Vragend had ze Mo aangekeken maar hij zweeg enkele minuten. Plotseling sloeg hij zijn armen om haar heen en kuste haar vol op de mond. Die kus gaf haar een wonderbaarlijk gevoel alsof ze zweefde. Ze schudde driftig met haar hoofd om uit die roes te komen. Verbouwereerd staarde ze naar de rug van Ramon en toen naar Mo. 'Wat doe je nou?' stamelde ze.
'Ik ben al dagen verliefd op je', verklaarde hij terwijl hij haar hand streelde. 'En ik hoorde van Ramon dat je ook op mij verliefd bent. Ik word gewoon ziek van verlangen.' Kelly hapte naar lucht. 'Maar Ramon is op mij...'
'Ramon is een geweldige vriend. Hij keurt het goed, hij wil dat we samen gelukkig worden. Hij heeft hier vrede mee.'

'En Lisa dan?' Er verscheen een diepe frons op zijn voorhoofd.
'Lisa was een fout, een vergissing. Ik hou niet van haar. Ik heb
haar vandaag van school opgehaald om met haar te praten,
om het haar duidelijk te maken. Maar ze geeft me geen kans
om het uit te leggen, het is net alsof ze het voelt aankomen. Ze
kakelt maar door en laat me niet uitpraten. Vanavond hoop
ik...' Hij trok Kelly in zijn armen. 'Je wilt me toch wel? Zeg
alsjeblieft dat je van me houdt.'
'Ja, tuurlijk wil ik je', antwoordde Kelly terwijl haar stem
oversloeg van emoties. 'Maar ik vind het rot voor Lisa.'
'Hoe denk je dat ik me voel? Het is ook mijn vriendin en ik wil
haar liever niet kwetsen. Maar ik heb geen keus. Ik wil met jou
verder.' Hij tilde haar hoofd omhoog en kuste haar teder. 'We
laten dit ons toch niet afpakken?' fluisterde hij in haar oor. 'Ja,
maar Lisa...'
'Het komt allemaal goed als we het doen op mijn manier en
op het juiste moment. Het heeft wat tijd nodig. Ik wil het haar
zelf vertellen', zei hij nog met klem.
Vervolgens stopte hij een gsm in haar handen. Ze had hem
aangestaard terwijl ze het cadeau om en om in haar handen
draaide. Ze kon het gevoel van verraad tegen Lisa, dat ze diep
van binnen voelde, niet verdrijven. 'Zolang ik Lisa nog niets
heb verteld, houden we onze relatie geheim. We willen haar
niet onnodig pijn doen, toch?'
'Nee, natuurlijk niet', antwoordde Kelly. 'Wanneer vertel je
het haar dan?'
'Vanavond, morgen of overmorgen', had hij nog gezegd.
'Zodra het kan... Dit ligt gevoelig.' Zijn voorstel klonk absurd
en ze wist niet goed hoe ze hierop moest reageren. Verdoofd
stemde ze ermee in. Maar toen hij doodleuk, waar zij bij was,
met Lisa de slaapkamer in verdween, knapte er iets vanbinnen.

Had Lisa in de auto niet beweerd dat ze hét vanavond gingen doen? En dat Mo Lisa had gevraagd om speciaal ondergoed te kopen? Kelly kon het niet langer aanzien en was het huis uit gerend.

Haar naam galmde door de straat. Voetstappen klonken als doffe mokerslagen op de straatstenen.

'Kelly!'

Ze keek verward over haar schouder, alsof ze niet goed wist wat ze doen moest. Met moeite verbeet ze haar tranen. Ze versnelde haar pas.

'Kelly.' Hij haalde haar in en greep haar arm vast.

'Rot op', snikte ze. 'Je hebt tegen me gelogen. Ik ga echt niet op de bank zitten luisteren hoe jij het met haar doet.' Ze had zich omgekeerd om weg te gaan, maar hij hield haar arm stevig vast. Ze sloeg wild op hem in. 'Laat los. Ik wil dit niet.'

Zijn vingers groeven zich in haar vlees. 'Rustig, word kalm.'

De stem van Mo klonk scherp en dwingend. 'Er is niks gebeurd, geloof me. Ze stond plotseling in haar ondergoed voor mijn neus.'

'Niks gebeurd? Je gaat met mijn beste vriendin naar bed en dat noem jij niks. Je bent ziek.'

Zijn hand schoot naar voren en greep Kelly bij haar haren. Met een ferme ruk trok hij haar hoofd naar achteren. 'Ik heb haar met geen vinger aangeraakt. Je moet me geloven.' Bleek en met opengesperde ogen keek ze hem aan.

'We hebben niets gedaan, zelfs niet gekust. Geloof me nou.'

Hij keek haar strak in haar ogen, even maar. Toen kuste hij haar ruw op de mond terwijl zijn greep verslapte.

Ze wilde nog zwakjes protesteren maar de kus brak haar verweer. Ze geloofde hem. Ze geloofde dat Lisa haar lichaam in paniek had aangeboden en dat hij haar had afgewezen. Ze hebben gepraat, meer niet. Lisa moest zich ellendig voelen, beschaamd en goedkoop.

'Ik heb Lisa verteld dat ik niet met haar naar bed kon', zei Mo. 'Ze was er kapot van. Ik kon het niet over mijn hart verkrijgen om de verkering te verbreken, laat staan om over ons te vertellen. Het moet nog maar even wachten.'

Kelly knikte traag.

'Laten wij nu geen ruzie maken. We moeten sterk zijn. We gaan terug en steken een jointje op', stelde Mo voor. 'Ramon brengt Lisa straks naar huis, dan hebben wij samen nog de hele nacht.'

6

Een aanhoudend en irritant melodietje zong rond in de
slaapkamer. Na enkele seconden viel het stil om na twee
minuten weer tot leven te komen. Met een slaperig gezicht
drukte Lisa het licht aan. Het duurde even voordat ze zich
realiseerde dat het geluid afkomstig was van haar nieuwe
mobiel. Ze knipperde met haar ogen naar de alarmklok en
kwam traag haar bed uit.

'Kwart over vier! Welke gek belt nou midden in de nacht op?'
mopperde ze hardop. Het enige wat ze wilde, was slapen en
het liefst urenlang. Ze voelde zich lamlendig en moe na het
avondje stappen met Mo. Ze hadden wat wiet gerookt en deze
keer was ze niet misselijk geworden, hooguit wat draaierig.
Rond twaalf uur was ze halfstoned naar huis gegaan en direct
in bed gekropen.

'Lisa', snauwde ze met een rauwe stem in de gsm.

'Dag liefje, met mij.'

Lisa was even stil. 'Mo?' En toen met bezorgde stem: 'Er is
toch niets gebeurd?'

'Welnee. Ik mis je en ik wilde je stem horen.' Weer een korte
stilte.

'Weet jij wel hoe laat het is?' viel Lisa geamuseerd uit.

'Het is pas vier uur, de dag begint net', antwoordde Mo met een kinderlijk stemmetje. En toen weer serieus: 'Ik wilde je zeggen dat je geweldig was in bed. Als ik eraan terugdenk, begint mijn hele lijf te tintelen. Jammer dat je vriendin alles moest verpesten door zo rel te trappen.'

'Ja, inderdaad. Wat was er eigenlijk aan de hand?'

'Ze had ruzie met Ramon. Hij wilde iets meer dan alleen maar zoenen en toen hij het haar vroeg, flipte ze.'

'Ze weet nog niet echt wat ze wil', meende Lisa. 'De ene keer vindt ze Ramon leuk en dan weer niet.'

'Als ze weer met Ramon ruzie maakt, bekijkt ze het maar', foeterde Mo. 'Dan ga ik er niet meer achteraan om het tussen die twee goed te maken. Maar laten we het niet over hun liefdesleven hebben. Weet je dat ik van je hou?'

Lisa voelde een warme gloed door haar lichaam golven.

'Lisa? Ben je er nog... lieverd, zeg eens iets liefs.'

'Ik hou ook van jou', bekende ze geëmotioneerd.

'Je bent mijn engel en ik mis je.' Hij liet een klagende zucht horen. 'Morgen moet ik voor zaken naar Antwerpen. Dan zie ik je pas in de middag weer.'

Ze lachte schalks. 'En ik moet toch naar school. Of jij nu werkt of niet, je ziet me altijd pas in de middag.'

'Stomme school. Je hebt er toch geen zak aan. Je kunt beter gezellig met mij meegaan.'

Lisa negeerde zijn opmerking. 'Wat doe je eigenlijk voor werk? Je hebt het er nooit over.'

'Dat vertel ik liever niet over de telefoon. Misschien een andere keer.'

'Het is toch niets illegaals?'

Hij snoof hoorbaar. 'Waar zie jij me voor aan? Heb jij nog problemen met je moeder gehad?' veranderde hij snel van onderwerp.

'Nee, ze kwam pas na enen thuis en toen lag ik al in bed.'

'Mooi zo. Je moet me beloven dat je je niet meer de les door haar laat lezen. Je bent nu een vrouw en geen kind meer. Beloof je het me?'

'Ja, tuurlijk. Heb jij nog wat gedaan toen ik weg was?'

'Ik ben nog even met Ramon naar het café gegaan en daarna naar huis. Maar ik kan niet slapen. Ik moet telkens aan jou denken...' Het was even stil. 'Weet je...' zei hij toen. 'Je kunt beter niks over onze vrijpartij aan Kelly vertellen. Het ligt nogal gevoelig bij haar, nu met Ramon. Zeg maar dat er niets is gebeurd. Dat is beter zo.'

'Als jij het zegt.'

'Heb ik al verteld dat ik van je hou?' Ze giechelde.

Lisa lag onder haar dekens met de gsm tegen haar oor gedrukt. Ze luisterde verrukt naar de lieve woorden die haar werden toegefluisterd. De klok wees halfzes toen ze de gsm in haar schooltas opborg en nog wat probeerde te slapen. Klokslag zeven uur sprong meedogenloos de radio aan.

Met een asgrauw gezicht en een barstende hoofdpijn staarde Lisa wezenloos naar het schoolbord waar meneer De Ruiter, leraar wiskunde, de opdracht uitwerkte. Terwijl de anderen driftig de sommen overpenden, vocht zij uit alle macht om wakker te blijven. Dit red ik nooit, gonsde het door haar heen. Ze had nog vier vakken te gaan, dat was viereneenhalf uur. Haar pen kraste vreemde kronkels in het schrift en haar ogen vielen telkens langzaam dicht. De tonen uit haar mobiel deden haar opschrikken. De pen kletterde op de grond en met grote ogen blikte ze in het rond. 'Jasses', siste ze met een rood hoofd. Met een verontschuldigend gebaar naar de leraar graaide ze de gsm uit de rugtas. Half weggekropen onder haar tafel smiespelde ze in het apparaat: 'Met Lisa... Nee, nu niet Mo. Ik zit midden in de les.' En zonder op een antwoord te wachten, verbrak ze de verbinding. Meneer De Ruiter wierp een korte, donkere blik in haar richting en ging verder met zijn uitleg. Vlug schoof Lisa de gsm onder haar agenda en wiebelde van haar linker- op haar rechterbil. Wat bezielde Mo? Straks kreeg ze problemen. Opgelaten raapte ze haar pen van de grond en probeerde zich te concentreren. De pen zweefde boven het papier toen een melodie klonk, nu uit een andere hoek in het lokaal. Alle hoofden draaiden richting Kelly. Ze haalde haar gsm tevoorschijn en drukte op de knoppen. Ze voerde een kort gesprek en negeerde de boze blik van De Ruiter. Toen hij met een dieprood hoofd op haar afbeende, verbrak ze haastig de verbinding.

'Jongedame,' bulderde hij, 'het is knap onbeschoft om tijdens de lessen te telefoneren. Berg dat ding onmiddellijk op en laat ik het niet meer horen anders ben je het kwijt.' Ze schonk hem een suikerzoete glimlach. 'Sorry meneer.' Met veel moeite probeerde De Ruiter zijn woede te bedwingen. Nog voordat hij kon antwoorden, klonk weer een beltoon door de klas. De gsm van Lisa trilde bij elke toon: de agenda deinde mee. Lisa verstijfde en zocht in paniek naar de uitknop op het apparaat. De Ruiter ontplofte. Hij keerde zich naar haar toe, zijn ogen fonkelend van woede. 'Is dit een complot?' brulde hij. 'Proberen jullie mijn lessen te saboteren door elkaar te bellen? Gaan we leuk doen? Gaan we leuk doen?' Zijn spuug sproeide in het rond en een ader in zijn nek zwol gevaarlijk op. 'Nee, echt niet meneer. Dit is een...' verontschuldigde Lisa zich. De beltoon van Kelly's gsm onderbrak haar uitleg. Er viel een beklemmende stilte, het schelle melodietje sneed door merg en been. Gespannen gezichten observeerden de leraar.

'Inleveren!' De stem van De Ruiter klonk als een zweepslag door het lokaal.

'Hoezo... afgepakt?' bulderde Mo. Hij keek Lisa en Kelly woedend aan. 'Wat is dit nu weer voor onzin? Wie denkt die kerel dat hij is? In welk lokaal vind ik die vent?'
'Waarom?' wilde Lisa weten. Ze had het gevoel dat er iets naars ging gebeuren.
'Tweede etage, lokaal 219', antwoordde Kelly snel en in haar ogen verscheen een gevaarlijk lichtje.
'Jullie blijven in de auto wachten', commandeerde Mo. 'Wij gaan even met deze man praten.' Hij seinde naar Ramon en ze stapten met grote passen het gebouw binnen.
'Wat doe je nou', beet Lisa Kelly toe. 'Dit loopt straks uit de hand en dan worden wij geschorst.' Onverschillig haalde Kelly haar schouders op. 'Ze gaan alleen maar praten. Maak je niet zo druk.'
'Ik maak me wel druk. Je had je mond moeten houden.'
'Dat maak ik zelf nog wel uit.'
'Zeg je dat ook tegen je ouders als ze dit te horen krijgen?'
'Er is nog helemaal niets gebeurd, trut,' schreeuwde Kelly in Lisa's gezicht.

Meneer De Ruiter zat gebogen over een stapel nakijkwerk toen de twee jongens de klas binnenkwamen. Hij keek op van zijn werk en fronste bedenkelijk zijn wenkbrauwen. Hij wist zeker dat hij het duo nog nooit eerder op school had gezien. Dreigend stond het tweetal om hem heen. Mo stak zijn hand uit en liet er grommend op volgen: 'Geef ze onmiddellijk terug anders ram ik je kop in.'
De leraar trok een wenkbrauw op. 'Je bent niet echt duidelijk.

Wie ben jij? Volgens mij zitten jullie hier niet op school.'

'Die gsm's van Kelly en Lisa zijn van mij, die hebben ze van mij geleend. Geef terug, eikel', blafte Mo tegen de leraar.

'Geen denken aan', antwoordde deze resoluut. Hij schoof zijn stoel achteruit en kwam omhoog. 'Over drie dagen krijgen de dames hun speelgoed terug en niet eerder.'

'En ik zeg je dat ze nú hun spullen terugkrijgen, anders sla ik die rotkop van je romp', snauwde Mo. Hij greep De Ruiter bij zijn arm vast en duwde hem tegen de muur.

'Ik denk dat jullie beter kunnen gaan', zei de leraar bars. 'Jullie maken de situatie voor deze twee dames alleen maar erger.'

Mo kneep zijn ogen tot spleetjes en boog met zijn hoofd dreigend richting de man. Zijn neus raakte de neus van de leraar. Mo's stem klonk hard en toonloos: 'Ik wil ze terug.'

'Jammer dan...' antwoordde De Ruiter mat.

Mo haalde snuivend adem en zijn gezicht liep rood aan.

De kopstoot trof de leraar vol en hard in het gezicht. Met beide handen greep De Ruiter naar zijn hoofd. Hij wankelde en smakte vervolgens verdoofd op de grond. De vuisten van Mo daalden als molenwieken op zijn hoofd en rug neer. De Ruiter schreeuwde en probeerde tevergeefs de slagen met zijn armen te weren. Ramon stond in de deuropening en hield de gang nauwlettend in de gaten. Een grijns gleed over zijn gezicht toen hij de man hoorde schreeuwen. Hij schudde minachtend zijn hoofd en stak een sigaret op. Mevrouw De Vries van de administratie kwam aangehold. 'Wat is er aan de hand?' Haar stem fladderde door de gang. 'Wat...' Ze hield haar pas in en wierp een korte blik op de onbekende man in de deuropening van lokaal 219. Ramon keek haar met een scherpe ratachtige blik aan. Hij nam een lange haal van zijn sigaret en spuwde vervolgens op de grond. Mevrouw De Vries weifelde. Er klonk

een schreeuw, een doffe klap gevolgd door een hoge gil.
Mevrouw De Vries draaide ze zich om en vloog de gang uit
richting een telefoon.

'Mo, schiet eens op. De hele buurt heeft het mietje al horen
schreeuwen. Het krioelt hier straks van de politie',
waarschuwde Ramon. 'Mo!'

Mo rukte de leraar aan zijn stropdas ophoog. 'Ik vraag het nog
een keer, zak. Waar zijn mijn gsm's?' De leraar kreeg een zet
en wankelde terug naar zijn bureau. Zijn lip was gescheurd en
bloed druppelde op het tafelblad. Hij trok een lade open en
haalde de telefoontjes tevoorschijn. Twee handen grepen de
leraar ruw vast. Mo keerde het bebloede gezicht naar zich toe,
zodat De Ruiter hem aankeek, en hij kwam heel dichtbij.
'Keurig, mietje. En als je nu echt verstandig bent, praat je met
niemand over ons bezoekje. Begrijp je?' Hij greep De Ruiter
aan zijn oor en draaide het links en rechts om. De man
jammerde. 'Jij hebt ons nog nooit gezien.' De oorschelp
draaide in het rond en liep paars aan. 'Vooral geen namen
noemen. Kelly en Lisa hebben hier niets mee te maken.
Begrepen?' De Ruiter hield zijn ogen stijf dicht en knikte
moeizaam. 'Goed zo', siste Mo in de paarsrode oorschelp. 'De
volgende keer snijd ik je strot af. Ik weet je te vinden...' Hij
duwde de man hardhandig terug op de stoel.

Toen het viertal de straat uit reed werden ze gepasseerd door
een roodwitte politieauto die met knipperende zwaailichten
voor de school stopte.
'Wat hebben jullie gedaan?' wilde Lisa met een krijtwit
gezicht weten. Geschrokken keek ze over haar schouder door
de achterruit om te kijken of ze gevolgd werden.
'Er is niks bijzonders gebeurd', suste Mo. 'We hebben

geprobeerd om redelijk met de man te praten maar hij sprong binnen vijf minuten op tilt. Hij wees me de deur en toen ik niet snel genoeg ging, pakte hij me beet. Ik heb hem van me afgeduwd en wat aan zijn kleren getrokken. Meer niet.'

'Waarom is de politie dan gekomen?' wilde Lisa weten.

'Weet ik veel', riep Mo ongeduldig over zijn schouders naar de achterbank. 'Hij heeft ons de mobieltjes teruggegeven en toen de deur voor onze neuzen dichtgesmeten. Misschien wil hij ons bang maken door de politie op ons af te sturen.'

'Hier krijgen we echt grote problemen mee', concludeerde Lisa jammerend.

'Stel je toch niet aan. De Ruiter is begonnen, die kerel is altijd onredelijk geweest. Ik snap niet waarom je zo zit te snotteren', reageerde Kelly geïrriteerd.

'Denk jij dat wij nog langer welkom zijn op school?' viel Lisa met dikke stem haar vriendin in de rede. 'Als hij onze ouders belt, dan krijgen wij op ons lazer. En de politie…'

'Ach kom, je maakt het probleem groter dan het is', meende Kelly nu.

'We zullen zien wie hier gelijk heeft', riep Lisa pruilend. 'Als de politie je straks thuis staat op te wachten.'

'Koppen dicht', donderde de stem van Mo. Hij keerde zich woest naar de meisjes toe. 'De Ruiter doet helemaal niets. Niemand wordt door de politie meegenomen, er gebeurt helemaal niets. En jij…' Zijn vinger wees dreigend naar Lisa. 'Hou op met dat gejank. Doe toch eens niet zo verdomd kinderachtig. Neem een voorbeeld aan Kelly.'

Lisa slikte moeizaam haar tranen weg. Met een ruk draaide Mo zich weer om. 'Achterlijke wijven', gromde hij.

Er hing een beklemende stilte in de auto. Zwijgzaam tuurden de meisjes door het raam naar buiten. Er werd geen woord meer gesproken. De Mercedes stopte op de hoek van de straat en voordat Lisa was uitgestapt stond Mo al naast haar. 'Ik kom vanavond bij je langs, als je moeder naar haar werk is.' Ze keek hem zwijgend aan.

'Rond negen uur', zei hij.

Tien over negen werd er op het keukenraam getikt. Bart lag in bed en Lisa was net aan haar huiswerk begonnen.

Geschrokken kneep ze in haar pen en even borrelde het idee bij haar op om de deur deze keer niet te openen. Weer getik op het raam, nu met iets meer kracht. 'Lisa?' De stem klonk dwingend. 'Lisa!'

Ze voelde zich verdoofd. Door Mo zat ze nu behoorlijk in de problemen, ook al beweerde Kelly van niet. Ze kon morgen moeilijk doodleuk het lokaal van De Ruiter binnenlopen zonder iets te zeggen? Natuurlijk eiste De Ruiter een uitleg en die had ze niet. Ze was boos dat Mo niet beter had nagedacht over de gevolgen die zij nu moest trotseren. Het tikken op het raam veranderde in bonken; het glas trilde.

Lisa stond op en opende de voordeur. Met vrolijke en uitdagende ogen keek Mo haar aan en stapte langs haar heen de woonkamer binnen. Hij draaide zich om en bekeek haar witte gezicht. Zijn vingertoppen gleden liefkozend langs haar haren en haar wang. Hij haalde een pakje tevoorschijn en duwde het in haar handen. 'Voor de mooiste vrouw van de wereld. Maak maar open.' Lisa keek hem aan en de boze woorden waarop ze de hele avond had gebroed waren vergeten. 'Wat is het?' wilde ze weten.

'Maak maar open, toe dan...' Het kleurrijke papier werd met een ruk verscheurd. Verbijsterd en ontroerd staarde Lisa naar de gouden armband.

'Mo...' stamelde ze.

'Vind je het mooi?'

'Het is prachtig.'

'Niet zo mooi als jij.' Zijn lach was betoverend. 'Je bent vanmiddag behoorlijk geschrokken', liet hij er snel op volgen. Hij zag er nu beschaamd uit.

'Dat is ook zo', beaamde ze.

'Maar je begrijpt toch wel dat ik dit alles uit liefde voor jou heb gedaan. Die vent toonde totaal geen respect en dat pik ik niet. Zo laat ik mijn vrouw niet behandelen. Niemand beledigt mijn meisje en niemand pakt haar iets af. Ik ga voor jou door het vuur en dat doe jij voor mij toch ook?'

Lisa knikte beschaamd. Hoe kon ze aan hem twijfelen. Hij hield van haar, hij vond haar mooi. En uit naam der liefde deden mensen vaak domme dingen, zelfs het plegen van een moord. Het ultieme bewijs van echte liefde. Ze vleide zich in zijn armen. 'Je bent zo lief...', zei ze schor.

Zijn vingers frunnikten aan de knoopjes van haar blouse.

'Waar is je slaapkamer', fluisterde hij.

Twee uur later verliet hij de woning.

7

'Lisa, wil je even meelopen naar mijn slaapkamer? Ik moet met je praten.'

'Kan dat niet hier?' stribbelde Lisa tegen. Ze blies op de nagellak die ze net op had gesmeerd.

'Nee, dat kan niet', antwoordde moeder kortaf. Ze knikte naar Bart die languit op de grond voor de televisie lag. 'Het is niet voor zijn oren bestemd.'

Zuchtend en met haar handen door de lucht wapperend volgde ze haar ma naar de slaapkamer. In de deuropening bleef ze als versteend staan en staarde naar het bed. Ze keek met open mond, verbijsterd en verward. Haar doorschijnende lingerie, de zwartkanten babydoll, de rode jurk, de nieuwe blouses en twee nieuwe spijkerbroeken lagen uitgespreid op het bed.

Moeder liet zich op de rand van het bed zakken en strengelde haar vingers in elkaar. 'Sluit de deur even achter je.' De deur klikte in het slot. Er hing een gespannen stilte in de kamer.

'Hoe kom je hieraan?' vroeg moeder, met een gebaar naar de uitgestalde waar. 'En vertel me nu niet dat je dit alles van Kelly hebt geleend, dat lijkt mij sterk.'

De raderen in Lisa's hoofd werkten op volle toeren. Ze moest nu oppassen. Hoe harder ze loog, des te groter was de kans dat ze het door had. Misschien was de waarheid een beter plan. De stem van Mo gonsde door haar hoofd: 'Je hoeft niet alles te slikken van je moeder. Jij bent een volwassen vrouw... niet alles slikken...' Ze trok haar schouders naar achteren.

'Gewoon, gekocht', antwoordde ze zo onverschillig mogelijk. En meteen liet ze erop volgen: 'Waarom snuffel je eigenlijk in mijn spullen? Zoek je iets bijzonders? Heb ik geen privé-leven?'

Haar moeder negeerde de opmerking. 'Hoe kom je aan het geld?' vroeg ze scherp. Lisa haalde haar schouders op en vouwde haar armen over elkaar. Uitdagend stak ze haar kin in de lucht. 'Gekregen.'

'Van hem?'

Lisa was even van slag. 'Wie bedoel je?' stamelde ze.

'Van je vader of van de jongen die hier elke avond langskomt zodra ik naar mijn werk ben. Dacht jij dat ik daar nooit achter zou komen?'

Lisa grijnsde brutaal. Het had ruim drie weken geduurd maar nu wist ma het eindelijk. Zelf had ze nooit de moed gehad haar iets over de bezoekjes van Mo te vertellen. Ze voelde zich opgelucht. De grijns werd breder.

'Ja, ik heb het van mijn vriend gekregen', antwoordde ze toen uitdagend, met de nadruk op het woord vriend. Een stilte. 'Ik ben toch oud genoeg voor een vriend', vulde ze haastig aan. Moeder draaide haar hoofd weg en keek door het raam naar buiten. Haar borstkas ging zwaar op en neer. In eerste instantie had ze gedacht dat Lisa toch bij haar vader had aangeklopt voor geld. Nu bleek een ander haar dochter te overladen met cadeaus. Een vreemde... een vriend?

'Is het die jongen van het schoolfeest? Hoe heet 'ie ook al weer?' wilde moeder weten.

'Ja, Mo.'

Moeder lachte wrang. 'Hoe oud is hij?'

'Wat heeft dat er nou mee te maken?' vroeg Lisa achterdochtig.

'Ik weet dat hij met een auto rijdt, dus...'

'Dus wat?'

'Dus is hij ouder dan zeventien.'

'Hij is tweeëntwintig.'

'Zo...'

'Wat nou weer?' snauwde Lisa geërgerd. 'Jij hebt altijd commentaar. Leeftijd is niet belangrijk als het om echte liefde gaat.' Moeder fronste haar wenkbrauwen en schraapte haar keel. Het kostte haar duidelijk moeite om haar kalmte te bewaren. Ze kneep haar handen open en dicht. 'Geeft hij je vaak geld?'

'Elke maand.'

'Hoeveel?'

'Vijftig euro.'

'Vijftig?' herhaalde moeder geschrokken. 'Dat kun je toch zomaar niet aannemen.'

'Heb je dan liever dat ik het ga stelen? Is dat wat je wilt?' beet Lisa haar moeder venijnig toe.

'Nee, natuurlijk niet. Wat is dat nou weer voor onzin. Ik heb liever dat je er zelf voor gaat werken. Er zijn genoeg baantjes: een krantenwijk, vakken vullen bij een supermarkt of afwassen bij...'

'Ja, dat zal wel. Ik ben niet achterlijk. Wanneer moet ik dat nog doen?'

'Ach, voel je je daar te goed voor?' concludeerde moeder sarcastisch. 'Maar niet te goed om je hand open te houden? Dat is wel erg gemakkelijk, hè?'

De harde woorden hadden zijn doel getroffen. Lisa hapte naar lucht en zocht naar een hatelijk antwoord.

'Je bent gewoon jaloers', riep ze giftig.

'Jaloers?' echode moeder.

'Ja, jaloers. Ik heb iemand gevonden die van me houdt en die zorgt dat ik niks te kort kom. Jij hebt niemand. Jij weet niet hoe je van een man moet houden. Jij jaagt iedereen bij je weg. Jij bent dik en oud en...'

Moeder vloog overeind. Haar stem trilde. 'Jij mag dan misschien een man van tweeëntwintig hebben gevonden maar jij blijft nog altijd míjn dochter van vijftien.' Moeders ogen waren groot, haar neusvleugels trilden. Ze graaide de lingerie van het bed. 'En dit hoerenspul wil ik in mijn huis niet meer zien.' Ze beende naar het nachtkastje en haalde een schaar uit de la. Demonstratief stak ze het zilverkleurige voorwerp in de lucht.

'Als je het waagt...', vloog Lisa op. 'Dan... dan...' De schaar hapte in het slipje dat in stukken op de grond uiteenviel. Lisa voelde het bloed uit haar gezicht trekken. In een waas van tranen greep ze haar moeder vast. 'Takkewijf', gilde ze.

'Jaloers rotwijf.' Ze gaf haar moeder een zet waardoor ze languit op het bed belandde. Met gebalde vuisten stond Lisa voor het bed. Ze stampte met haar voeten op de grond. 'Ik haat je... Ik haat dit leven. Ik haat alles hier.'

Ze draaide zich om en holde het huis uit.

Als een bezetene trapte Lisa op de pedalen van haar fiets. Ze schoot door de straten op weg naar het huis van Ramon. Moeder was te ver gegaan. Ze had zich niet mogen bemoeien met haar leven. Het waren háár spullen, van haar en van Mo. Met een wild gebaar veegde ze de tranen uit haar ogen. Moeder had alles verpest. Nu kon ze niet meer terug en ze

wilde niet meer terug. Nooit meer. Moeder had door haar
hysterische gedrag eerst vader weggejaagd en nu haar. Samen
met haar in een huis leven was onmogelijk. Ze was gek. Lisa
bonkte de fiets tegen de stoep omhoog en sprong van het
zadel. De tweewieler belandde met een smak tegen de gevel
en klapte vervolgens met veel kabaal op de grond. Ze vloog de
portiektrappen op en bleef hijgend voor nummer 14 staan.
Met haar platte hand sloeg ze op de deurbel. Een-, twee-,
driemaal en daarna hield ze de knop ingedrukt. De deurbel
galmde door de gang.
'Laat er alsjeblieft iemand thuis zijn', jammerde ze.
'Alsjeblieft... alsjeblieft...'
De deur vloog open en Mo stond in de deuropening. Verbaasd
gaapte hij Lisa aan. 'Wat heb jij?'
Haar mond ging open en weer dicht maar er kwamen geen
woorden, alleen maar tranen. Hij deed een stapje opzij en trok
haar naar binnen.

Lisa lag als een zielig vogeltje ineengedoken op de bank. Mo
had een kussen onder haar hoofd geschoven en haar toegedekt
met een deken. Met een dampende mok thee kwam hij uit de
keuken. 'Gaat het weer een beetje?' vroeg hij liefdevol. Ze
knikte; haar borstkas schokte. 'Drink eerst je thee op en vertel
me dan wat er is gebeurd.' Haar handen klemden rond de mok
en er verschenen witte plekjes op haar vingertoppen. Ze nipte
voorzichtig aan de thee. Na drie slokjes zette ze de mok op tafel
en pakte zijn handen vast. Hij lachte haar bemoedigend toe.
Hakkelend en met overslaande stem deed ze haar verhaal.
Daarna was het enkele seconden stil.
'Wat een ongelofelijke bitch', viel Mo uit. 'Hoe durft ze jou zo
te behandelen, als een klein kind. En wat ik met mijn geld

doe, bepaal ik helemaal zelf. Waar haalt ze het gore lef vandaan. Ik had je nog zo gewaarschuwd tegen dat mens. Uit jouw verhalen merkte ik al op dat ze een tiran is en dat ze jouw leven wil beheersen. Je hebt groot gelijk dat je bent weggegaan. Laat dat mens maar stikken. Ze gebruikt jou alleen als oppas. Jij hebt haar niet nodig, zij heeft jou nodig.'

Hij sloeg zijn armen om haar heen en kuste haar boven op het hoofd. 'Je gaat niet meer terug.'

'Waar moet ik dan heen? Kan ik bij jou thuis wonen?' vroeg ze zachtjes.

'Nee!' reageerde hij heftig. 'Mijn ouders zijn oude mensen met totaal andere normen. Alleen als we getrouwd zijn, kun je bij ons wonen. Maar dat zal niet lang duren, lieverd. Heb geduld. Je kunt zolang wel hier blijven.'

Lisa's hart maakte een sprongetje. Had ze het goed gehoord?

'Wil je echt met me trouwen?' vroeg ze hoopvol.

'Tuurlijk. Zodra je achttien bent, heb je van niemand toestemming nodig. Tot die tijd sparen we voor een huis en nieuwe spulletjes. Dat wil jij toch ook?'

'Ik wil niets liever.'

'Goed zo lieverd. Samen kunnen we de hele wereld aan.' Hij kuste haar vluchtig op de lippen en stond toen op.

'Ramon heeft hiernaast nog een slaapkamer die niet gebruikt wordt. Er staat een eenpersoonsbed. Ik regel het wel met hem.'

'Maar ik heb niets meegenomen, zelfs geen tandenborstel.'

'We gaan vandaag nog de stad in en je koopt wat je nodig hebt. Ik betaal.'

Vierentwintig lange uren waren verstreken na de aanvaring met haar dochter. Mevrouw Aldra had zich eerst nog groot gehouden en zichzelf wijsgemaakt dat het haar allemaal niets deed. Lisa zocht het maar uit. Die grote mond van haar was ze meer dan spuugzat. Uiteindelijk was haar woede langzaam omgeslagen in bezorgdheid. Vooral toen Lisa die avond niet was thuisgekomen. Ze had Kelly gebeld in de hoop dat Lisa daar logeerde. Maar helaas. Kelly had haar niet gezien. Vanmorgen had ze de school gebeld maar ook daar was ze niet op komen dagen. Waarom was ze dan ook zo uitgevaren? Ze had zich voorgenomen om alles rustig met haar te bespreken. Over de spullen die verstopt lagen in haar kasten. De jongen die elke avond in haar huis was. Waarom had Lisa haar niets verteld? Gedroeg ze zich dan zo onredelijk tegenover haar kinderen? Ze zou het haar vragen op een kalme toon. Maar de teleurstelling dat Lisa al die dagen tegen haar had gelogen nam de overhand. De frustratie dat háár dochter zonder schaamte geld aannam, en de beledigingen en verwijten deden de voornemens vergeten. En toen pakte ze de schaar. Het was een machtsstrijd geworden, een regelrechte strijd.

Mevrouw Aldra frummelde aan haar polshorloge. Waar kon ze zitten? Waarschijnlijk bij de jongen. Ze schonk een mok koffie in en keek nogmaals op haar horloge.

Uiteindelijk, na een periode van eindeloos wachten was mevrouw Aldra naar het politiebureau gereden. Ze had daar haar verhaal gedaan. Er werd een notitie in de computer gemaakt en meer niet. 'Maakt u zich maar niet al te druk', had de politie haar geadviseerd. 'Uw dochter zit gewoon bij die jongen. Wacht nog twee dagen af. Waarschijnlijk komt ze met hangende pootjes terug. Zo gaat dat meestal met jongeren die van huis weglopen.' Maar mevrouw Aldra maakte zich wel druk en wilde niet afwachten. Iemand moet

Lisa hebben gezien of gesproken. Iemand moest toch weten wie Mo was en waar hij woonde? Ze moest iets doen, ze moest haar dochter zoeken.

De zoektocht was tevergeefs geweest. Urenlang had mevrouw Aldra rondgereden. Bij honderden huizen had ze door de ramen naar binnen gegluurd. Maar geen spoor van Lisa. Twee uur in de ochtend had ze haar zoektocht gestaakt. Ze was doodop naar bed gegaan maar kon de slaap niet vatten. De hele nacht had ze liggen woelen en draaien en uiteindelijk had ze de gedachte aan slaap opgegeven. Om zeven uur zat ze met een mok koffie in de keuken en staarde wezenloos voor zich uit. De klok tikte langzaam de uren weg. Negen uur, tien uur, elf uur.

De telefoon ging. Ze schoot overeind en graaide de hoorn van het toestel. 'Met Ivonne Aldra...' Haar stem sloeg over.

'Mevrouw Aldra, hier met Hans de Ruiter van het Sint-Maartencollege. Ik wilde graag weten of uw dochter terecht is.'

'Nee. Ze is al twee dagen weg en ik...' Ze bleef midden in de zin steken en slikte een brok in haar keel weg.

'Kunt u even langskomen? Ik wil graag iets met u bespreken.'

Even was het stil. Toen zei ze: 'Ik kom er meteen aan.'

Ze zaten tegenover elkaar. Mevrouw Aldra reageerde traag. Ze keek de kalende man aan en probeerde na te denken. Ze was duidelijk stomverbaasd en het duurde even voordat ze iets kon zeggen. 'Ze hebben u geslagen?' mompelde ze beduusd.

Meneer De Ruiter gaf geen antwoord, zijn blik was somber.

'Geloof mij,' zei hij, 'uw dochter gaat met gevaarlijke jongens om die niet vies zijn van geweld. Ik heb geen aangifte bij de politie gedaan uit vrees voor represailles. Maar als mijn aangifte u helpt om de politie in actie te laten komen, doe ik dat zeker. Die twee knapen zijn regelrechte criminelen. Uw dochter is bij dat tuig niet veilig. U zegt het maar. Ik bel direct de politie.' Mevrouw Aldra schudde verward haar hoofd. 'Nee, ik wil niet dat u problemen krijgt. Ik ga met de ouders van Kelly praten. Hun dochter is er ook bij betrokken. Misschien hebben ze het meisje bedreigd en durft Kelly haar mond niet open te doen.'

'Dat zou kunnen', zei De Ruiter.

'Het wordt tijd dat haar ouders te horen krijgen met wat voor tuig onze kinderen omgaan', meende mevrouw Aldra. 'En misschien kunnen zij Kelly dwingen om mij te vertellen waar Mo woont. Kelly is mijn enige hoop.'

'Ik zal u te allen tijde helpen', zei de leraar. Hij pakte haar hand. 'Hou me op de hoogte.'

Mevrouw Aldra knikte en stond op. 'Zodra ik iets weet, bel ik u.' In de deuropening draaide ze zich nog even om. 'Bedankt.' Ze stapte door de gang en knikte vluchtig naar het meisje dat haar halfverscholen in een hoek gadesloeg. Fatiha volgde mevrouw Aldra naar de uitgang en haalde toen haar mobiel uit haar jaszak tevoorschijn.

Mevrouw Aldra reed over de provinciale weg richting het huis van Kelly. Ze kneep in haar stuur en liet het verhaal van de leraar tot haar doordringen. In wat voor situatie had haar dochter zich nu gestoken? Ruud, de zoon van de buurman had haar gisteren ook al zo'n vreemd verhaal verteld. Hij had Mo verschillende keren bij haar thuis naar binnen zien gaan en had hem herkend als dealer. Een drugsdealer. Ze kon het eerst niet geloven. Ruud was altijd al een fantast geweest. Als klein kind kwam hij met de meest wilde verhalen thuis. Maar nu... Na het verhaal van de leraar twijfelde ze niet langer. Dit waren geen kwajongens, dit waren misdadigers. Ze staarde naar het wegdek en begon geluidloos te huilen. Ze hadden de man geschopt, geslagen. Al dat geweld... Dat was niets voor Lisa. Ze zou zoiets nooit accepteren. Misschien was ze aan de drugs. Dat zou een verklaring kunnen zijn. En dan al dat pikante ondergoed... Daar was ze toch nog veel te jong voor. Ze had gisteravond Dennis gebeld en gehoopt op zijn steun. Hij was tenslotte haar vader. Maar hij had lauw gereageerd op het verhaal. 'Lisa loopt niet in zeven sloten tegelijk. Morgen staat ze weer voor je neus. Nee, ik kan echt niet komen. Als ze er morgen nog niet is, bel je me maar terug.' En vervolgens had hij de verbinding verbroken. Hoe heb ik ooit verliefd kunnen worden op zo'n hufter, dacht ze bitter. Ze stond er weer alleen voor. Er gingen wel duizend gedachten door haar overwerkte hersenen. Bart... Ze moest opschieten. Ze wilde Bart niet te lang alleen laten. Ze moest nog boodschappen doen en koken. Ze moest maar een paar vrije dagen opnemen en ze moest... Een zware claxon rukte haar terug naar de werkelijkheid. Vlug trok ze aan het stuur waardoor de auto terugzwenkte op zijn weghelft. De auto van mevrouw Aldra slingerde over de weg en schoot vervolgens met hoge snelheid de berm in. Het vehikel denderde recht op een groepje bomen af. Paniek nam de overhand. Mevrouw Aldra gilde en trapte op de rem. Ze voelde de veiligheidsriemen met een ruk strak trekken. De achterkant van de auto schampte een boom en veranderde van koers. Een doffe klap, glasgerinkel, het geluid van krassend metaal en daarna een onheilspellende stilte. De vrachtwagen op de andere weghelft was gestopt. Aangeslagen klom de chauffeur uit de cabine en liep om de vrachtwagen heen naar de overkant van de weg. Hij liet zich langzaam de ondiepe sloot in glijden waar de neus van de auto zich had ingeboord. Het portier klemde in het verwrongen ijzer. De man vloekte en rukte nogmaals met beide handen aan de portierhendel. Uiteindelijk zwaaide de deur open. De man verstijfde en staarde met een lijkwit gezicht naar het bebloede lichaam van mevrouw Aldra.

8

Op aanraden van Mo hield Lisa zich in de woning schuil. Ze
deed geen stap buiten de deur uit angst dat ze haar
schuilplaats zou verraden. 'Ze zoeken je', had Mo haar
gewaarschuwd. 'Je moeder heeft waarschijnlijk de politie al
ingeschakeld. Zodra ze weten waar je zit, komen ze je halen.'
Die opmerking had haar bang maar ook boos gemaakt. Ze
was toch zeker geen crimineel? Het liefst had ze Kelly gebeld
en gevraagd wat er allemaal over haar gezegd werd. Wat haar
moeders reactie was. Of ze erg kwaad was... Maar Mo had
haar verboden om met iemand te bellen, zelfs niet met Kelly.
'Natuurlijk is je moeder boos', had Mo haar verzekerd. 'Want
ze is haar oppas kwijt, haar voetveeg. Ze is echt niet verdrietig
dat je weg bent. Ze is kwaad omdat ze geen grip meer op je
heeft.'
'Dat geloof ik niet', sputterde Lisa tegen. 'Ma is niet zo. Ze is
beslist ongerust en...'
'Welnee', riep hij honend. 'Je moeder is haar slaafje kwijt. Hoe
moet ze nu naar haar werk? Wie past er op Bart? Ze heeft je
harder nodig dan jij denkt.' Lisa had moeite om dit alles te
geloven maar ze ging er echter niet tegen in. Ze liet het zo. Ze
probeerde niet aan haar moeder en Bart te denken en

concentreerde zich volledig op Mo. Het werden twee heerlijke dagen met hem. Ramon logeerde bij een vriend en had zich al die tijd niet meer laten zien. Lisa genoot met volle teugen van haar charmante vriend die niet meer van haar zijde week. Hij bleef slapen, hij kookte een romantisch diner en in de ochtend bracht hij haar ontbijt op bed. Hij behandelde haar als een prinses en overlaadde haar met cadeaus zoals parfum en sieraden. Het leek een heerlijke droom. Totdat de droom wreed werd verstoord door de deurbel. 'Verstop je', siste Mo. 'Misschien is het de politie.' In paniek schoot Lisa de slaapkamer in en verstopte zich in de kledingkast tussen de jassen en spijkerbroeken. Vanuit haar schuilplaats hoorde ze stemmen, onduidelijk door de afstand. De stemmen maakten ruzie. Mo bromde en snauwde, een hoge hysterische stem schoot door de lucht. Het was een vrouw, concludeerde Lisa. De vrouwenstem werd luider: haar geschreeuw en gevloek was waarschijnlijk twee deuren verderop zelfs te horen. 'Zit ze hier? Bij jou? Ik wil weten hoe het zit, verdomme. Je zou het vertellen... lul toch niet. Al dagen zie ik je niet... ik...' De stem brak en ging over in gejammer. Lisa kroop uit de kast en vloog de gang in.

'Kelly! Wat is er aan de hand?' Kelly stond in de kamer. Ze zag er wit en wanhopig uit en snikte met lange halen.

'Alles komt goed', suste Mo en hij keek Kelly doordringend aan. Ze liet haar hoofd op zijn borst bonken, haar schouders schokten wild op en neer.

'Zet even koffie', commandeerde Mo. Hij maakte met zijn hoofd een beweging naar de kamer. 'Schiet op!' Lisa knikte en verdween in de keuken.

Toen ze met de koffie de kamer in kwam, zat Kelly op de bank. Mo had zijn arm rond haar schouders geslagen en fluisterde in haar oor. Ze deed haar best het snikken te bedwingen en knikte alleen. Met een scherpe, achterdochtige blik keek ze naar Lisa op die haar bemoedigend toelachte.

'Hier, neem een slok. Daar knap je van op.' Zonder iets te zeggen nam Kelly de mok over en nam een fikse teug. Lisa liet zich op de bank zakken en wreef troostend over de arm van haar vriendin. 'Gaat het weer een beetje?'

'Ik wist niet dat jij hier was... en Mo en...' Kelly begon weer te huilen en haar stem werd een iel gepiep. Ze kon het niet. Ze kon Lisa niet de waarheid vertellen.

'Ik kon je echt niet bellen', legde Lisa uit. 'Ik ben met slaande ruzie van huis weggelopen. Het ging allemaal zo snel.' Kelly knikte. 'Je moeder heeft me gebeld en verteld dat je 's avonds niet thuis hebt geslapen', snifte ze. 'Vanmiddag kwamen ze op school vragen of iemand wist waar jij uithing. En toen dacht ik ineens aan hier en aan Mo.' Bij die laatste zin keek ze Mo strak aan. Mo negeerde haar.

'Ik zei het toch', gromde hij tegen Lisa. Hij stak een sigaret op en blies de rook door zijn neusgaten naar buiten. 'De hele verdomde stad heeft je ma op ons afgestuurd.' Hij kauwde op zijn sigaret en trommelde boos met zijn vingers op tafel. 'Het sekreet', gromde hij zacht.

'Ze is ongerust', verdedigde Lisa haar moeder.

'Je kunt nog terug voordat er dingen gigantisch uit de hand gaan lopen', opperde Kelly. Ze hoopte hiermee dat ze Lisa bij Mo weg zou krijgen. Hoe langer ze samen waren, hoe moeilijker het voor Mo werd om met haar te breken.

'Bemoei je er niet mee', blafte Mo. Hij keek haar nijdig aan en veranderde toen van toon. 'Laten we het over iets anders hebben. Zullen we pizza's bestellen en vanavond met zijn drieën iets gaan drinken in het café?' opperde hij. 'We moeten allemaal even stoom afblazen, we hebben wat afleiding nodig.' Hij haalde zijn mobiel tevoorschijn en keek de meisjes vragend aan. 'Goed plan?' De meisjes knikten.

Lisa rommelde in de keukenkast toen Mo met drie pizzadozen binnenkwam. Hij gluurde even over zijn schouder om zeker te zijn dat Kelly hem niet kon horen.

'Het is Ramon', fluisterde hij tegen Lisa. 'Ze hebben weer een knallende ruzie gehad. Daarom hebben we hem al in geen dagen gezien. Hij logeert ergens anders en wil haar voorlopig niet zien.'

'Waarom dan?'

Mo schokschouderde en keek nogmaals om. 'Weet ik veel. Ze denkt dat hij een ander heeft.'

'En is dat zo? Heeft hij een ander?'

'Ramon? Welnee. Het is een goudeerlijke jongen. Kelly ziet spoken en schreeuwt gewoon om aandacht. Ze zocht jou om over Ramon te klagen en dan blijk jij ineens weg te zijn.'

'Ik zal straks wel even met haar praten.' Mo schrok zichtbaar.

'Nee! Jij bemoeit je er niet mee', waarschuwde hij met gedempte stem. 'Praat er maar niet over.'

'Maar het is mijn beste vriendin. We bespreken altijd alles.'

'Nu ligt het anders, geloof me. Straks krijgen wij de schuld van hun kinderachtige gekibbel en ben ik mijn beste vriend kwijt. Laat het maar aan mij over. Ik zorg wel dat ze genoeg afleiding krijgt.'

'Je bent een goede vriend', meende Lisa en drukte een kus op zijn wang.

De muziek uit de jukebox galmde door het café. Mo had zijn beide armen rond de schouders van de meisjes geslagen en stond even in het midden van de zaak stil. 'Lisa, haal jij drie biertjes voor ons.' Hij liet haar los en gaf haar een duwtje naar de bar. En met een hoofdbeweging naar een van de tafeltjes verderop: 'Wij zitten daar, in de hoek.'

Er werd een tijdlang niet gesproken. Lisa dacht aan thuis. Aan de gesprekken die ze met haar moeder aan de keukentafel had en aan Bart die altijd in was voor een grap. Kelly piekerde over haar moeizame relatie met Mo. Ze had het allemaal heel anders voorgesteld. Het is allemaal de schuld van Lisa, flitste het door haar heen. Ze schudde haar hoofd. Nee, zo mocht ze niet denken. Lisa kon er niets aan doen, toch? Ze gluurde uit haar ooghoeken naar het gezicht van Mo. Met een gretige blik keek hij naar de zingende en lallende jongens aan de bar. Het liefst had hij meegedaan maar hij liet de meisjes geen moment alleen. Hij moest zorgen dat ze geen geheimen met elkaar zouden delen. Zolang hij bij hen bleef, kon hij hun gesprekken beïnvloeden. Hij veerde plotseling op. Zijn hand schoot naar zijn jaszak en haalde een mobiel tevoorschijn. Hij keek eerst op het display voordat hij het apparaatje aan zijn oor zette.

'Mo', meldde hij zich nors. 'Ja... nee. Ik ben alleen, mijn maat is er niet. Misschien... Hoeveel? Vier bruine? Goed, ik kijk wel. Ja, ja, ja... ik bel je wel.' De mobiel klapte dicht. Het getrommel van zijn vingers op het tafelblad nam toe. Hij beet op de binnenkant van zijn wang en drukte de sigaret ruw in de asbak uit. Het was duidelijk dat hij in tweestrijd stond. Met een teug sloeg hij het bier achterover en stond toen op. 'Kom, meiden', zei hij. 'Ik heb een klusje en jullie kunnen mij mooi helpen. Ik hoop dat ik jullie kan vertrouwen.'

De Mercedes zoefde door de straten. 'Ik ben benieuwd of jullie echt zo stoer zijn', zei Mo. Hij gluurde in zijn achteruitkijkspiegel naar de meisjes op de achterbank. 'Het is een spannend·en gevaarlijk klusje.'

'Hoe bedoel je?' Lisa's gezicht was één en al achterdocht. Gevaarlijk...? Mo schonk haar een brede glimlach. 'We moeten een pakje ophalen. Een bestelling voor een van mijn vaste klanten.'

'Dat klinkt niet echt legaal', stamelde Lisa en ze schoof naar voren op de bank. 'Wat voor pakje?' drong ze aan. Ze stompte hem op zijn arm. 'Wel?'

De Mercedes draaide bij een tankstation de parkeerplaats op. De contactsleutel werd omgedraaid en de motor sloeg af. Het tankstation was gesloten. Een enkele lantaarn brandde en gaf het terrein een spookachtige uitstraling. Mo stak een sigaret aan en leunde achterover in de stoel terwijl zijn ogen nauwlettend de inrit in de gaten hielden. 'Er komt straks iemand wat drugs afleveren. Harddrugs, het echte spul.'

'Harddrugs?' herhaalde Lisa met vreemde stem. 'Zoiets als cocaïne?'

'Bingo!' Hij knipoogde veelbetekenend.

Even kon ze hem alleen maar aanstaren. Hij had al die tijd beweerd dat hij niets illegaals deed. Was zij nou gek of... Ze blikte naar Kelly om haar reactie te peilen. Maar Kelly haalde haar schouders op en zei: 'Het maakt mij niks uit.'

Vol ongeloof staarde Lisa haar aan.

'Wat nou?' snauwde Kelly. 'Wat kijk je nou raar.' Ze begon zich steeds meer te ergeren aan Lisa. Overal had ze kritiek op. Heilige Maria, mompelde Kelly binnensmonds.

'Heb je ergens moeite mee, Lisa', wilde Mo weten. Zijn gezicht stond donker toen hij zich naar haar toe draaide.

'Het is toch verboden?' zei ze voorzichtig.

'Verboden?' echode Mo laatdunkend. 'Verboden? Alles in dit klotenland is verboden. We mogen dít niet en we mogen dát niet. Mijn klanten zijn volwassen mensen en kunnen drommels goed zelf wel bepalen wat ze wel of niet willen. Ik dwing niemand om het spul te gebruiken.' Zijn uitval deed Lisa's hart langzaam samenknijpen. Ze sloeg haar ogen neer en haar antwoord was bijna onverstaanbaar: 'Je hebt gelijk.' De junks kiezen er zelf voor, dacht ze. Natuurlijk had hij gelijk, hoe kon ze daaraan twijfelen. Ze had jaren een betutteld leven bij haar moeder geleefd. En nu nam ze zelf de stomme kritiek van haar over. Wat wist zij nou van de echte wereld. Niets.

'Sorry...' zei ze nu iets luider en ze legde haar hand op zijn arm. 'Ik kan soms zo stom uit de hoek komen. Sorry.' Zijn gezicht klaarde op en hij knikte tevreden. 'Geef niets, meisje. Je moet gewoon nog een hoop leren.' Hij knipoogde naar haar. 'Neem een voorbeeld aan Kelly. Die reageert tenminste relaxed en volwassen.'

Lisa glimlachte moeilijk en een steek van vernedering schoot door haar heen.

Een donkere Opel Omega kwam stapvoets het terrein oprijden. De auto draaide langs de Mercedes en kwam vervolgens onder de overkapping tot stilstand. De koplampen floepten uit en er was minutenlang geen beweging te bekennen.

'Daar is onze bestelling', wist Mo en hij draaide de contactsleutel om. De koplampen gingen aan en doofden toen weer. De Opel Omega seinde met zijn koplampen terug.

'Hier!' Mo duwde een bankbiljet onder Lisa's neus. 'Jij had toch spijt? Bewijs het maar. Haal het spul op. Je hoeft niets te zeggen. Je geeft gewoon het geld en zij geven jou een pakje. Doodeenvoudig. Lukt dat, denk je?'

Een golf van schrik joeg door Lisa heen en ze slikte nerveus. Ze durfde niet nogmaals te protesteren en daarom knikte ze stijfjes. Zijn zwarte ogen werden triomfantelijke spleetjes.

'Mooi! Rennen maar...'

Lisa verliet de auto en stak onzeker het terrein over. Met trillende benen en een woest kloppend hart stopte ze naast de Opel. Ze wierp een korte blik over haar schouder naar de Mercedes. Alleen de sigaret gloeide op en verder was er geen reactie. Voorzichtig klopte ze op het portierraam en boog zich voorover om een glimp van de bestuurder op te vangen. Het raam werd langzaam opengedraaid en een hand schoot naar buiten.

'Geld!' commandeerde een stem.

Nogmaals keek ze achterom. 'Waar wacht je nog op. Schiet op!'

Lisa legde het geld in de hand en een pakje werd naar buiten gestoken. Ze nam het pakje in ontvangst en bedankte wat onhandig. Het volgende moment sloeg de motor aan en scheurde de Opel het terrein af. Bedremmeld staarde ze de wagen na. De claxon van de Mercedes klonk en bijna automatisch kwam Lisa in beweging. Als een houten klaas liet ze zich in de passagiersstoel zakken en overhandigde Mo het pakje. 'Alsjeblieft', fluisterde ze. Zijn gezicht was emotieloos. Met snelle handen scheurde hij het pakje open en een paar onregelmatige, zwartbruine blokjes, die op donkere toffees leken, kwamen tevoorschijn. Mo keek haar met toegeknepen ogen door de sigarettenrook aan en glimlachte gul. 'Prima! Ik ben trots op je.'

Kelly was die avond laat thuisgekomen. Er was niemand thuis en het hele huis was in stilte verzonken. In de woonkamer deed ze het licht aan en ontdekte het briefje op tafel. *Mamma komt laat thuis. Ik blijf bij Dirk slapen. Sandra.*

Verloren keek Kelly de kamer rond. Ze voelde zich zo alleen, zo eenzaam. Met tegenzin had ze Mo en Lisa achtergelaten. Mo zwoer dat er niets tussen hem en Lisa zou gebeuren. Dat er niets meer was dan alleen maar vriendschap. Toch had ze het gevoel dat er iets niet klopte. Waarom had ze zoveel moeite om hem te geloven? Ze liet zich languit op de bank vallen en barstte in tranen uit. Het was niet eerlijk. Zij had bij Mo moet blijven, niet Lisa. Lisa moest terug naar huis en Mo met rust laten. Lisa moest weg daar, weg. Ze verlangde zo hevig naar een beetje aandacht, een beetje warmte.

De volgende dag gonsde het nieuws over het schoolplein. Mevrouw Aldra, de moeder van Lisa had een ongeluk gehad en ze lag in het ziekenhuis. Kelly's mond viel half open en ze staarde haar klasgenoot aan. 'Weet je dat zeker? Hoe dan? Wanneer?'

'Gistermiddag. Ik hoorde het van Ruud. Hij woont naast hen. Ze croste al dagen rond en gisteren knalde ze tegen een boom. De auto en zij... alle twee total loss.'

'Dat is verschrikkelijk', riep Kelly ontsteld. Ze voelde een koude rilling langs haar rug kruipen en haar maag trok samen.

'Ja. Je zal maar zoiets op je geweten hebben.'

Kelly keek hem niet begrijpend aan. 'Wat bedoel je?'

'Nou, Lisa... Zij heeft haar moeder bijna de dood ingejaagd met haar stomme gedrag. Het is allemaal haar schuld. Ze had nooit van huis mogen weglopen.'

Lijkwit en met grote ogen keek ze de jongen aan. Vreselijk...
Ze moest Lisa waarschuwen. Lisa moest naar huis, naar haar
moeder. Weg bij Mo, Lisa hoorde thuis... Kelly kon niet helder
meer denken, alles gonsde door haar hoofd. Het kwaaie kreeg
de overhand, een steek in haar maag volgde. Dit was een kans
om Lisa bij Mo weg te krijgen. Zodra Lisa dit zou horen ging
ze terug. Direct! Zelfs Mo hield haar niet meer tegen. Ze kon
het nieuws altijd nog iets aandikken. Ze kon... Verward wreef
Kelly met haar handen over haar gezicht. Ze had een
merkwaardig droge mond gekregen Waar was ze in
hemelsnaam mee bezig? Ze leek wel gek. Ze moest zich
concentreren en vooral niet in paniek raken. Ze sprintte naar
de fietsenstalling en trok haar fiets uit het rek. Ze had nog een
paar uur school maar die waren niet langer belangrijk.

Het leek of de grond onder Lisa's voeten was weggeslagen. Ze
haalde moeizaam adem en prevelde haar moeders naam.
Versteend staarde ze Kelly aan.
'Je moet naar haar toe. Ze heeft je nodig', zei Kelly.
'Ja, natuurlijk', antwoordde Lisa verward maar ze kwam niet
in beweging.
'Ze is zwaar gewond. En... en...' Kelly twijfelde en kneep haar
handen tot vuisten. 'En het is allemaal jouw schuld.' Met
moeite kwam het over haar lippen en ze had al spijt voordat ze
de zin had afgemaakt. Lisa kromp ineen en begon paniekerig
te huilen. Het was nooit haar bedoeling geweest om haar
moeder zo pijn te doen. Ze lagen vaak in onmin maar dit...
nee! Ze hield van haar moeder. O, god. Wat moest ze doen. Ze
pakte haar jas van de kapstok en hing hem weer terug.
Verloren keek ze in het rond, haar borstkas zeeg wild op en
neer. Kelly beet op haar onderlip en sloeg troostend haar arm

rond Lisa's schouders. Ze had zo spijt van die ene zin.

'Mo...' schreeuwde Lisa met overslaande stem en ze liep de woonkamer in. 'Mo!'

'Wat is er?' Hij drukte zich in de kussens van de bank omhoog.

'Lisa's moeder ligt in het ziekenhuis. Auto-ongeluk', antwoordde Kelly snel. Hij zei niets, hij keek haar alleen maar aan. Zijn kaaklijn spande zich en zijn ogen knepen samen.

'Het is nogal ernstig', vulde Kelly aan.

'O...' was het enige wat hij uiteindelijk zei.

Lisa schudde verward haar hoofd. 'O?' herhaalde ze ongelovig. 'Ik moet naar het ziekenhuis. Het is mijn moeder...' Woest werd plotseling de sigaret in de asbak platgedrukt.

'Ik ga terug', snifte ze ter verduidelijking. Zijn handen omklemden de bank en zijn mond werd een strakke streep. Hij keek haar donker aan en toen veerde hij plotseling omhoog. Met een paar passen stond hij voor haar. 'Hoezo, jij gaat terug? Ben je vergeten wat ze ons heeft aangedaan?'

'Ze heeft me nodig', verdedigde Lisa haar besluit.

'En ik dan?' riep hij schril. 'Ik haalde je uit de stront, ving je op en dan word ik zo beloond? Terwijl ik je alles heb gegeven? Je kan de kolere krijgen met je moeder erbij.'

Een paar seconden keek ze hem verbijsterd aan. 'Doe niet zo belachelijk!' zei ze toen. 'Ik ga alleen terug naar huis. Voorlopig...'

'Het is hier geen opvanghuis. Je kunt kiezen', schreeuwde Mo buiten zichzelf van woede. 'Hier wonen of bij je moeder. En ik waarschuw je: als je gaat, dan kom je er nooit meer in.' Zijn gezicht was zo dichtbij dat zijn spuug haar als een regen besproeide. 'Nooit meer!' Lisa kromp ineen. Ze raakte zijn arm aan, maar hij trok hem weg met een nerveus, hysterisch gebaar. 'Ik of je moeder.'

'Maar Mo...' antwoordde Lisa gesmoord.

'Je hebt gekozen. Sodemieter op!' schreeuwde hij resoluut. Hij sleurde haar aan de arm de gang in en gooide de voordeur open. 'Eruit, hoer! Oprotten!' De sponning trilde toen de deur met een dreun werd dichtgesmeten.

Zeker tien minuten bleef Lisa ontredderd op de deur bonken. 'Mo? Mo... Mo, toe nou... ik hou van je.' Maar de deur bleef dicht. 'Ik hou van je', herhaalde ze wanhopig.

De deur van de woning ernaast kierde open. 'Kan het wat zachter', riep een vrouwenstem geïrriteerd. Lisa's vuist zweefde in de lucht. 'Ik hoor mijn tv niet meer door jouw geblèr', snauwde de buurvrouw. Ze nam Lisa van top tot teen op en snoof hoorbaar. 'Het is altijd hetzelfde liedje met die domme grieten. Met open ogen tuimelen jullie erin. Wat mankeert jullie? Wees blij dat je van die viespeuk verlost bent. Domme grieten...'

De deur klapte dicht. Lisa liet haar vuist zakken, draaide zich om en vloog de portiek uit.

9

Kelly hoefde Mo met niemand meer te delen en toch hield ze
er een rot gevoel aan over. Ze had gemeen gehandeld, vond ze
zelf. Ze had Lisa onnodig pijn gedaan. En dan was er nog de
reactie van Mo. De koele manier waarop hij de boodschap
aanhoorde en de boosheid omdat Lisa terug naar huis wilde.
Hij leek teleurgesteld. Waarom? Hij hield toch niet meer van
haar? Het was toch nu opgelost, hij was van haar af. Was het
zijn trots die gekwetst was? Mo was woedend. Hij schreeuwde
onverstaanbare dingen en schopte wild om zich heen. De
eetkamerstoel vloog door de kamer en lege bierflesjes klapten
met veel kabaal tegen de muur kapot. 'Dat vuile kolere wijf',
brulde hij. 'Ze heeft me handen vol geld gekost. En dit is haar
dank. Maar zo simpel komt ze niet van me af. Ze betaalt alles
dubbel en dwars terug. Het lef... Het gore lef om mij zo te
vernederen.' Zijn woedeaanval duurde bijna vijf minuten en
toen kalmeerde hij. Hij haalde zwaar adem en harkte met zijn
vingers door zijn haren.
'Maak je nou niet druk', zei Kelly. 'Het was er toch een keer
van gekomen. Je hebt mij toch?' Hij leek haar niet te horen.
'Ik brand haar tot de grond af', gromde hij verbolgen. 'Het is
gedaan met haar.' Sussend wreef Kelly over zijn rug en ze zag

dat zijn ruggengraat zich ontspande, een klein beetje maar. Een angst overviel haar. Angst dat Mo Lisa ging terughalen, al was het alleen maar om zijn gezicht te redden. Hij had natuurlijk het gevoel dat hij aan de kant was gezet. Hij had haar willen dumpen en niet anders om. 'Laat haar nou maar', zei ze. 'Lisa was een vergissing. Ik hou van je en ik laat je voor niets en niemand in de steek. Dat weet je toch? Op mij kun je bouwen.' Haar vingers gleden door zijn donkere haren. Hij nam haar minutenlang zwijgzaam op, alsof hij haar taxeerde. Hij knikte en het vuur verdween uit zijn ogen. Toen trok hij haar in zijn armen en kuste haar wild op de mond. Hij had haar nog.

De volgende dagen overlaadde Mo Kelly met dure cadeaus en lieve woordjes. Kelly had geen moment meer aan Lisa gedacht. Ze ging op in al zijn aandacht. Hij nam haar mee naar zijn vrienden en vertrouwde haar zijn geheimen toe: de handel in drugs en gestolen gsm's. Het pinnen met gestolen bankpasjes bij de pinautomaten. Zijn verhaal schrok haar niet af. Sterker nog, het gaf haar een opwindend gevoel dat er iemand was die van haar hield en die zijn tijd en zijn ideeën met haar wilde delen. Hij had grootse plannen voor de toekomst uitgebroed. Hij wilde binnen tien jaar de grootste crimineel uit de omtrek worden. Al zijn vrienden zouden vol respect over hem praten. Rijkdom, macht en roem, dat was zijn streven. En dit alles wilde hij delen met de ideale vrouw. Een vrouw voor het leven. Kelly was onder de indruk van zijn wilde fantasieën.
'Jij zou die vrouw kunnen zijn', betrok hij haar in zijn plan. 'Als je het lef hebt en mij durft te vertrouwen. Wij kunnen dit samen opbouwen. Jij en ik. Wat denk je?' Het leek op een oud

en vooral romantisch gangsterverhaal en Kelly was verrukt. 'We gaan alleen voor het beste. Een grote villa, de mooiste auto en de duurste kleding', had hij geroepen. Kelly hing aan zijn lippen en zijn droom werd haar droom. De spanning en sensatie werkten bij haar verslavend. Er werd een plan van aanpak bedacht. Het plan groeide met de minuut. School was tijdverspilling, zo concludeerde hij. Kelly had geen opleiding nodig als ze straks in het geld zwom. Ze moest een goed betaalde baan vinden want ze hadden nú geld nodig. Veel geld. Geld om in drugs te investeren. De drugs werd met vette winst verkocht en de winst weer omgezet in drugs. Zo zouden rijkdom en macht groeien. Mo had op een stukje papier een berekening gemaakt. Het klonk ingewikkeld maar op papier zag het er logisch uit. Vol bewondering had Kelly geknikt. Binnen een paar jaar hadden ze een fortuin vergaard en konden ze leven als vorsten. De vraag was nu: hoe gingen haar ouders op het plan reageren? Waarschijnlijk zouden ze er thuis niets van snappen en er een drama van maken. Stel dat ze de politie inschakelden, tenslotte was Kelly nog minderjarig. Dan lag hun plan aan diggelen. Ze moest daarom ergens onderduiken en het liefst in het buitenland. Daar zou niemand haar zoeken. Het was Mo plotseling te binnen geschoten: hij had nog familie in België, in Antwerpen. Zijn neef Charif beheerde daar een seksclub, hij kon hen helpen. 'Hoeren...' had Mo geroepen. 'Die verdienen bakkenvol geld. We moeten zorgen dat we een paar meiden voor ons hebben werken. Wij geven ze bescherming en regelen al hun zaken. We beheren hun geld, betalen de rekeningen, zorgen voor een kamer en eten. De helft van hun inkomen is voor ons. Charif heeft altijd vrouwen nodig in zijn club dus verhuren we de meiden gewoon aan hem. Dat is een geweldig plan.'

Opgewonden ijsbeerde hij door de kamer. 'En dan... en dan...'
Enthousiast sloeg hij met zijn vuist op de tafel. 'Charif heeft
zeker wel een baantje als serveerster vrij in zijn club. Daar kun
jij voorlopig aan de slag. Ondertussen ronsel ik wat meiden en
daar krijg jij dan de leiding over.' Kelly's ogen glommen van
opwinding. Mo was een genie, een echte zakenman. Ze vond
het een geweldig plan en kon bijna niet wachten tot het zover
was. Twee dagen later belde ze Mo. 'Mijn zus is niet thuis en
mijn ouders zijn werken. Ik heb mijn spullen gepakt, dus kom
me maar halen.' Ze liet een kort afscheid briefje achter:

Ma, pa,
Je hoeft me niet te zoeken. Ik kom nooit meer terug.
Kelly

De rode neonverlichting aan de gevel knipperde aan en uit. Je
kon de tent niet missen. Van een afstand was de naam
duidelijk te lezen: *Hot Lips*. Een grote rode mond lichtte op en
verdween toen de letters weer aansprongen. Hot Lips... Hot
Lips... Mo en Kelly werden hartelijk ontvangen door Charif. Ze
dronken gezamenlijk koffie en haalden herinneringen op. Na
een uurtje keuvelen stond Charif op en knikte gebiedend met
zijn hoofd naar de bar. 'Blijf jij even hier', fluisterde Mo in
Kelly's oor en hij volgde zijn neef. De twee mannen
fluisterden op een samenzweerderige toon en zo nu en dan
gingen de hoofden richting Kelly. Na enkele minuten werden
er handen geschud en Mo nam met een brede grijns op zijn
gezicht weer plaats aan het tafeltje. 'Het is geregeld', zei hij.
'Je bent aangenomen. Zes avonden in de week. Van acht uur
tot drie uur 's nachts. En we hebben geluk...' Hij stak een
sleutel in de lucht. 'Charif heeft boven de club wat kamers in
verhuur. Er was er nog eentje vrij en die heb ik genomen.

Zullen we gaan kijken?' Hij stond op en dirigeerde haar naar een deur achter de bar. Ze klommen de smalle trap achter de deur omhoog en kwamen op de tweede etage uit. Bij de vierde deur stonden ze stil en Mo stak de sleutel in het slot. De deur zwaaide open en zachtjes duwde hij Kelly de kamer binnen. Het was een vierkante ruimte van vier bij vier meter. Midden in de kamer stond een houten eethoek met vier verschillende stoelen. De muur naast het raam werd in beslag genomen door een ijzeren eenpersoonsbed met een geblokte sprei. Kelly's ogen dwaalden langs de halfvoltooide geschilderde muren, de lege planken en de lege vensterbank. Aan de muur tegenover het vensterraam hing een verfomfaaide poster die uit een meisjesblad was gescheurd. De enige verlichting bestond uit een zwak peertje dat aan een eindje snoer aan het plafond bengelde. 'Het is maar tijdelijk', liet Mo er snel op volgen toen hij haar teleurgestelde gezicht zag. 'Zodra ik weer langskom, neem ik wat leuke spulletjes mee. Een plantje, een beeldje... We maken het wel gezellig.' Kelly keek hem geschrokken aan. 'Ga je weg? Blijf ik hier alleen?'

'Ja, tuurlijk. Ik moet in Breda de handel draaiende houden. Ik kan daar echt niet wegblijven, dat kost me klanten. We hebben die klanten hard nodig voor het geld. Jij werkt in België aan ons plan en ik in Nederland. Je kunt dat toch wel aan?' Kelly knikte dapper. 'Mooi! Ik bel je elke avond en kom in het weekend bij je langs. Ik had het ook liever anders gezien, lieverd. Zodra we genoeg geld hebben, kopen we eerst een mooi huis. Dan zijn we tenminste voorgoed bij elkaar.' Kelly glimlachte moeilijk. 'Ik heb iets lekkers mee genomen, om het te vieren.' Hij haalde een plastic zakje uit zijn broekzak. 'Wiet is voor watjes, dit is het echte spul. Wil je een klein beetje proberen?' Hij wapperde het zakje met de coke voor haar neus heen en weer. 'Proberen? Of heb je liever het kinderspul?'

'Ik wil het wel proberen', antwoordde ze stoer. Het was half-twee die avond toen Mo in zijn auto stapte en de stad uitreed.

Het was gebruikelijk dat het personeel van Hot Lips een uur voor de opening bijeenkwam in de bar. Schaars geklede vrouwen met hoge hakken hadden zich rond de bar verzameld en deden zich tegoed aan sigaretten en drank. Een geblondeerde dikkerd had het hoogste woord. Ze vertelde een schuine mop en haar armen zwaaiden woest in het rond om het verhaal extra kracht bij te zetten. De vrouwen luisterden geamuseerd naar Dikke Lien, zoals de rondborstige vrouw werd genoemd. Kelly stond wat onwennig tussen de serveersters en probeerde de clou van de mop te doorgronden, wat haar overigens niet lukte. Haar hoofd deed zeer, haar benen waren bibberig. Dat kwam waarschijnlijk door het spul wat Mo haar gisteravond had gegeven. Die avond was een zwart gat geworden, zonder herinnering. Ze was pas laat in de middag wakker geschrokken door een roffel op haar deur. Charif was de kamer binnengekomen en had een doos met levensmiddelen op de tafel gezet en een kledingstuk over de stoel gegooid. Werkkleding had hij het niemendalletje genoemd dat verdacht veel leek op een babydoll. Alle serveersters waren verplicht deze kleding te dragen. En weg was hij. Kelly wist niet goed wat er van haar werd verwacht dus bleef ze op haar kamer wachten tot het acht uur werd: tijd om te werken. Er klonk gejoel door de bar en een lachsalvo galmde rond. Kelly schrok op uit haar gepeins en lachte wat onnozel met de anderen mee. Dikke Lien wilde juist aan een nieuwe mop beginnen toen Charif de bar binnenkwam. Hij was duidelijk geliefd bij het personeel. Hier en daar deelde hij een zoen uit, sommigen kneep hij vaderlijk in de wang en Kelly tikte hij bemoedigend op haar blote schouder. Hij nam plaats naast Dikke Lien en sloeg zijn arm vriendschappelijk rond haar schouder. 'Om te beginnen,' opende hij zijn verhaal, 'hebben we er een nieuwe serveerster bij: Kelly.' Nieuwsgierige blikken namen Kelly, die haar jurkje dat langzaam omhoog kroop naar beneden trok, van top tot teen op. Een mager roodharig meisje, hooguit achttien jaar oud, met een ring door haar wenkbrauw en fel rode lippen gromde iets onverstaanbaars waarop de buurvrouw een kakelende lach liet horen. Charif keek de roodharig even donker aan, alsof hij haar waarschuwde dat ze haar mond moest houden. 'Speciaal voor Kelly,' ging hij toen onverstoorbaar verder, 'vertel ik nog even wat de regels hier zijn. Het is de bedoeling dat de glazen van onze bezoekers continu gevuld blijven. Fooi hoef je niet af te dragen, die mag je houden. Serveersters beslissen zelf of de klanten aan hun kont of borsten mogen zitten maar verder is vleselijk contact verboden. Wil de klant meer, dan verwijs je ze naar een van onze dames.' Hij knikte met zijn hoofd richting de schaars geklede vrouwen rond de bar. 'Die zijn daarvoor. Bieden de klanten je iets te drinken aan, dan neem je het duurste wat er is: champagne. Je neemt één slokje en de rest kieper je door de gootsteen. Nog vragen?' Kelly schudde van nee. 'Als je toch nog iets wil weten, dan vraag je het maar aan Lien. Zij heeft de leiding.' Hij drukte het kolossale lichaam tegen zich aan en liet zich toen van de kruk glijden. 'Goed! We gaan over twintig minuten open dus neem wat te drinken en relax.'

Rond tien uur werd het pas echt druk in de club. Dikke Lien paradeerde door de club en gaf hier en daar aanwijzingen aan het personeel. 'Liefje', zei ze dan. 'Liefje, altijd met een vol dienblad rondlopen. Liefje, je houdt dat dienblad niet goed vast. Nee, liefje, dat is niet jouw tafeltje. Liefje, wel wat sneller doorlopen. Liefje...' Kelly draafde rond in haar niemendalletje en met volle dienbladen. Haar hoofd gloeide en haar armen leken van lood. Er waren mannen die verlekkerd naar het nieuwe serveerstertje keken en hoopvol bij Dikke Lien informeerden of seks een mogelijkheid was. Maar Lien stuurde ze resoluut door naar de schaars geklede vrouwen aan de bar. 'Je bent in trek, liefje', zei ze lachend tegen Kelly. En ondanks dat het veelal oude mannen waren die Kelly wel zagen zitten, voelde ze zich toch gevleid. Ze wierp een triomfantelijke blik naar het roodharige meisje aan de bar dat haar in de begin van de avond zo minachtend had opgenomen. Kelly snoof. Ze viel duidelijk beter bij de mannen in de smaak dan de roodharige. Plotseling draaide het meisje haar hoofd en even kruisten hun blikken elkaar. Met een minzame glimlach knikte Kelly uitdagend richting het meisje. De tafeltjes waren bezet met groepjes mannen of mannen alleen. Mannen in driedelig kostuum of in een versleten spijkerbroek en een T-shirt. Jonge mannen of oude mannen, het maakte niet veel uit. Hun handen waren allemaal eender. Hongerige handen die in Kelly's borsten en billen knepen. Haar afkeurende snauw en grauw leek hen alleen maar te sterken. Ze knepen harder en wilder. Op het moment dat Kelly een van haar belagers een dreun wilde verkopen greep Lien in. 'Weet je, liefje', adviseerde ze. 'Je kunt het beter zo laten en het spel meespelen, dan is de lol er snel af. Je bent nieuw en ze zitten je te stangen. Lach ze vriendelijk toe en geef ze het gevoel dat ze onweerstaanbaar zijn. Het scheelt aanmerkelijk in je fooi.' Dus bij elke kneep grijnsde Kelly haar tanden bloot en maakte een vriendelijke opmerking. En inderdaad, het hielp. Het knijpen werd minder en zachter en de hoogte van de fooien groeide gestaag. Het was kwart over twee. Met waterige ogen liet Kelly zich op een stoel vallen. Haar ademhaling haperde en zweetdruppels lagen op haar voorhoofd. De vermoeidheid had toegeslagen. Ze hield het niet langer vol. 'Gaat het niet meer, liefje?' Lien wreef bezorgd over Kelly's rug. 'Zo'n eerste dag is altijd zwaar. Ga maar snel naar bed en rust goed uit.'

'Maar het is nog geen tijd.' Lien glimlachte vriendelijk. 'Ik bepaal of het tijd is. En jij gaat nu naar boven.' Dankbaar kwam Kelly overeind, maar ze zou meteen weer gevallen zijn als Lien haar niet had vastgegrepen.

'Ik ben een beetje duizelig', bracht Kelly uit.

'Och, liefje toch. Kom, ik breng je wel naar boven.' Toen de deur achter Dikke Lien in het slot viel, liet Kelly zich voorover op het bed vallen. Ze boorde haar hoofd in het kussen en had niet meer de puf om zich te douchen. Ze viel in een onrustige slaap en schrok om kwart over drie wakker door het melodietje van haar gsm. 'Met Mo... Hoe is het gegaan?' wilde hij weten. 'Was het zwaar werk?'

'Welnee! Het was een makkie', loog ze.

10

Het Rivierenlandziekenhuis in Tiel was een wit, betonnen gebouw met zestien etages en een enorme ontvangsthal. In de hal rechts was een cadeauwinkeltje en een koffiebar, links de informatiebalie. De vrouw achter de balie keek Lisa met een vragende glimlach aan, haar hoofd ietwat schuin. 'Ik zoek mijn moeder, Aldra heet ze. Ivonne Aldra. Ze heeft een ongeluk gehad en ik weet niet op welke afdeling ze ligt. Ik ben... ik ben op vakantie geweest en...' Lisa's stem trilde terwijl ze nerveus aan de mouw van haar blouse frunnikte. De vrouw knikte alsof ze het allemaal begreep en haar vingers gleden rap over het toetsenbord van de computer. 'Aldra, zei je?' Lisa knikte driftig. 'Ivonne Aldra.'
'Aldra... Ja hoor, gevonden. Ze ligt in kamer 423. Het bezoekuur is pas over tien minuten maar misschien, als je het netjes aan een verpleegster vraagt, mag je er nu al bij. Vlug maar...' De vriendelijke glimlach verscheen weer op het gezicht van de vrouw en ze knikte met haar hoofd naar de lift. 'Kamer 423', herhaalde ze nogmaals. Lisa holde naar de lift en zoefde naar boven. Eenmaal op de vierde etage beende ze door de gangen op zoek naar een verpleegster maar vond uiteindelijk kamer 423 eerder. Geschokt bleef ze in de

deuropening staan. Aan weerskanten stonden vier ijzeren bedden kaarsrecht in een rij. In het laatste bed bij het raam zag ze haar liggen, met gesloten ogen en haar handen naast zich op het bed. Het rechteroog was opgezet en een blauwzwarte kleur besloeg een groot deel van het gezicht. Haar been zat in het gips en hing schuin omhoog. Ze zag er zo kwetsbaar en oud uit tussen de witte lakens. Deze vrouw kon toch niet haar moeder zijn? Haar moeder was onverwoestbaar. Lisa schuifelde de kamer binnen en bleef bij het voeteneinde staan. Ze durfde nauwelijks adem te halen, bang dat ze haar zou wekken. Wat moest ze dan zeggen? Erger nog, hoe zou moeder reageren als ze haar plotseling voor het bed zag staan? Boos natuurlijk, woedend. Misschien stuurde ze haar wel weg, wilde ze haar nooit meer zien. 'Je kunt haar het beste wakker schudden', raadde de vrouw in het bed ernaast aan. 'Door de medicijnen die ze ons hier geven, slaap je als een blok.' De vrouw drukte zich in de kussens omhoog en pakte haar bril van het kastje naast het bed. 'Ivonne, Ivonne? Er is bezoek', tetterde de vrouw terwijl ze de bril op haar neus schoof. 'Ivonne!' Lisa keek de buurvrouw met een vernietigende blik aan. Waar bemoeide het mens zich mee? Straks werd ze nog wakker. Moeder bewoog. De ogen gingen open en staarden enkele seconden het meisje wezenloos aan. 'Lisa?' Met schorre stem stamelde moeder de naam en spreidde haar armen. Lisa glimlachte wat onzeker door haar tranen heen en pakte de uitgestrekte handen vast. Gewillig liet ze zich in de armen trekken en vleide haar hoofd tegen de borst. 'Ik was zo bang', hoorde ze moeder zeggen. Lisa hield haar ogen stijf gesloten en voelde de handen van moeder langs haar rug wrijven. 'Is alles goed met je, schat?' Lisa knikte. 'Kom je weer naar huis?' De handen hielden even stil in afwachting van het antwoord. Lisa knikte nogmaals. 'Eindelijk', prevelde moeder in Lisa's haar. 'Fijn...'

Joost, de broer van mevrouw Aldra, had de zorg voor het gezin voorlopig op zich genomen. Joost was zesendertig jaar. Hij had meerdere mislukte relaties met mannen achter de rug en was tot de conclusie gekomen dat zijn bestaan tot op heden waardeloos was geweest. Hij wilde een ander leven: een leven met meer inhoud en meer kleur. Daarom had hij zijn baan als chef-kok vaarwel gezegd en was hij naarstig op zoek naar zijn artistieke talenten. De periodes van schilderen en het spelen op de saxofoon had hij net achter de rug toen hij met zijn Siamese kater, Jim, bij de Aldra's introk. 'Dat kan makkelijk', riep hij toen moeder een bedenkelijk gezicht trok. 'Er is ruimte zat voor een extra bed. En ik kan voor de verandering eens voor een heel gezin kokkerellen. Lijkt mij geweldig. Maak jij je maar geen zorgen, ik vertroetel de kinderen terwijl jij uitziekt. Laat mij mijn gang maar gaan. Ik vind het heerlijk.' 'Ik moet nog zeker twee weken blijven', wierp moeder tegen. 'En dan de nazorg van minstens drie weken...' Maar Joost haalde onverschillig zijn schouders op en wuifde het commentaar van zich af. De discussie was gesloten.
Joost kwam met een zak vers fruit en een bos bloemen de zaal oplopen. Hij hield heel even zijn pas in en keek verrast toen hij Lisa naast het bed van zijn zus zag staan. Zijn groet was enthousiast en vriendelijk, zonder een spoortje van verwijt. Tijdens het bezoekuur werd er alleen over luchtige dingen gesproken alsof de ruzie tussen moeder en Lisa nooit had plaatsgevonden. Joost stelde geen vragen. Thuis niet en zelfs niet toen Lisa hem kortaf mededeelde dat ze voorlopig niet naar school wilde. Hij klopte vriendelijk op haar knie en

glimlachte goedkeurend. Hij kookte haar lievelingskostje: mosselen. Na het eten liet hij het ligbad vollopen, voegde geurende lavendelolie toe en verschoonde het beddengoed. Op haar bureau stond een lelie in een smalle vaas die haar welkom heette. Joost begreep dat ze niet wilde praten en ze was hem dankbaar. Ze ging die avond vroeg naar bed en lag diep weggedoken onder de dekens met haar gedachten. Mo had haar een hoer genoemd. Hij had het woord met zoveel haat gebruld. Ze huiverde. Waarom reageerde hij zo fel en onredelijk? Lag het dan toch aan haar? Had ze zich kinderachtig gedragen? Maar ze kon haar moeder toch niet... Ma had wel dood kunnen zijn. Ze zou een paar dagen wachten en hem dan bellen. De dagen zonder haar zouden hem kalmeren, dan had hij tijd om na te denken. Alles kwam weer goed.

Vier moeilijke dagen van wachten verstreken. Uiteindelijk vond Lisa dat ze lang genoeg gewacht had en tilde de hoorn van de haak. Nerveus tikte ze Mo's nummer en luisterde naar de kiestoon. In gedachten zocht ze naar de juiste woorden. De verbinding was er vrijwel meteen. 'Mo', klonk zijn stem kortaf. Lisa slikte. 'Met mij', antwoordde ze met een benepen stem. Er kwam geen antwoord, alleen zijn ademhaling was hoorbaar. 'Ben je nog boos? Mo, doe nou niet zo flauw, zeg nou iets. Ik hou toch van je en ik wil je niet kwijt. Je moet begrijpen...'

'Wijf, stik!' bulderde hij plotseling. 'Je houdt niet van mij en dat heb je ook nooit gedaan. Jij houdt alleen van jezelf en dat heb je duidelijk bewezen. Je hebt me gewoon gebruikt. Laat me voortaan met rust.' De verbinding werd verbroken. Een halve minuut bleef Lisa bewegingloos zitten, haar hand op de telefoon. Hij had gewoon nog wat tijd nodig, dacht ze. Straks reageert hij wel anders. Ze ijsbeerde door de kamer en blikte constant op haar horloge. Langzaam kropen de wijzers vooruit. 10.10 uur. Ze hield het niet langer uit. Ze graaide de hoorn van het toestel en drukte op de geheugentoets. Nog voordat iemand aan de andere kant van de hoorn zich kenbaar kon maken riep ze: 'Mo, luister nou even. Je moet niet gelijk zo kwaad worden. Laat me nou even...' Verder kwam ze niet. Een pieptoon gaf aan dat de verbinding was verbroken. Om 10.45 uur waagde ze nog een poging maar de gsm van Mo werd niet meer opgenomen. Ze besloot Kelly te bellen maar ook zij nam haar telefoon niet aan. Lisa plofte op de eetkamerstoel neer en liet ontdaan haar hoofd op haar armen zakken.

Zo trof Joost haar een uur later aan. Zijn blik bleef even op haar gebogen rug rusten. Toen liep hij de gang in en kwam terug met haar jas. 'Kom', zei hij terwijl hij haar aantikte. 'We moeten even wat boodschappen doen.' Zonder haar hoofd van haar armen te halen schudde ze stug van nee. 'Ik wil niet', antwoordde ze gesmoord.

'Jawel. Ik heb je hulp nodig, kom op.' Hij trok haar omhoog. 'Maar we gaan eerst een lekkere sorbet eten.'

Joost en Lisa zaten op het terras van de Italiaanse ijssalon achter een sorbet met slagroom. Terwijl Lisa genoot van de zon en haar ijs leken de problemen even weg te ebben. Joost vertelde enthousiast over zijn nieuwste passie: poëzie. Pijnlijke onderwerpen werden gemeden. En toen Joost over zijn schoolervaring begon, moest ze lachen. Ze bestelden nog een sorbet en Joost vertelde over zijn eerste liefde.

Aan de overkant van de ijssalon observeerde Ramon vanuit zijn auto het vrolijke tweetal. Hij had hen door de stad zien fietsen en was hen gevolgd. Bezorgd vroeg hij zich af wie de indringer kon zijn. Hij haalde zijn gsm uit zijn binnenzak en belde Mo.

Nog geen vijf minuten later ging de gsm van Lisa af. Als door een wesp gestoken, sprong ze overeind en zocht naar het toestel in haar tas. Ze klapte de gsm open en zei met onvaste stem: 'Lisa Aldra.' Ze liep een paar stappen van het tafeltje vandaan.

'Met mij. Waar ben je?' Mo's stem klonk bevelend en nors.

'In de stad bij de ijssalon', antwoordde Lisa en haar hart maakte een sprongetje van vreugde. Hij had haar gebeld en dat leek haar een goed teken.

'Zo?' Het klonk sarcastisch. 'Heb je wat te vieren? En met wie ben je daar?'

'Met mijn oom.'

'Ja, tuurlijk.' Zijn stem schoot uit. 'Je oom? Maak dat een ander wijs!'

'Het is echt waar. Joost is mijn oom', fluisterde ze, bang dat Joost iets van het gesprek kon opvangen. Mo onderbrak haar uitleg.

'Ik moet de gsm terug, vandaag nog. Ik ben tot twee uur in het café dus kom dat ding maar brengen. En kom zonder die zogenaamde oom van je, want als hij een stap in het café durft te zetten, maak ik hem af.' En weg was de stem. Bedremmeld borg ze het toestel weer op in haar tas en glimlachte zuur naar Joost, die vanachter zijn sorbet haar gezicht bestudeerde. Ze trok een neutraal gezicht en liep langzaam naar haar plaats terug. De raderen in haar hoofd draaiden op volle toeren. Dit was een kans om Mo alles uit te leggen. In het café zou hij niet zo snel gaan schelden en tieren. In het bijzijn van anderen hield hij zich wel gedeisd. Ze moest gauw een smoes verzinnen om weg te komen. 'Dat was een vriendin van school', verklaarde ze. Ze stond naast het tafeltje en trok haar jas van de stoel. 'Ik heb haar mobiel nog in mijn tas zitten. Ze wil hem terug dus breng ik hem snel even. Ga jij maar vast naar huis, ik kom straks.' Ze wachtte niet op zijn antwoord en liep met grote passen het terras af. Joost maakte een beweging of hij haar wilde volgen, maar bleef toch zitten. Lisa haalde haar fiets uit de steeg, sprong op het zadel en reed de stad uit richting café Proost.

Mo zat op een stoel voor het café. Hij hield een peuk tussen zijn tanden geklemd en keek Lisa een tijdlang zwijgend aan. Toen vroeg hij: 'Hoe is het met je moeder?' Lisa knipperde even met haar ogen.
'Goed...', stamelde ze onthutst. 'Tenminste... Ze heeft haar dijbeen en twee ribben gebroken. Ze heeft geluk gehad, het had veel erger kunnen zijn.' Er viel een stilte. Hij trok aan zijn sigaret en rook kringelde uit zijn neus omhoog. 'Ik heb een paar dagen bij familie in België gelogeerd en ik heb daar nagedacht over ons.' Lisa beet op haar lip.
'Ik denk dat ik me als een ongelooflijke klootzak heb gedragen', ging hij verder. 'Het is logisch dat je naar haar toe wilde. Als het mijn moeder was dan...' Hij draaide zijn hoofd weg en wreef in zijn ogen. 'Ik was teleurgesteld en bang.'
'Bang, jij bang?' herhaalde Lisa.
'Ja. Ik was bang dat als je eenmaal weer bij je moeder was, ik je kwijt was.' Hij speelde met zijn sigaret en schudde triest zijn hoofd. 'Ik had niet zo stom moeten reageren. Sorry, sorry en nogmaals sorry.' Er stonden tranen in zijn ogen en verward harkte hij met zijn vingers door zijn haar. 'Ik heb alles verpest, ik ben je kwijt.'

'Je bent me nog niet kwijt', zei Lisa snel. Ze was opgelucht en ontroerd. Hij hield van haar, hij had spijt... Mo pakte haar hand vast en streelde haar vingers. 'Meen je dat echt? Dus je houdt nog van me?' Lisa knikte driftig. 'Je vergeeft me?' Ze knikte nogmaals. Hij liet met een diepe zucht zijn schouders zakken. 'Maar je moeder mag mij niet', zei hij nu. 'Ze zegt lelijke dingen over mij, ze...'

'Dat valt wel mee.'

'Je zult zien dat ze tussen ons gaat stoken.' Hij kreunde en zijn stem sloeg over. 'Ik had je geen hoer mogen noemen. Je bent het liefste meisje van de wereld. Ik was in paniek. Het spijt me zo.'

'Ik weet dat je het niet meende, lieverd. Ik kan wel wat hebben...'

'Je bent te goed voor me. Je bent zo lief.' Hij kwam naar voren en zoende haar op de mond. Liefkozend streelde hij haar rug, haar wang en haar armen. Na een paar minuten liet hij los.

'Ik had hem bijna vermoord', zei hij nu met een ernstig gezicht.

'Wie?'

'Die kerel waar je vandaag mee was. Die vriend...'

'Dat is mijn oom. Dat heb ik je toch al verteld?'

'Klets nou niet, Lisa.' Zijn stem veranderde van klank.

'Nee, echt...'

Hij leunde achterover en vouwde zijn armen voor zijn borst. 'En waar komt hij nou zo snel vandaan?' vroeg hij met bitter sarcasme.

Ze kreeg geen kans om een antwoord te geven.

'Ik wil niet meer hebben dat je hem nog langer ziet.'

Lisa schoot in de lach en woelde met haar vingers door zijn

haren. 'Jij bent ook zo verschrikkelijk jaloers.'

Hij duwde haar boos weg en keek haar nors aan. 'Heb je mijn gsm bij je?' Zijn hand zweefde vragend in de lucht.

Verbaasd keek ze naar de hand. 'Ja, tuurlijk...' Hij nam zonder een krimp te geven het apparaatje aan en stopte het in zijn jaszak.

'Ik snap er niks van', hakkelde ze. 'Maak je het nu weer uit?' De vraag kwam moeizaam over haar lippen.

Hij staarde langs haar heen naar een vrouw met een kinderwagen die aan de overkant liep. 'Ik dacht dat ik je kon vertrouwen', snoof hij.

Ze keek hem schaapachtig aan.

'Ik ben misschien stom geweest maar jouw actie vind ik nog stommer. Denk je nou echt dat ik dat laffe verhaal over die oom geloof? Je had gewoon een nieuwe vriend. Geef nou maar toe...'

'Doe niet zo belachelijk', protesteerde ze verontwaardigd.

'Joost is de broer van mijn moeder. Hij zorgt een tijdje voor ons.'

'Tuurlijk. En dan ga je met hem uitgebreid ijs eten en plezier maken alsof er de afgelopen dagen niets is gebeurd. Je liegt dat je barst.' Zijn stem schoot uit en het was duidelijk dat zijn boosheid toenam.

'Ik weet bijna wel zeker dat je met die vent het bed bent ingedoken. Je bent dus toch een hoer.' Lisa hapte naar lucht en tranen sprongen in haar ogen. 'Ik ben met niemand het bed ingedoken', gooide ze er met een rood hoofd uit. Een ondertoon van woede en gekwetste trots kwamen naar boven. Ze schoot omhoog uit haar stoel. Hoe durfde hij haar vals te beschuldigen en hoe durfde hij haar een hoer te noemen.

'Joost is mijn oom en hij valt niet eens op vrouwen. En ik ben geen hoer...' Ze draaide zich om en liep met grote stappen naar haar fiets. Ze was Mo nu echt zat, spuugzat. Als hij haar niet wilde geloven dan bekeek hij het maar, dan was het maar uit. 'Lisa! Lisa!' Hij riep haar naam maar ze versnelde haar pas. Ze stapte op haar fiets en sjeesde zonder om te kijken de straat uit.

'Dat heb je slim aangepakt', gromde Ramon vanuit de deuropening naar Mo. 'Die zijn we kwijt.'
'Welnee. Binnen een maand eet ze uit mijn hand. Alles loopt volgens plan.'
'Ik betwijfel het. Je moet eens leren je mond meer in bedwang te houden. Zo jaag je al die meiden weg', merkte Ramon korzelig op.
'Vergeet niet dat die meiden op mij afkomen. Jij hebt zo'n beetje afgedaan', grijnsde Mo vergenoegd. 'Zonder mij heb jij geen meiden.' Het was even stil. Ramon boog zich voorover: er klopte een ader in zijn slaap. 'Ga niet naast je schoenen lopen, mooie jongen', siste hij met ingehouden woede. 'Ik loop al heel wat jaartjes mee en heb meer ervaring in mijn pink dan jij in je hele lijf. Ik zeg je dat je moet dimmen tegen de meisjes, anders zijn we ze kwijt. En dat zou zonde zijn van ons geld.' Er hing een dreigende stemming in de lucht. Mo was even uit het veld geslagen. Hij realiseerde zich dat hij te ver was gegaan. Sussend hief hij zijn handen in de lucht.
'Niets aan de hand. In plaats van één hebben we straks twee meisjes die voor ons werken. Ik heb alles onder controle, man', riep hij terwijl hij een nuchtere toon in zijn stem probeerde te leggen.
'Kelly is bijzaak', bromde Ramon. 'Die is zo lelijk als een koe. Lisa moeten we hebben.'

'En dat gaat ook lukken', voorspelde Mo. 'Heb geduld. Ze is radeloos, wanhopig. Morgen bel ik Lisa op en dan maak ik alles weer goed met haar. Ze zal dolgelukkig zijn en alles voor me doen. Dan heb ik haar waar ik haar hebben wil. Dan is ze gewillig.'

'Dat hoop ik voor je.' Ramon strekte zijn rug en ging toen het café binnen.

De telefoon rinkelde. Joost nam de hoorn van het toestel, hield een kort gesprek en legde toen de hoorn op het tafeltje. Onder aan de trap brulde hij Lisa's naam. 'Telefoon! Ene Mo.' Lisa liet haar leesboek zakken en verkrampte. Wat wilde hij nou eigenlijk? Hij gooide haar het huis uit, schold haar stijf en deed daarna weer poeslief en aardig. Ze werd er gek van. Ze sliep slecht en kreeg bijna geen hap meer door haar keel. Het was allemaal zo verwarrend. Ze liep de trap af en keek enkele seconden besluiteloos naar de hoorn. Uiteindelijk greep ze de hoorn en zei: 'Wat is er, Mo?'

'Het spijt me, prinses', hoorde ze hem met zachte stem zeggen. 'Vergeef me. Ik werd gek van jaloezie. Ik vond het moeilijk te geloven dat zo mooi meisje als jij ondertussen geen ander heeft gevonden. En ik dacht, ik dacht... Ik mis je verschrikkelijk. Ik kan echt niet zonder jou leven. *Please*, kom bij me terug? Ik hou van je.' Het klonk oprecht en even leek het alsof hij huilde. Lisa slikte iets weg en zocht naar woorden. Ze moest nu sterk zijn en niet zwichten. In gedachten zag ze zijn donkere, smekende ogen. Lisa haalde diep adem. 'Misschien is het beter als we elkaar een tijdje niet zien, Mo. Ik hou ook van jou maar soms maak je me bang.'

'Bang? Maar lieverd?'

Moeizaam zei ze: 'Nu niet, Mo. Ik wil rust. Ik wil nadenken. Bel me volgende week, dan praten we verder.' Ze gaf hem geen tijd om te reageren en duwde de hoorn op het toestel. Een scherpe pijn schoot door haar heen. Ze voelde zich verward en moe, ongelooflijk moe.

Midden in de nacht schrok ze wakker. Ze zat rechtop in haar bed en hoorde iemand buiten schreeuwen. Er vloog een kluit klei tegen de voordeur. Een auto scheurde de straat uit en toen was het weer stil.

11

De voordeurbel galmde irritant door het huis. Lisa schoot half overeind en wierp een suffe blik op de alarmklok. Kwart over negen. Zuchtend viel ze achterover in het kussen en luisterde naar de stemmen aan de deur. Gedempte mannenstemmen, daarna het geluid van de voordeur die in het slot viel. Ze trok het dekbed tot onder haar kin en sloot de ogen. De hele nacht had ze liggen woelen en draaien en had geen oog dichtgedaan. Ze wilde nog een uurtje blijven liggen, misschien wel twee uurtjes. Voetstappen klommen de trap omhoog en stopten voor haar kamerdeur. Er volgde een roffel en de deur kierde een paar centimeter open. 'Lisa', riep Joost door de spleet. 'Er is bezoek. Hij beweert dat hij jouw verloofde is en hij wil jou nú, direct, spreken. Moet ik hem wegsturen of kom je naar beneden?' Dat kon niemand anders zijn dan Mo, dacht Lisa. Haar hart bonsde met snelle slagen. Hem wegsturen? Mo liet zich niet wegsturen. Ze moest snel naar beneden voordat hij een driftaanval kreeg en het Joost moeilijk ging maken. 'Ik kom eraan. Hij moet even wachten, maar ik kom eraan.' Haastig schoot ze in haar jeans en trok een truitje over haar hoofd. Ze voelde zich vreemd opgewonden. Het was een mengeling van angst en een opluchte blijheid. Hij had haar zijn verloofde genoemd. Haar voornemens om een tijdje afstand van hem te nemen, was ze vergeten. Hij kon gewoon niet zonder haar. Hij wilde natuurlijk... Tja, wat wilde hij nu eigenlijk? Wild trok ze een borstel door haar haren, bekeek zichzelf in de spiegel en rende toen de trap af. Mo roerde in een mok met koffie en keek Lisa met stralende ogen aan. 'Goedemorgen, prinses. Lag je nog lekker te slapen?' Hij stond op, trok haar in zijn armen en kuste haar. Iets in haar buik leek op zijn warmte te reageren. Hij schoof galant de eetkamerstoel naar achteren en gebaarde dat ze moest gaan zitten. Ze liet zich op de stoel zakken en hield met haar ogen zijn gezicht gevangen.

'Ik maakte me vreselijk ongerust', zong zijn stem. 'Gaat het nu weer een beetje beter met je? Je hebt de laatste dagen ook zoveel voor je kiezen gekregen.' Hij sloeg zijn arm om haar smalle schouders en streelde langs haar wang. 'Toe, laat die lieve lach even zien. Ik heb je vreselijk gemist.' Opgelaten toverde Lisa een glimlach op haar gezicht.

'Wil je ook wat koffie, Lisa?' vroeg Joost. Hij stond in de deuropening en observeerde het tweetal scherp. Zijn kritische blik maakte haar nerveus. 'J-ja.' Het antwoord was bijna onhoorbaar.

'Goed, dan maak ik gelijk een beschuitje voor je klaar.' Joost verdween naar de keuken.

'Wat was dat nou voor een vreemd telefoontje, gisteravond? Daar meende je toch niets van?' vroeg Mo met gedempte stem. 'Een week zonder jou is een week niet geleefd.' Hij drukte haar hand tegen zijn mond en kuste een voor een haar vingers. 'Je bent toch niet boos, prinses? Doe nou niet zo lullig. Je weet toch dat ik gek op je ben.'

'Nee, dat weet ik niet. Ik weet niet meer of je nu wel of niet van me houdt. Ik weet niet meer wat je van me wilt', hakkelde Lisa. Ze bevond zich voortdurend in een toestand van verwarring. Haar stem klonk gespannen en telkens keek ze naar de deur, bang dat Joost iets van het gesprek zou opvangen. Ze trok haar hand onder zijn lippen vandaan en plukte doelloos aan het tafelkleed. 'Je maakt het uit en dan weer aan. Je scheldt en vloekt en daarna beweer je dat je van me houdt. Ik weet het niet meer...'

'Het spijt me zo, het spijt me zo', piepte hij en een snik was hoorbaar. 'Ik weet dat ik me soms als een varken gedraag. Vooral tegenover vrouwen. Soms word ik overvallen door een enorm haatgevoel dat mijn moeder bij mij heeft achtergelaten.' Hij trok een pijnlijk gezicht en zijn ogen vulden zich met tranen. Lisa legde haar hand op zijn arm om hem te kalmeren. 'Gaat het?' fluisterde ze. Hij knikte moeilijk. 'Ze heeft mijn vader herhaaldelijk bedrogen met andere mannen. Zodra hij naar zijn werk was, ontving ze kerels bij ons thuis. Ik was zeven jaar en moest op de uitkijk staan, ík... haar zoon. Als ik weigerde, sloeg ze me de kamer door. Natuurlijk kwam mijn pa er achter. Hij dreigde met een scheiding en ze raakte in paniek. Het was mijn schuld, beweerde ze.' Hij keek verdwaasd uit zijn ogen. 'Twee dagen later waren haar spullen verdwenen en was ze vertrokken. Ik heb haar nooit meer gezien. Ze liet mij achter bij mijn verbitterde vader, die mij als een verrader zag. Ze heeft me in de steek gelaten, van de een op de andere dag. Ik was niet belangrijk voor haar.' Mo legde zijn hoofd tegen Lisa's borst en voelde hoe haar vingers door zijn haren streelden.

'O nee, wat vreselijk', riep ze ontdaan.

'Jij bent de eerste aan wie ik dit vertel', verklaarde hij gesmoord. Het was even stil.

'Het idee dat jij met een andere man...'

'Maar er is geen andere man.'

'Nee, ik weet het', suste hij. 'Ik heb je oom ontmoet. Ik was fout, ik had je moeten geloven. Jij bent niet zoals mijn moeder. Ik ben een jaloerse eikel.'

Mo had de hele nacht op dit scenario zitten broeden. Het moest een goed verhaal worden anders was hij haar kwijt en dan was al de inspanning voor niets geweest. Hij wist dat dit verhaal haar zou raken. Hij had goed naar haar geluisterd toen ze over thuis vertelde en had haar pijn geproefd. Handig had hij het in zijn verhaal verweven maar dan met een snufje extra drama. Het zou zo herkenbaar voor haar zijn. Nu kwam het erop aan, die laatste zin zou haar verzet breken. Hij wachtte even en zei toen: 'Ik begrijp het best als je me laat vallen, net als mijn moeder. Ik ben jullie niet waard.'

'Dat is niet waar. Ik hou van je.'

'Ondanks alles? Geef je me nog een kans?'

Hij lachte door zijn neptranen heen en zij lachte terug. 'Ik beloof je dat ik me beter zal gedragen. Ik kan echt niet zonder je.'

'Ik ook niet zonder jou', bekende ze en ze drukte vervolgens een kus op zijn wang.

'Dus je neemt me terug?' vroeg hij gemaakt onnozel. Haar antwoord was een innige zoen. 'Je maakt me zo gelukkig', prevelde hij in haar haren. Hij duwde haar van zich af en graaide in zijn jaszak. 'Ik heb een cadeau voor je gekocht.' Een pakje met daaromheen een opzichtige strik schoof over het tafelkleed. 'Maak snel open.'

'O, een cadeautje? Ik ben gek op cadeautjes', riep Joost die met een dienblad de kamer binnenkwam. Een bord met beschuit en een mok koffie werden op tafel gezet. Hij plofte op een stoel en keek nieuwsgierig naar het langwerpig doosje in Lisa's handen. Het deksel klapte open en toen viel er een stilte. Lisa keek wat ongemakkelijk naar de inhoud en Joost floot van bewondering tussen zijn tanden. Op een zwart, fluwelen achtergrond lag een matzilveren vierkant horloge. 'Dat is wel een erg kostbaar cadeau', merkte Joost op.

'Ik heb ook heel wat goed te maken', verklaarde Mo. 'En voor mijn prinses wil ik alleen maar het beste.'

'Ja, dat zie ik', antwoordde Joost terwijl hij het horloge taxerend bekeek. 'Dit klokje heeft je een behoorlijke duit gekost. Wat doe je eigenlijk voor werk?' Mo lachte twee rijen blinkend witte tanden bloot. 'Ik werk in de horeca en dat verdient goed. Maak je dus maar geen zorgen,' grijnsde hij, 'ik kan het gemakkelijk betalen. Je nichtje komt bij mij niets te kort.' Joost lachte terug maar zijn ogen lachten niet mee. 'Ja, dat geloof ik best', mompelde hij.

'Weet je wat wij gaan doen, prinses?' Mo stond op en wenkte met zijn hoofd. 'Wij gaan even de frisse lucht in. Je gezicht is spierwit en kan wel wat zon gebruiken. Een rondje in het park doet wonderen.' Slaafs kwam Lisa omhoog en knikte hem verliefd toe. Mo sloeg Joost kameraadschappelijk op de schouders. 'De volgende keer ga je met ons mee.'

De barkeeper serveerde een cola en een biertje en knikte het tweetal vriendelijk toe. Mo knikte terug en borg het pakje shag in zijn jaszak op. Hij stak de sigaret aan en inhaleerde diep. Met zijn trouwe hondenogen keek hij Lisa verliefd aan. 'Ik vind het jammer dat je niet meer bij Ramon woont. Toen konden we doen wat we wilden. We sliepen in één bed, aten samen aan één tafel. Geen pottenkijkers, niemand die zeurde. We leken net een getrouwd stel: man en vrouw. Het waren heerlijke dagen, vond je niet? Ik was nog nooit zo gelukkig.'

'Het was perfect', beaamde Lisa en de herinneringen kwamen boven. 'Het had voor mij eeuwig mogen duren.'

'Weet je...' Mo schoof met zijn stoel dichter naar haar toe. 'Ik heb zitten denken... Waarom gaan we niet sparen voor een eigen huis. Een leuke eengezinswoning met een tuintje. Jij en ik, ver weg van de bemoeizucht van anderen. Elke dag wordt dan perfect. We kopen nieuwe meubels en een nieuwe auto. We gaan samen op vakantie. We doen alleen maar dingen die we leuk vinden? Wat denk je?'

Lisa's ogen glommen. 'Ik zou niets liever willen.'

'Ik ga dit allemaal regelen', beloofde hij. 'Ik zet al het geld dat ik verdien opzij voor onze droom.' Hij zat vol plannen. 'We kunnen samen naar het platteland verhuizen, waar we veilig zijn. Dat zei hij: veilig. Het klonk Lisa vreemd in de oren maar ze vroeg niet om een uitleg. 'We nemen een hond en later misschien een kindje.'

'Ik kan gaan werken', riep Lisa enthousiast. 'Ik ga niet meer terug naar school na alles wat er gebeurd is. Ik hoor daar niet meer thuis. Zodra mijn moeder uit het ziekenhuis is, vertel ik haar dat ik niet meer wil. Ik wil geld verdienen.'

'Zo is dat! Jij hebt geen school nodig. Ik vraag hier en daar wat rond of iemand een baan voor jou weet. Ik regel alles. Hier...' Hij liet de gsm in haar tas glijden. 'Als ik je nodig heb, dan bel ik.' Hij trok haar naar zich toe en drukte zijn lippen tegen de hare. Het was een kus vol vuur en passie. Hij fluisterde in haar oor dat hij naar het huis van Ramon wilde, en zij stemde in. Ze hadden seks en na afloop lagen ze intens gelukkig in elkaars armen. Ze rookten hasj en Lisa vergat alles om haar heen. Ze vergat het bezoekuur in het ziekenhuis en Joost met zijn avondeten. Alles was onbelangrijk geworden, alleen hun liefde telde nog.

Midden in de nacht werd Lisa thuisgebracht. Het huis was donker, de gordijnen gesloten. Zachtjes draaide ze de sleutel in het slot om en duwde de deur open. Lisa en Mo slopen de kamer binnen, knipten het licht aan en vonden Joost in de woonkamer met een glas port in zijn handen. Zijn gezicht stond nors en zijn lippen waren tot een strakke streep getrokken. Lisa slaakte een gil van schrik en liet er toen verontwaardigd op volgen: 'Jasses, ik schrik me lam. Waarom zit je in het donker?' Joost negeerde haar opmerking en viel nijdig uit: 'Wat zijn dit voor streken? Ik heb uren met het eten op je zitten wachten. Ik was doodongerust. Kon je niet even fatsoenlijk bellen? En waar was je tijdens het bezoekuur? Ik heb tegen je moeder moeten liegen zodat ze zich niet onnodig ongerust zou maken.'

'Maak je niet dik, man', suste Mo. 'Ze is bij mij in goede handen. We zijn geen kinderen meer.'

'Dat vraag ik mij af', sneerde Joost met ingehouden woede.

'Een volwassen vent had haar laten bellen. Wat als er nu iets met haar moeder in het ziekenhuis was gebeurd? Ik had jullie nooit kunnen bereiken.' Mo's zwarte ogen stonden grimmig en hij deed duidelijk een poging om zijn drift te bedwingen.

'Sorry, Joost', prevelde Lisa. 'Dat was echt stom van me. Het zal nooit meer gebeuren.' De boosheid in het gezicht van Joost nam af. 'Laat in het vervolg een adres achter. Of bel! Ze hebben dat ding niet voor niets uitgevonden, verdorie', mompelde hij nog wat na. Er viel even een stilte.

'Het is al laat, ik moet er van door', zei Mo plotseling. Zijn stem klonk nors. Hij drukte een kus op Lisa's wang, knikte naar Joost en verliet de woning. Onhandig en verloren stond Lisa in de kamer. Ze frunnikte aan haar nagels en probeerde de onderzoekende blik van Joost te ontwijken.

'Ga maar snel naar bed', zei hij met zachte stem. 'Het is verschrikkelijk laat. Morgen praten we verder.'

De volgende ochtend zat Lisa gapend aan het ontbijt. Ze had nog wel een paar uur willen blijven liggen maar dat leek haar na gisteravond niet verstandig. Om haar schuldgevoel te temperen, stemde ze in met het plan. Joost had het bedacht. Voordat moeder thuis kwam werd de voortuin eens goed onderhanden genomen. Er was al maanden niets meer aan de tuin gedaan en hij zag er als een wildernis uit. 'Als de tuin er weer netjes uitziet, vrolijkt ze sneller op', meende Joost. Het enthousiasme onder het drietal laaide op.
'Laten we dan wat nieuwe planten kopen', opperde Lisa.
'Meer dan de helft is verdord.'
'Dan betaal ik ook mee', riep Bart. 'Ik heb goed gespaard van mijn zakgeld. Ik koop ook een plant.' Gezamenlijk zaten ze gebogen over het boodschappenlijstje toen ze gestoord werden door de telefoon. Bart sprong als eerste op en holde met veel kabaal naar de woonkamer. Het duurde even voordat hij weer de keuken binnenkwam. Hij gaf Lisa een stomp en liet zich op de stoel vallen. 'Voor jou', gromde hij.
'Wie is het', wilde Joost weten toen Lisa de keuken had verlaten.
'Een jongen', antwoordde Bart onverschillig.
'Wat is zijn naam?' Bart schokschouderde.
'Was het soms Mo?'
'Dat kan best wel, weet ik veel. Hij zei zijn naam niet.'
'O... Ga jij even in de schuur kijken of er genoeg tuingereedschap is', zei Joost met een diepe frons op zijn voorhoofd. Hij wreef de jongen door zijn haren en glimlachte zuur. Bart knikte behulpzaam en verdween naar buiten. Joost

tokkelde met zijn vingers op de tafel en weifelde. Hij had
gehoopt dat Lisa uit zichzelf zou komen met een verhaal. Een
verklaring over de vechtpartij op school, over het weglopen en
over het vreemde gedrag van de jongen. Maar ze liet niets los.
Ze was smoorverliefd, dat was duidelijk. En dan was er die
jongen: Mo. Zijn ogen, zijn houding. Alles leek zo nep. Joost
had er een vreemd gevoel over. Wilde hij antwoord op zijn
vragen, dan moest hij het anders aanpakken. Hij moest haar
bespioneren. Hij stond op en liep de gang in. Achter de
kamerdeur bleef hij staan en luisterde ingespannen naar
Lisa's stem. 'Nee, vandaag even niet', hoorde hij haar zeggen.
'Ik heb je toch al uitgelegd waarom niet. Ik ga eerst
boodschappen doen, daarna naar mijn moeder en dan heb ik
beloofd om te helpen in de tuin. Hoezo? Nee, dat lukt echt
niet. Ja, ja natuurlijk hou ik van je. Vanavond misschien. Nee
ik beloof niets. Ja, ik hou echt van je. Natuurlijk wel. Ja die
neem ik mee... Ja, ik ook van jou. Dag lieverd... dag.' De hoorn
klikte terug op de haak. Snel schoot Joost de keuken in en
nam weer plaats achter zijn inmiddels koude kop koffie.
'Wie was het?' vroeg hij toen Lisa de keuken binnenkwam.
Hij hield zijn stem zorgvuldig neutraal. Lisa aarzelde even
voordat ze antwoord gaf. 'Mo.'
'Zo? Die jongen laat je echt niet los, hé? Volgens mij wil hij
elke minuut van de dag weten waar je bent en met wie,
niet?' Een nepglimlach gleed over zijn gezicht.
'Ja', verzuchtte Lisa. 'Is het geen schat? Hij is waanzinnig
verliefd op mij. En ik natuurlijk op hem. Ben jij wel eens zo
verliefd geweest?' Joost dacht na en knikte toen. 'Ja, dat is
alweer jaren geleden.'
'Wat is er toen gebeurd?'
'Hij verstikte me', antwoordde Joost terwijl hij zorgvuldig haar

reactie peilde. 'Ik kreeg het benauwd van zijn liefde. Tenminste, hij noemde het liefde en ik noemde het een ziekelijke jaloezie. Té veel is ook niet goed, weet je.' Lisa knikte en friemelde ongemakkelijk aan haar nieuwe horloge dat plotseling loodzwaar aan haar pols voelde.

'Hoe laat gaan we naar het ziekenhuis?' veranderde ze toen snel van onderwerp.

Een stem uit een speaker gaf aan dat het bezoekuur was afgelopen. Met tegenzin namen Joost, Lisa en Bart afscheid van moeder en gingen naar de liften. 'Ze zag er stukken beter uit', merkte Joost tevreden op toen ze beneden in de hal van het ziekenhuis stonden. De kinderen knikten instemmend. 'Ik ben hartstikke blij dat ze naar huis mag', riep Bart opgewonden.

'Als het allemaal goed gaat', vulde Joost aan. 'Als er geen complicaties optreden mag ze volgende week naar huis.'

'Wat zijn dat, complicaties?' wilde Bart weten.

'Als het fout gaat. Bijvoorbeeld als mamma koorts krijgt, dan moet ze langer blijven', antwoordde Lisa. Ze gaf Bart een zet toen ze zijn bedremmelde gezicht zag. 'Maar het gaat niet fout. Over een week is ze weer thuis.'

'Zo is dat', zei Joost opgewekt. Hij knoopte zijn jas dicht en gebaarde naar het fietsenrek. 'Laten we daarom maar snel aan de tuin beginnen.' Ze hadden thuis een plan op papier gezet en die ochtend nog enkele planten gekocht. Het was een behoorlijke klus maar met zijn drieën konden ze het makkelijk klaren in een paar dagen. Lisa stond gebogen over haar slot toen de auto plots de stoep opreed. De sportwagen parkeerde scheef op het trottoir en het portier zwaaide open. Geschrokken keek Lisa om. Ze verstijfde en even wisselde ze

een snelle blik met Joost. 'W-wat doet hij nou hier?'
mompelde ze beduusd. Mo stapte uit en schoot zijn
sigarettenpeuk over de weg. 'Dag prinsesje van me.' Hij wierp
haar een uitbundige handkus toe en maakte een gebaar van
instappen. 'Ik heb een verrassing voor je, dus stap snel in.'
Een geheimzinnige knipoog volgde. Zijn lippen spelden
geluidloos een woord. 'Huis', ontcijferde Lisa. Haar hart
maakte een extra roffel. Had hij een huis gevonden?
'Je vindt het toch wel goed dat ik mijn meisje even leen?'
richtte Mo zich nu tot Joost. En ook Joost kreeg een vette
knipoog.
'We hebben het behoorlijk druk', wierp Joost tegen. 'We
moeten...'
'Het is maar voor even, man. Ik breng haar zo snel mogelijk
thuis. Het is zo gepiept.' Lisa keek haar oom smekend aan.
'*Please?*' En Joost zwichtte. Jofel sloeg Mo Joost op zijn
schouder, sprong in zijn auto en scheurde weg.
'Moeten wij nu alleen de tuin doen?' mokte Bart. 'Zij heeft
altijd geluk. Ze hoeft niet naar school, ze mag laat thuiskomen
en nu hoeft ze ook al niet meer mee te helpen in de tuin. Dat is
niet eerlijk.' Hij stak nukkig zijn kin naar voren en liet een diep
gegrom horen. Joost glimlachte en woelde het piekhaar door
de war. 'Maar nu heeft ze toch pech want ik wilde net
trakteren op een heerlijk ijsje.' Barts ogen glommen.
'Waar wachten we dan op?' Bart trok zijn fiets uit het rek en
sprong op het zadel. 'Ik weet een ijszaak waar ze joekels van
ijs verkopen. Zulke...' Met zijn handen gaf hij de maat aan.
'Kom, ik wijs wel de weg.'
Joost bestelde twee bekers ijs met nootjes en nam aan een
tafeltje achter het raam plaats. 'Wat zei ik je', riep Bart
opgewonden toen het ijs onder zijn neus werd geschoven.

'Echte joekels.' Hij klakte verlekkerd met zijn tong.

'Je hebt gelijk. Zo groot heb ik ze nog nooit gezien', antwoordde Joost en hij nam een flinke schep uit zijn ijs. 'Ben jij ook zo gek op ijs? Vooral aardbeiensmaak vind ik heerlijk.'

'Nee, echt niet! Deze is lekkerder.' Bart sloeg met zijn lepel op een groen ijsbolletje. 'Wil je proeven?'

'Een klein hapje dan.' Joost opende zijn mond en de lepel met het groene lekkers schoof naar binnen. Schuin aan de overkant had Joost plotseling de donkerblauwe sportwagen zien staan. Hij kneep zijn ogen tot spleetjes om de nummerplaat te ontcijferen. Het was hem. Het was de auto van Mo.

'Doe die klep nou dicht', commandeerde Bart ongeduldig. De kaken sloegen met een klap dicht en de lepel trilde als protest.

'En? En?' informeerde Bart.

'Heerlijk. Bijna net zo lekker als aardbeien. Bijna!' plaagde Joost. Toen hij zijn tong uitstak naar de jongen, rimpelde zijn neus.

'Jij hebt gewoon geen smaak', protesteerde Bart. Hij haalde hoorbaar zijn neus op en nam een hap van zijn ijs. 'Groen is gewoon het lekkerst.' Snel werkte Joost het ijs naar binnen terwijl hij de sportwagen in het oog hield. Dit was wat je noemt geluk hebben, dacht hij. Hij hoefde nu alleen nog te achterhalen waar de eigenaar van de auto was gebleven.

'Ik ga vast betalen, eet jij maar rustig je ijs op', zei hij breed grijnzend tegen Bart. Hij kwam uit zijn stoel omhoog en liep naar de toonbank.

'Heeft het gesmaakt?' wilde de man achter de kassa weten.

'Het was voortreffelijk', antwoordde Joost en hij trok zijn portemonnee te voorschijn. 'Weet u misschien van wie die prachtige sportwagen is, daar schuin aan de overkant?' De man volgde met zijn ogen de wijzende vinger. 'Die blauwe? Van een knaap hier uit de straat. Hij woont op tweehoog, op nummer 14. Hoezo? Wou je hem kopen?'

'Misschien, als de prijs laag genoeg is.' De man haalde zijn schouders op. 'Je kunt het proberen. Nummer 14', herhaalde hij nogmaals.

'Bedankt!' Joost liep terug naar het tafeltje en keek geamuseerd toe hoe Bart de binnenkant van zijn beker schoonlikte. 'Klaar?' Bart knikte en liet zich van de stoel glijden. Terwijl ze de straat uitreden, observeerde Joost de ramen op de tweede etage.

12

Geërgerd drukte Joost de televisie uit. Hij keek op zijn horloge
en ijsbeerde door de woonkamer. En met elke minuut die
verstreek nam zijn boosheid toe. Het was tien uur in de avond
en Lisa was nog steeds niet thuis. 'Eventjes' had Mo
beweerd. Er waren ondertussen al acht uren verstreken en er
was nog geen taal of teken van Lisa te bekennen. Joost was
met Bart begonnen aan de tuin. Ze hadden samen gegeten en
de afwas gedaan. Zonder Lisa. Geen telefoontje, niets. Terwijl
ze de dag daarvoor nog vol berouw had beloofd dat het nooit
meer zou gebeuren. Joost was het zat. Hij pikte het gedrag van
zijn nichtje niet langer. Als zij dacht dat er voor haar geen
regels golden, had ze het verkeerd. Hij moest actie
ondernemen. Hij moest denken, rustig nadenken! Toen
uiteindelijk de ergernis zijn top had bereikt nam Joost een
besluit. Hij ging haar persoonlijk bij de jongen weghalen. Hij
liet niet langer met zich sollen. Hij belde de buren, gaf een
korte uitleg en vroeg of zij op Bart wilden passen. De buren
hadden geen bezwaar. Daarna graaide Joost zijn jas van de
kapstok, trok de deur in het slot en sjeesde op de fiets de
straat uit.

De sportwagen stond voor de deur en het zag er niet naar uit dat het vehikel van zijn plaats was geweest. Met twee treden tegelijk beklom Joost de trappen van de portiek. Bij nummer 14 belde hij aan. Het bleef stil. Nogmaals galmde de bel door de donkere hal maar er kwam geen reactie. Joost wilde net met zijn vuisten de deur bewerken toen een krakerige vrouwenstem achter hem klonk: 'Doen ze niet open?' De oude vrouw bekeek Joost van top tot teen terwijl haar gerimpelde hoofd meewarig schudde. 'Wie moet u hebben?' Haar sleutel zweefde voor het slot. 'Mo, de jongen van de sportwagen die beneden staat geparkeerd. Hij heeft verkering met mijn nichtje en ik maak me ongerust want ze is niet thuis-gekomen.' Het oude hoofd schudde nu nog harder. 'Ik zou me zeker ongerust maken. Het is een nest vol narigheid.' En ze knikte ter verduidelijking naar de deur van nummer 14.
'Wat voor narigheid? Waar doelt u op. Mevrouw?' De vrouw gaf geen antwoord. Ze had haar voordeur geopend en verdween gnuivend en hoofdschuddend naar binnen. 'Mevrouw?' Zijn smeekbede had geen effect: de deur dreunde in het slot.
'Ik ben blij dat er nog zoveel hulpvaardige mensen op de wereld zijn', brulde Joost tegen de dichte deur. Hij belde nogmaals bij nummer 14 aan. Maar daar bleef het stil. Het had geen zin. Joost liep de trappen af maar bleef halverwege staan toen hij een deur hoorde open gaan. Hij hoorde de buurvrouw roepen: 'Vooruit dan, meneer. Komt u snel binnen.' Joost schoot de trappen omhoog en knikte de vrouw dankbaar toe.

Naakt en luid vloekend sprong Mo uit het bed. Hij commandeerde Lisa dat ze in de slaapkamer moest blijven en liep toen met grote stappen de gang in. Hij gluurde door het kijkglaasje in de deur en vloekte binnensmonds toen hij Joost zag staan. Hoe had hij dit huis gevonden? Hij had waarschijnlijk de auto vanaf het ziekenhuis gevolgd. Hij hield hen natuurlijk in de gaten, concludeerde Mo. De man was gevaarlijker dan hij dacht. Het was een geslepen rat. Straks ontdekte hij alles en waren Mo en Ramon hun handeltje kwijt. Hij moest worden gestopt. De buurvrouw verscheen en Mo zag hoe de twee een paar woorden wisselden. Hij drukte zijn oor tegen de deur maar kon niet ontcijferen waarover ze het hadden. Een deur sloeg dicht en de woedende stem van Joost klonk door de portiek. Vlug drukte Mo zijn oog tegen het kijkglaasje. Mooi... Hij liep de trap af. De deur aan de overkant zwaaide open en de buurvrouw stond boven aan de trap. Verdomme. Mo beet op de binnenkant van zijn lip. Wat deed dat idiote mens nu? Ze riep Joost naar binnen. Dit zag er niet goed uit. Als Ramon er achter kwam dat de oom aan zijn deur had gestaan, dan flipte hij. En zeker als hij hoorde dat de oom door de klepzieke buurvrouw naar binnen was geroepen. Het was niet moeilijk te raden waar die twee het over gingen hebben. Hij holde terug naar de slaapkamer en trok zijn mobiel uit zijn broekzak. 'Kleed je aan', snauwde hij naar Lisa. 'Ik breng je naar huis.' Hij liep de kamer in en drukte wild op de knoppen van zijn mobiel. 'Arie, hier met Mo. Ik heb een klusje voor je.'

De oude vrouw trok Joost aan zijn arm mee de woonkamer in en gebaarde hem om op de bank plaats te nemen. Ze liet zich langzaam in een comfortabel uitziende fauteuil zakken. 'Ik woon hier nu al tweeëndertig jaar', begon ze haar verhaal. 'En nog nooit heb ik zoveel beroerde dingen gezien sinds die twee knullen hier tegenover zijn komen wonen. Criminelen, zeg ik u, tuig is het. Vier jaar wonen ze hier en van meet af aan niks dan ellende.' Haar vingers zwaaiden als klauwen van een roofvogel door de lucht. 'En die meiden zijn geen haar beter. Allemaal even dom. Hebben geen greintje hersens in hun bovenkamer zitten. Staan maar stom te snotteren en te janken voor de deur. Tuig!' Ze klauwde in de leuning van de fauteuil. 'Dat had je in mijn tijd niet. Toen hadden we geen tijd om te flikflooien. Wij moesten werken, en hard ook.' Het hoofd schudde op en neer als een schip op een woeste zee. De vrouw nam een hap lucht en Joost zag kans om een vraag te stellen. 'Over wat voor ellende praat u nu?'

'Drugs en hoeren, meneer. Elk jaar staan er weer nieuwe grieten voor de deur die ze omtoveren tot hoeren. Ze gaan met die meiden om alsof het oud vuil is en telkens komen die domme wichten weer blèrend aan de deur. Onbegrijpelijk', sneerde de vrouw. 'En dat zusje van jou zit daar ook tussen.' Haar magere vinger priemde nu dreigend in zijn richting. 'Nichtje', verbeterde Joost de vrouw. 'Maar ik denk dat u alles toch te zwart-wit ziet. Het...'

'Nichtje, zusje, vriendin', ratelde de vrouw door Joost zijn protest heen. 'Wat maakt het uit. Het is de pooier alleen maar om het geld te doen. Ze manipuleren die domme grieten. Ik heb ze zien komen en gaan. Allemaal jonge dingen, kinderen nog. En binnen een paar maanden lopen ze erbij als hoeren. Zwaar opgemaakt, korte rokjes en veel te strakke truitjes.' Joost keek bedenkelijk in de pientere ogen van de vrouw en vroeg zich af wat er precies waar was van dit vreemde verhaal. Misschien overdreef de vrouw of zag ze de dingen verkeerd. Ze was tenslotte niet meer van de jongsten. 'Hoe vaak hebben die buurjongens dan een nieuw meisje?'

'Och...' De vrouw maakte een wegwerpgebaar. 'Om de drie,

vier maanden komen ze met een nieuwe thuis. En dan begint het spelletje weer van voor af aan.'

'Maar hoeren? Komen er dan mannen hier op bezoek voor de meisjes?'

'Nee, ze worden midden in de nacht weggebracht.'

'Maar u weet niet waar naar toe?'

'Och... Als je de meiden ziet, helemaal opgetut en op hoge hakken. Dan is dat niet moeilijk. Wilt u misschien iets drinken?'

'Nee, nee', zei Joost en hij stond snel op. 'Ik moet helaas gaan maar u bent nog bedankt voor het verhaal. Ik ga dit alles eens nader onderzoeken.' De vrouw slofte achter hem aan de gang in. 'Haal maar eerst je nichtje daar snel weg voordat het voor haar ook te laat is', waarschuwde ze.

'Dat zeker, mevrouw.' Joost knikte en verdween.

Het was al elf uur toen Joost naar huis reed. Hij was zo in gedachten verzonken dat hij niet merkte dat de sportwagen was verdwenen. Het verhaal van de oude vrouw maalde door zijn hoofd. Hoeren en drugs, had ze gezegd. Hij had wel wat veranderingen gemerkt aan Lisa, maar dan nog... De meeste meisjes van vijftien gebruikten make-up en droegen strakke truitjes. En dan de opmerking over drugs... Joost werd ijskoud. Had Lisa wat met drugs te maken? Ze zou toch niet zo stom zijn? Hij kon morgen natuurlijk de kamer van Lisa eens grondig doorzoeken en... Er stond een jongen wijdbeens op de straat en versperde hem de weg. Hij stak zijn hand als een stopteken in de lucht en riep: 'Stoppen, wacht effe.' Joost kneep in zijn remmen en minderde vaart. Voordat hij goed en wel stilstond, voelde hij dat er iemand achter op de bagagedrager sprong. Een jongen met lang, blond haar kwam achter een geparkeerde auto tevoorschijn en greep het stuur vast. Binnen enkele seconden was Joost omsingeld. 'Heb je wat te roken bij je?' Joost schudde van nee. 'Ik rook niet.'

'Wat kom jij hier eigenlijk doen?' vroeg de jongen achter op de bagagedrager op een ruzieachtige toon. 'Ik heb jou nog nooit hier gezien.'

'Dat klopt', bekende Joost. Hij rook onraad en probeerde zijn stem beheerst te laten klinken. 'Ik logeer hier een paar dagen en ik...'

'Volgens mij...' De jongen met het stekelhaar greep Joost vast. 'Volgens mij ben jij een nicht, een poot.' De woorden klonken hard en vijandig. Joost kreeg het benauwd, zweet liep in straaltjes langs zijn rug. Zijn gedachten flitsten terug naar de avond dat hij en zijn vriend werden opgewacht voor een café. Vijf jaar geleden. De schrik zat hem nog in de benen. Een groep dronken mannen hadden hem toen precies dezelfde vraag gesteld. 'Zijn jullie homo's?' Natuurlijk hadden ze het ontkend maar dat mocht niet baten. Joost en zijn vriend kregen klappen en belandden in het ziekenhuis.

'Ik vraag je wat.' Nerveus keek Joost van links naar rechts en zocht naar hulp. Maar de straat was verlaten. Volkomen onverwachts zwiepte een ketting door de lucht. De ketting zoefde langs de schouder van Joost die verschrikt van zijn fiets sprong. Hij greep de jongen bij zijn arm vast en werkte de knaap tegen de grond. Als één man wierpen de vier anderen zich bovenop Joost. Met de armen om zijn hoofd geklemd voelde Joost hoe ze hem op zijn benen en schouders trapten. Er klonk een claxon door de straat en koplampen verlichtten de groep jongens. Een stem fluisterde in Joosts oor: 'Jij moet je neus niet in andermans zaken steken, vuile homo. Dit is een waarschuwing.' En weg waren de vechtersbazen. Een man knielde naast Joost neer. 'Gaat het? Moet ik een ziekenwagen laten komen?'

'Nee, het gaat best', antwoordde Joost. Beverig stond hij op. 'Ik geloof dat het wel meevalt.'

'Weet u dat zeker? U bloedt behoorlijk. Was het een overval? Wilden ze geld?' informeerde de taxichauffeur.

'J-ja, ze wilden geld. Gelukkig kwam u net op tijd. Ik weet niet hoe ik u bedanken moet.' Joost trok een pijnlijk gezicht en raapte zijn fiets van de straat op.

'Wilt u een lift naar huis?' Joost schudde zijn hoofd. 'Dat is echt niet nodig. Het is nog maar een klein stukje. Bedankt voor het aanbod.' Hij schudde de taxichauffeur de hand en strompelde toen de straat uit.

'Er neemt niemand op bij de familie Aldra', zei mevrouw Kroon, en ze hing de telefoon op. 'Ik begrijp het niet. Wat bezielt Kelly ineens?' Ze zwaaide hulpeloos met haar armen door de lucht en keek haar dochter aan. 'Misschien wil ze gewoon wat aandacht', merkte Sandra luchtig op.

'Aandacht? Door van huis weg te lopen? Een goed pak slaag moet ze krijgen, het verwende nest. Wij werken ons een slag in de rondte en dan krijgen we dit als dank.' Mevrouw Kroon las de tekst hardop: 'Je hoeft me niet te zoeken. Ik kom nooit meer terug. Vijftien jaar, hoe haalt ze het in haar hoofd? Heeft ze thuis nog gegeten?' Sandra trok haar schouders op. 'Weet ik niet.'

'Weet ik niet', riep haar moeder hysterisch. 'Waar was jij dan?'

'Bij Dirk. Ik heb gekookt en ben toen weggegaan. Het is jouw dochter, hoor.'

'Doe niet zo bijdehand', blafte mevrouw Kroon. 'Als je vader dit

weet, wordt hij razend. Het is maar goed dat hij in Amerika zit.'
'Nou, wat goed...' hoonde Sandra. 'Moet je hem niet bellen?'
'Ja... nee, nog niet. Ik ga hem niet onnodig belasten met de
grillen van zijn dochter. Straks komt hij naar huis en dan blijkt
ze achteraf doodleuk bij een vriendinnetje te logeren. Ik bel
morgen eerst Lisa op.'

Lisa was stomverbaasd toen ze merkte dat Joost niet thuis
was. Waar kon hij zo laat op de avond zijn? Diep van binnen
was ze ook opgelucht. Nu hoefde ze geen verklaring af te
leggen, tenminste nu nog niet. Ze probeerde het knagende
schuldgevoel te negeren. Natuurlijk besefte ze maar al te goed
dat ze weer te ver was gegaan, maar die stomme tuin was
onbelangrijk vergeleken met de dingen die ze nu aan haar
hoofd had. Mo had haar meegenomen naar de woning van
Ramon en had daar een folder onder haar neus geschoven.
Nog twee in de verkoop, stond er met grote, rode letters
bovenaan de folder gedrukt. Voor de duidelijkheid waren de
twee appartementen met een rode lijn omcirkeld en de
vraagprijs was vet onderstreept. Nu of nooit! 120.000 euro.
Lisa had enkele seconden sprakeloos naar de prijs gestaard en
een zenuwachtig lachje ontsnapte aan haar keel. Vol ongeloof
had ze Mo aangekeken.
'Wat kijk je nou stom?' had Mo verontwaardigd geroepen.
'Het is een prachtige flat. Twee slaapkamers, een badkamer,
een woonkeuken en een gigantisch balkon aan de achterkant
van het huis. Vind je het niks?'
'Niks? Het is geweldig, maar de prijs...' sputterde ze tegen.
'120.000 euro! Dat kunnen we nooit betalen, Mo. Ik zit nog op
school en... en ik ben nog veel te jong. De bank ziet me
aankomen.'

'Bank? Welnee, niks bank! Ik heb een oom in Antwerpen wonen en hij zit goed bij kas. Hij staat borg en regelt het geld voor ons. Dit is echt een buitenkansje, vertrouw me.'

'Maar het duurt eeuwen voor we dat bedrag hebben terugbetaald', was haar argument.

'Dat valt best mee. Je zegt je school op en we gaan samen werken. Met een dubbel inkomen hebben we het geld snel genoeg bij elkaar. En anders kan ik altijd nog wat gaan dealen.'

'Dealen? Nee, Mo. Dat heb ik liever niet. We lopen veel te veel risico.'

'Maar het verdient snel en goed.'

'Dat geeft alleen maar problemen. Als we het doen, laten we het dan wel goed doen.'

'Oké, als je het niet wil, dan doen we het niet.' Hij trok haar in zijn armen. 'Ik doe een bod op het huis en zolang we de sleutel nog niet hebben, houden we het geheim. Zolang niemand het weet, krijgen we ook geen commentaar. We laten ons door niemand tegenhouden. Het is ons geheim.' Ze wilde Mo niet teleurstellen. Hij had zo zijn best gedaan. Uiteindelijk had ze ingestemd met het plan. Mo had gestraald. Hij was duidelijk overgelukkig en dat gaf Lisa een goed gevoel. Om het te vieren werden er pizza's besteld. Ze rookten wat wiet en belandden toen giechelend in bed. Alles leek perfect en Lisa was haar afspraak en de tijd totaal vergeten. Hoe moest ze dit uitleggen aan Joost? Hij was natuurlijk woedend. Ze kon hem niets vertellen over het huis want Mo had gelijk. Zodra Joost of haar moeder wisten dat ze met Mo ging samenwonen, begon de ellende pas echt. Natuurlijk zouden ze proberen haar tegen te houden. Ze zouden op haar inpraten en proberen haar op andere gedachten te brengen.

Dit mocht dus niet gebeuren. Het was haar geluk, haar leven. Ze dacht enkele minuten na. Met welk leugen kon ze morgen bij Joost aankomen? Ze hoorde een sleutel in het slot omdraaien. Dat was Joost, concludeerde ze. Snel knipte ze haar slaapkamerlicht uit en sprong in bed. Diep weggedoken onder de dekens luisterde ze naar het kraken van de traptreden. De slaapkamerdeur werd zachtjes geopend. Ze voelde dat er iemand keek. Een droge kuch en toen de fluisterende stem van Joost: 'Lisa?' Lisa hield haar adem in en verroerde zich niet. Zachtjes werd de deur gesloten en daalden de voetstappen de trap weer af.

13

De volgende ochtend, na een nacht vol dromen werd Lisa vroeg wakker. Ze had een aantal minuten op de rand van het bed gezeten en bedacht hoe ze Joost onder ogen moest komen. Ze besloot om een heerlijk ontbijt voor hem klaar te maken. Ze was net bezig met het overschenken van het theewater toen Joost de keuken binnenkwam. Haar ogen werden groot en haar glimlach bevroor toen ze zijn gehavende gezicht zag. 'Wat is er met jou gebeurd?' riep ze geschrokken. Hij haalde zijn schouders op en voelde voorzichtig aan het geronnen bloed boven zijn wenkbrauw. 'Er zijn nog steeds inboorlingen die problemen hebben met mannen zoals ik.' Ze knalde de fluitketel op het gasfornuis en keek hem niet begrijpend aan.

'Ik ben in elkaar geslagen omdat ik homo ben', verklaarde hij.

'Dat meen je niet! Wat een laffe streek', brieste Lisa witheet. 'Ben je bij een dokter geweest? De wond boven je oog ziet er slecht uit. Heb je nog pijn?'

'Het valt allemaal wel mee', probeerde hij haar gerust te stellen. Hij nam plaats aan tafel en observeerde haar toen hij zei: 'Ik was naar jou op zoek. We hadden een afspraak en jij...' De deurbel onderbrak zijn verhaal.

'Ik doe wel open', brulde Bart die in zijn pyjama de trap af kwam stormen. Joost bleef Lisa strak aankijken. 'Je kunt je familie toch niet zo verwaarlozen? Je doet ons pijn. Waaraan hebben we dit verdiend?'

'Ook een goedemorgen', klonk een opgewekte stem vanuit de gang. Met een ruk draaide Joost zich om en keek Mo met een verbeten gezicht aan. 'Welja', viel hij uit. 'We hebben nauwelijks onze ogen open of jij staat alweer voor de deur.'

Een ontwapenende glimlach gleed over Mo's gezicht. 'Ik kom even snel wat croissants brengen en afscheid nemen van mijn prinses. Ik ga een paar dagen naar familie in België.' Hij legde de papieren zak op tafel en zag toen het gezicht van Joost. 'Man, wat zie jij eruit! Ben je tegen een bus aangelopen?'

'Ze hebben hem in elkaar geslagen', antwoordde Lisa voor Joost iets kon zeggen. 'De laffe honden! En alleen maar omdat hij homo is.'

'Waar is dat gebeurd?' vroeg Mo met gespeelde verontwaardiging.

'Praktisch bij jou voor de deur', zei Joost. Er viel een ongemakkelijke stilte. Joost nam Mo scherp op en die ene zin spookte constant door zijn hoofd: 'Je moet je neus niet in andermans zaken steken. Dit is een waarschuwing...' Wat bedoelden zijn belagers daarmee? Een waarschuwing waarvoor? Zou Mo hier achter zitten? Joost had geen bewijs maar hij zag hem er best vooraan. Er was iets in die jongen wat hem niet beviel. Lisa en Mo wisselden een snelle blik.

'Ik was op zoek naar mijn nichtje die "eventjes" mee moest. Waar bleven jullie zo lang?'

'Heb je ze herkend? Hoe zagen ze eruit?' ontweek Mo de vraag. 'Ik ken al die gasten uit mijn buurt. Ik zoek de lui wel even met een paar vrienden op. Ik laat ze boeten.'

Joost maakte een wegwerpgebaar. 'Het was donker en het ging allemaal erg snel. Ik weet het niet meer zo goed. Een knul met stekels en...'

'Ben je naar de politie geweest?' Joost schudde met zijn hoofd. 'Zodra ik terug ben, vraag ik wel wat rond', gromde Mo. 'Ik kom er wel achter en dan zullen ze ervan lusten. Verdomme... Dit is niet normaal. Eet een croissant en laat mij het maar regelen.' Hij klopte op de schouder van Joost en trok toen Lisa mee de gang in. 'Ik blijf een weekje bij mijn familie slapen en probeer het geld voor ons huis te regelen. Ik bel je zodra het gelukt is. Ik mis je nu al.' Hij zoende haar op haar mond.

'Ik ga jou ook missen. Maar het komt goed uit dat je een paar dagen weg bent', meende Lisa. 'Maandag komt mijn moeder uit het ziekenhuis. En dan heb ik wat meer tijd voor haar.'

'Hier...' Mo trok twintig euro uit zijn portemonnee en duwde dat in haar handen. 'Koop een mooie bos bloemen als ze thuis komt.'

'Lisa! Telefoon...' brulde Bart onderaan de trap.

'Wie is het?' wilde ze weten.

'De moeder van Kelly.'

'De moeder van Kelly?' Ze liep snel de trap af en nam de hoorn over. 'Ja, hallo?'

Lisa luisterde naar de vragen die op haar werden afgevuurd. 'Nee, ze is hier niet. Ik zou het echt niet weten. We hebben elkaar al geruime tijd niet meer gezien of gesproken. Het spijt me... Dag mevrouw.' Ze legde de hoorn op het toestel en bleef zo enkele minuten peinzend staan. Wat vreemd, dacht ze. Ze had Kelly het laatst gezien bij Mo thuis, tijdens de ruzie. Daarna had ze nog een paar keer naar Kelly gebeld, maar ze kreeg geen contact. En Kelly had haar ook niet meer gebeld.

Zelfs niet om te vragen hoe het met haar moeder was. Dat was niks voor haar. Ze gedroeg zich de laatste tijd ook zo vreemd. Maar nu ze erover nadacht was dat misschien niet zo gek. Lisa voelde zich schuldig. Ze had zich alleen nog maar met Mo beziggehouden en ze had hun vriendschap verwaarloosd. Ze pakte de hoorn weer op en drukte het mobiele nummer van Kelly in. Ze wachtte meer dan een minuut, maar er werd niet opgenomen. De lijn leek dood. Ze legde de hoorn neer en besloot het later nog eens te proberen.

'Kelly... Kelly!' Dikke Lien zat op het randje van het bed en schudde het meisje wakker. Kelly opende haar ogen en kroop geschrokken in de kussens omhoog. 'Wat? Wat is er?' Lien keek vriendelijk op het meisje neer en duwde een mok dampende koffie onder haar neus. 'Kijk eens, liefje, koffie. Ik kom even kijken hoe het met je is. Gisteravond had je het behoorlijk zwaar.' Kelly fronste een rimpel op haar voorhoofd. Gisteravond? Och, ja. Haar eerste werkdag. Hoe laat was het nu in hemelsnaam? Ze had het gevoel dat ze net in bed lag. 'Pak eens aan, liefje.' Kelly nam de mok over en bestudeerde het gezicht van de vrouw die naast haar zat. Zonder make-up zag ze er heel anders uit. Haar gezicht had iets vriendelijks gekregen, minder hard. De rimpels rond haar mond en ogen waren nu duidelijk zichtbaar.

'Hoe oud ben je?' wilde Lien weten. 'Vijftien', antwoordde Kelly terwijl ze een slok nam van het bruine vocht. En toen ze Liens afkeurende blik zag, liet ze er snel op volgen: 'Maar over drie maanden word ik zestien.' De mondhoeken van Lien kropen langzaam omhoog maar haar ogen bleven het meisje somber aankijken. Het was even stil. Uiteindelijk kwam Lien zuchtend omhoog en klopte op het been dat verborgen lag onder de dekens. 'Neem een stevig ontbijt, liefje. Met een goede ondergrond blijf je langer op de been. En dat heb je nodig want vanavond wordt het druk in de club.' Bij de deur draaide ze zich om en in haar ogen lag een vreemde blik. 'Ik geef je een tip, liefje. Geef niet al je fooi af aan die mooie jongen. Wees wijs, verstop het geld en vertel het aan niemand. Je zult het op een dag hard nodig hebben, geloof mij.' Ze draaide zich om en verliet de kamer.

Kelly staarde enkele minuten naar de gesloten deur. Wat wilde Lien haar nu eigenlijk duidelijk maken? Waarom sprak ze in raadsels? Kelly kon toch moeilijk geld achterhouden? Dat zou verraad zijn tegenover Mo. Ze hadden samen een plan waaraan ze moesten werken, een droom. Maar de ogen van Lien, die ogen... Ergens diep in haar geest roerde zich iets, een vaag onbehagen, een waarschuwende stem. Ze sprong uit bed en liep naar de tafel waarop wat muntgeld en de verfomfaaide biljetten op een hoop lagen. Haar fooiengeld van gisteravond: eenentwintig euro en vijftig eurocent. Ze pakte een biljet van tien euro van tafel en draaide het om en om in haar hand. Ze weifelde even. Uiteindelijk haalde ze een leeg theedoosje uit de vuilniszak en stopte daar het biljetje in. Tien euro kon geen kwaad, dacht ze. Ze kon het later altijd nog aan Mo geven. Zoekend gleden haar ogen door de karig ingerichte kamer. Veel plek om het geld te verstoppen was er niet. Ze knielde bij de linnenkast op de grond en schoof het doosje onder de kast, achter tegen de plint.

Vrijdagavond. De voorspelling van Lien was inderdaad uitgekomen: het was druk in Hot Lips. De meisjes slalomden met volle dienbladen langs de tafeltjes terwijl Lien met een vriendelijke grijns door de zaal patrouilleerde. Nauwlettend

hield ze alles in de gaten. 'Tafel drie, tafel drie', siste ze tegen
een van de meisjes. 'De glazen staan leeg. Hop, hop, hop. Meer
tempo. Anja, liefje,' fluisterde ze tegen de brunette, 'je gezicht
staat op onweer. Lachen, liefje, lachen. Paula! Niet roken op de
werkvloer. Tempo, tempo...' Kelly deed haar best om het
tempo van de andere meisjes te evenaren maar rond twaalf uur
was ze doodop. Ze hing uitgeblust aan de bar toen ze een arm
rond haar heup voelde glijden.

'Hoe is het met mijn prinses?' fluisterde een zoete stem in haar
oor. Kelly's hart zong toen ze zijn stem herkende. 'Mo?' Ze
vloog hem om de hals en kuste hem onstuimig op de mond. 'Ik
heb je zo gemist.'

'Rustig meisje. De klanten worden straks jaloers. Hoe lang
moet je nog?'

'Drie uur', antwoordde ze met een benauwd stemmetje. 'Dat
red ik nooit. Ik ben bekaf.'

'Welnee, lieverd. Die drie uurtjes zijn zo om. Als zij het
kunnen, dan jij ook.' Hij knikte met zijn hoofd naar de andere
serveersters die langs de tafeltjes zwierden.

'Zeg, jongeman?' Lien wierp Mo een boze, bijna hatelijke blik
toe. 'Kelly is hier niet om jou op te vrijen. Je kunt hier rustig
iets drinken of boven op haar kamer wachten totdat haar
werktijd erop zit.' Mo trok zijn wenkbrauwen op, een glimlach
krulde rond zijn mondhoeken. 'Doe mij maar een pilsje', zei
hij zoetsappig. Hij installeerde zich op een barkruk en wierp
Lien een handkus toe. De vrouw snoof luidruchtig, mompelde
iets binnensmonds en verdween. Toen Kelly weer terugkwam
met de bestelling haalde Mo iets uit zijn zak. 'Hier', fluisterde
hij terwijl hij haar een plastic zakje in haar hand frommelde.
'Van dit spul krijg je weer energie. Dan zijn die drie uurtjes zo
om.' Hij keek schichtig om zich heen. 'Laat het niet aan de

anderen merken. Gebruik het maar in de wc.' Kelly knikte dankbaar en verdween de toiletruimte in. Het witte poeder deed snel zijn werk. De vermoeidheid verdween en Kelly schoot met vernieuwde energie langs de tafeltjes. Mo knipoogde tevreden en maakte een teken met zijn hoofd dat hij alvast naar boven ging. Hij gleed van de kruk en liep met grote stappen naar de deur achter de bar. Maar in plaats dat hij de trap naar boven nam, schoot hij een hoek in. Verscholen in het halfdonker dwaalde zijn blik in het rond. Toen het roodharige meisje voorbijliep, kwam Mo uit het donker naar voren en greep haar vast. 'Els!' Els schrok, herstelde zich snel en schudde de arm van zich af. 'Wat moet je?' vroeg ze wantrouwend. 'Maar liefje?' riep hij verongelijkt. 'Wat doe je onaardig? Zo begroet je je verloofde toch niet?'

'Vent, val dood.' Ze spuwde voor zijn voeten op de grond en draaide zich om.

'Els!' Zijn stem klonk nu dwingend en nors. Hij pakte haar hand en begon haar mee te trekken, naar de deur achter de bar. Hij dirigeerde haar de trap omhoog en bleef voor haar kamerdeur staan. 'Doe niet zo onvolwassen. Maak die deur open, we moeten praten.'

'Wij moeten niets', sneerde ze met overslaande stem. 'Jij hebt mij ingeruild voor een huppeltrutje van vijftien jaar. Denk jij dat ik achterlijk ben?'

'Houd je koest, iedereen kan ons horen. Open die deur', siste hij tussen zijn tanden. Hij schopte woest tegen de deur en keek haar dreigend aan.

'Jij maakt op mij geen indruk meer, jij opgeblazen...' begon Els. Pats! Een klap trof haar vol en hard in het gezicht. Haar wang gloeide, terwijl hij schreeuwde: 'Open die deur anders breek ik je nek.' Met bevende vingers haalde ze een sleutel tevoorschijn en opende de deur. Hij trok haar aan haar elleboog de kamer binnen en smeet met een dreun de deur achter zich in het slot. Wild snoof hij door zijn neus en zijn hoofd had een rode kleur gekregen. Met twee handen greep hij haar bij de keel en duwde haar tegen de muur. 'Had je een grote bek?' grauwde hij. 'Wilde je mij aan de kant schuiven? Ik dacht het niet, stom rund. Jij bent van mij en blijft van mij. Wanneer dringt dat tot die domme hersens van jou door? Zonder mij ben je niks. Hoor je? Helemaal niks.' De vingers sloten als een klem rond haar keel, steeds vaster en vaster. 'Laat los, idioot', gilde Els terwijl ze vocht tegen de handen. Ze kon bijna geen adem meer halen. De greep verslapte en uiteindelijk liet hij los. Hoestend en hijgend gleed ze op de grond. Haar lijf trilde en ze begon warrig te huilen.

'Ben je klaar?' gromde Mo. Hij boog zich dreigend over haar heen. 'Ben je nou klaar met dat gejammer? Ondankbaar wijf. Ik werk me uit de naad om jou te kunnen onderhouden. Al ons geld gaat op aan jouw verslaving. Dat vergeet je zeker? Wat denk je dat die troep kost? Ik moest wel een nieuw meisje ronselen, ik kan het alleen niet meer verdienen. Kijk...' Hij haalde een zakje met coke uit zijn binnenzak. 'Ik neem elke keer weer die troep voor je mee. Weet jij hoeveel risico ik loop om aan dit spul te komen? En nooit ben je dankbaar. Denk je dat met dat beetje rotgeld wat jij hier verdient, dit alles kan worden betaald?' Hij zwaaide het zakje coke demonstratief door de lucht. 'Wat denk je wat dit kost? Ik sta tot mijn oren in de schuld, allemaal door jou. Jij moest zo nodig verslaafd worden. Jij kunt het niet aan en ik mag bloeden, verdomme... Twee jaar sloof ik me al voor je uit en constant maak je ruzie. Ik denk dat ik je maar laat wegrotten in dit gat. Jij verdient mijn liefde niet.'

'Nee... Mo. Het spijt me. Het spijt me', jammerde ze en keek hem verward aan. 'Ik dacht dat jij mij niet meer wilde, nu je Kelly had. Hoe kon ik nou weten dat je haar alleen maar gebruikt.'

'Ze is vijftien, in hemelsnaam. Waar zie je mij voor aan?' bulderde hij verontwaardigd. 'Dat ik een relatie aanga met een kind dat net uit de luiers is? Ja, daar zit ik op te wachten...'

'Sorry, Mo. Ik had beter moeten weten, sorry.' Zuchtend hurkte hij naast haar neer en dempte zijn stem. 'Ik probeer haar zo gek te krijgen dat ze als hoertje voor ons gaat werken. Ze is niet echt mooi maar wel jong. En heel wat kerels betalen goed voor zo'n jong ding. Dan kan jij over een poosje stoppen met dit werk. Ik doe dit allemaal voor jou. Je weet toch dat ik van je hou?' Door een waas van tranen knikte Els van ja. Hij trok haar omhoog en kuste haar haren. 'Je moet me meer vertrouwen. Hier lieverd...' Haar ogen keken begeerlijk naar het plastic zakje. Ze slikte even en graaide het toen uit zijn handen. In een zenuwachtige haast scheurde ze het open. Mo liet zich op het bed vallen en klopte met zijn hand op de dekens. 'Rustig maar, je kunt het straks gebruiken. Laat maar eerst even zien wat je de afgelopen week hebt verdiend.' Ze liep naar de boekenkast en kwam terug met een blikje. Ze gooide de inhoud op het bed en had verder alleen nog oog voor het hoopje witte poeder.

'Het wordt wel steeds minder', hoorde ze Mo zeggen. 'Je moet meer je best doen, lieverd. Dit lijkt bijna nergens meer op. Als er binnenkort niet meer geld wordt verdiend kan ik geen spul meer meenemen.' Hij vouwde het geld op en stak het in zijn broekzak.

'Ik ben ziek geweest', verontschuldigde het meisje zich. 'Dat heeft me wat klanten gekost maar nu gaat het weer beter.' Mo knikte terwijl hij de shag in het vloeitje verspreidde.

Kelly was al een uurtje op haar kamer toen ze iemand aan het slot hoorde rommelen. Vlug opende ze de deur. 'Mo! Ben jij dat?' Hij stapte langs haar heen de kamer binnen en drukte een kus op haar wang. 'Ik heb voor morgen een dagje vrij geregeld. Morgen gaan we gezellig stappen en wat lol maken. Dat hebben we wel verdiend.' Het witte gezicht van het meisje straalde en met een spontaan gebaar sloeg ze haar armen om hem heen. 'En nu...', riep hij vrolijk terwijl hij haar naar het bed sleurde. 'En nu ga jij lekker slapen. Je moet goed uitrusten voor morgen.' Hij tilde het lichaam met gemak van de grond en legde het op bed. Teder trok hij de dekens over haar heen en aaide langs haar wang. 'Slaap lekker, prinses. Morgen wordt het een geweldige dag.'

'Ik hou van je', zwijmelde ze verliefd.

'En ik zielsveel van jou', antwoordde hij zacht.

De volgende ochtend stonden er verse broodjes en een pot thee op tafel. Uit een zilverkleurige transistorradio op de vensterbank klonk muziek. De geur van gebakken eieren vulde de kamer toen Kelly wakker werd. Mo stond voor het gasfornuis en zijn heupen wiegden soepel mee op de maat van de muziek. Als een volleerd dirigent zwaaide hij met de pollepel door de lucht en bromde zachtjes het liedje van de radio. Kelly sprong uit bed en huppelde naar hem toe. Ze sloeg haar armen rond zijn heupen en drukte haar hoofd op zijn rug.

'Hé', grinnikte hij en de pollepel hing bevroren in de lucht. 'Heb ik je wakker gezongen met mijn prachtige stem?'

'Zo wil ik elke dag wel gewekt worden.'

'Dat zal ooit ook wel eens gebeuren. Heb je honger?'

'Als een paard.'

'Ga snel zitten, de eieren zijn klaar.' Met de koekenpan in zijn hand draaide Mo zich om. 'Heb je lekker geslapen?' wilde hij weten. Kelly nam plaats en plantte haar ellebogen op het tafelblad. 'Heerlijk! Toen ik mijn kussen rook, lag ik al te pitten. Hoe laat ben jij het bed ingekropen?' Mo leek even bevroren. Zijn ogen stonden waakzaam, zijn stem klonk neutraal. 'Ik ben nog even iets bij Charif gaan drinken', loog hij. Hij glimlachte vluchtig en nam tegenover haar plaats. Na een paar flinke happen liet hij zijn vork zakken en zei plotseling: 'Ik heb het een en ander ingepakt voor ons uitje.' Hij priemde met zijn vork naar een sporttas naast de deur. 'Je make-up spullen en je tandenborstel moet je zelf maar inpakken.'

'Inpakken?' herhaalde Kelly verrast. 'Waar gaan we heen?'

'Ik heb een chic hotel geboekt met alles erop en eraan. Een mooie kamer met bubbelbad en een ruim tweepersoons waterbed. Er is een sauna met zwembad en een restaurant met een menukaart waarvan je de maaltijden nauwelijks kunt uitspreken. We laten ons twee dagen heerlijk verwennen.' Kelly hapte naar lucht. 'Echt waar? Echt waar?' Haar vork kletterde op de tafel toen ze uitgelaten overeind sprong. Ze danste de kamer rond en plofte uiteindelijk op zijn schoot neer.

'Kun je vast wennen', grijnsde hij terwijl hij zijn armen rond haar middel sloeg. 'Ik heb een mooie deal gemaakt. Maandag moet ik een grote partij heroïne bij een klant afleveren en dat brengt behoorlijk wat op. Het duurt niet lang meer of we zwemmen in het geld. De zaken lopen op rolletjes.'

De brede winkelstraten van Antwerpen baadden in de zon en het was gezellig druk met winkelend publiek. Kelly was in de zevende hemel en smoorverliefd. Haar voeten leken enkele

meters boven de grond te zweven. Voor het eerst, waar iedereen het kon zien, wandelde ze met de man van haar dromen door de stad. Ze keek uitdagend en trots in het rond. Hij was galant en gul. Bij een boetiek mocht ze een blouse uitzoeken en bij een chocolaterie kocht hij een luxedoos truffels. Op een terras dronken ze enkele glazen bier en aten wafels met slagroom. Laat in de middag arriveerden ze in het hotel. Het hotel had een perfecte ligging, net iets buiten het centrum en midden in een bosrijke omgeving. Dure auto's reden af en aan. Mensen behangen met gouden sieraden en in chique kleding liepen in en uit. Mo hield de deur open en duwde Kelly zachtjes de lounge binnen. Kelly keek haar ogen uit. Dit was iets anders dan de armetierige kamer waarin zij sinds enkele dagen verbleef. Dit leek op een paleis. Ze vergaapte zich aan de zwarte marmeren hal en de koperen trapleuning naast het kolossale trappenhuis. Haar hand gleed over het bordeaux lederen bankstel terwijl ze ongewild even aan haar ouders moest denken. Dit was echt iets voor haar ouders. Zouden ze haar missen? Ze lachte wrang. Waarschijnlijk wel... Een man gekleed in een zwarte smoking knipte beleefd en overhandigde Mo een sleutelkaart. 'Een prettig verblijf in ons hotel...' hoorde Kelly de man nog zeggen. Op kamer 217 stond een fles champagne en een schaal met fruit voor het tweetal gereed. Goedkeurend keek Mo in het rond terwijl Kelly uitgelaten door de kamer danste. Overgelukkig liet ze zich languit op het waterbed ploffen en sloeg enthousiast met haar armen door de lucht. 'Dit is helemaal te gek', gilde ze. Mo's ogen glommen.
'Schiet op! Kleed je uit. Ik laat alvast het bad vollopen.' En terwijl het water met veel lawaai in de badkuip kletterde, opende Mo de fles champagne en de doos met chocoladetruffels.

14

Twee heerlijke dagen met Mo in het hotel waren voorbij-
gevlogen. Hij had Kelly zondag voor de deur bij Hot Lips
afgezet en was direct vertrokken. Hij moest de deal voor
maandag goed voorbereiden. Het ging tenslotte om behoorlijk
veel geld. Hij zou het geld weer beleggen in de handel en
beloofde eind van de week weer terug te zijn. Kelly was
verrukt en keek haar kamer rond. De zaken gingen goed. Het
zou niet lang meer duren voordat ze dit muffe hol ging
verlaten. Nog een paar maanden hard werken en dan kon Mo
een echt huis kopen. Dan trok ze bij hem in, want een ding
wist ze zeker: veel langer hield ze het hier niet uit. Nu even de
tanden op elkaar. Zes dagen zonder Mo, zes dagen in dit suffe
gat.

Dinsdagochtend om 09.15 uur werd er wild op Kelly's deur
gebonkt. Slaapdronken kwam ze haar bed uit en gooide de
deur open. En daar stond Mo in belabberde toestand. Hij
stonk naar de drank en zag er verwilderd uit. Snikkend viel hij
in haar armen. 'Ik heb ons geluk verspild', jammerde hij. 'De
kansen zijn verkeken, weg toekomst.' Overrompeld en half in
paniek had ze hem opgevangen. Mo, die altijd alles onder

controle had, hing nu als een zwaar kind in haar armen.

'Wat is er gebeurd?'

Hij zakte op het bed neer en sloeg de handen voor zijn gezicht. Hij had goed over dit scenario nagedacht. Het was van belang dat hij zijn act juist speelde. 'Ik zit diep in de shit. Ik heb gisteren de heroïne opgehaald en afgesproken dat ik de jongens achteraf zou betalen. Maar voordat ik het spul kon afleveren, werd ik geribd. Overvallen door vijf kerels. Ze duwden een pistool tegen mijn hoofd, wat moest ik dan? Ik heb ze alles gegeven. Alles...' Hij sloeg zijn arm om haar heen en trok haar stevig tegen zich aan. 'Ze zoeken me. Zware jongens... Ze willen nu geld zien en ik heb niets meer. Van mijn laatste euro's heb ik de hotelrekening betaald. Ik ben blut. Ze maken me af', snikte hij met lange uithalen.

'Om hoeveel gaat het dan?' Kelly beet op haar lip en proefde bloed.

'Achttienduizend euro.' Ze hield haar adem in.

'Achttienduizend euro', herhaalde ze. 'Verkoop je auto en...' Hij maakte een wegwerpgebaar. 'Die auto is allang niet meer van mij. Ik had geld nodig om de huur van deze kamer te betalen en heb daarvoor mijn auto verkocht aan Ramon. Ik zou hem weer terugkopen zodra ik winst had gemaakt. Ik heb hem in bruikleen. Wat moet ik nu? Ze zullen me vinden. Ze maken me af.'

'Vraag om uitstel van betaling.' Een hysterische rauwe lach kwam uit zijn keel omhoog. 'Liefje,' zei hij sarcastisch, 'het is geen bank. Deze jongens willen nú geld zien.'

'En Charif? Kan Charif je het geld niet lenen?'

'Ja... nee.' Zuchtend liet hij het hoofd in zijn handen zakken.

'Ja, wat?'

'Charif is een echte zakenman. Hij leent mij alleen het geld als ik een meisje in onderpand geef. Een hoertje. Waar vind ik in hemelsnaam zo snel een meisje? Nee, ik moet gewoon het land uit anders snijden ze me de keel af. Ik moet vluchten, alleen... zonder jou.'

'Nee!' riep Kelly in paniek. 'Misschien... misschien kan ik een paar dagen voor Charif werken. Totdat we een andere oplossing hebben gevonden.' Ze beet op haar lip en observeerde zijn reactie. Zijn hoofd veerde omhoog uit zijn handen. 'Zou je dat doen', riep hij vol ongeloof. 'Zou je dat voor mij willen doen?' Ze knikte dapper. Hij keek haar een paar seconden met open mond aan en riep toen luid: 'Dat is onze redding. Alles komt goed. Samen lossen we het op.' Hij sprong van het bed omhoog. 'Ik hou van je.' Hij tilde haar van de grond en zwierde haar in het rond. Plotseling hield hij stil. 'Maar je moet het alleen doen als je er zelf volledig achter staat', zei hij bezorgd.

'Anders stel ik het toch niet voor', was haar antwoord. 'Ik hou van je!'

'Ik ga direct naar Charif om het te regelen', riep Mo opgewonden. Met grote stappen liep hij de kamer uit. Kelly zakte op een stoel en harkte nerveus met haar handen door haar blonde haren. Diep van binnen had ze spijt maar de woorden waren haar mond uitgerold voordat ze er erg in had. Nu kon ze niet meer terug. Hij wilde haar met alle geweld gelukkig maken en dit was het minste wat zij kon doen om hem te helpen. Binnen tien minuten was Mo weer terug. Hij hurkte naast haar neer en pakte haar handen. 'Charif wil ons helpen maar...' Kelly kreeg het benauwd en slikte iets weg.

'Maar,' ging Mo verder, 'je kunt de klanten niet openlijk in de bar ontvangen. Je bent minderjarig. Als de politie hier lucht van krijgt, is Charif zijn vergunning kwijt. Dan kan hij de tent sluiten. We doen het zo: tijdens het serveren flirt je gewoon met de klanten en mocht er iemand interesse hebben dan stuurt Lien hem naar mij door. Ik zit aan de bar en ik breng de kerel naar je kamer. Een paar minuten later kom jij naar boven. We proberen het vanavond uit, is dat goed?' Kelly keek haar vriend met angstige ogen aan. 'Vanavond?' herhaalde ze wanhopig. 'Ik weet niet eens wat ik moet doen en wat ik moet vragen en...' Hij legde zijn hand onder haar kin en hief haar gezicht naar hem op. 'Dat weet ik ook niet, prinses. Het is voor mij ook allemaal nieuw. Maar ik heb aan een van de meisjes gevraagd om ons te helpen. Ik roep haar wel even.' Hij veerde omhoog en opende de deur naar de gang. Er werd druk gefluisterd en uiteindelijk liet hij het roodharige meisje binnen. 'Els zal jou alles uitleggen. Ik ga naar beneden, dat praat gemakkelijker. Vrouwen onder elkaar, weet je.' Hij wierp een handkus door de kamer en liet de twee meisjes alleen achter.

Els zakte op het bed en sloeg haar lange benen over elkaar. Terwijl ze een sigaret opstak, liet ze stilzwijgend haar blik over het beduusde meisje op de stoel glijden. Ze kneep haar ogen tot spleetjes en blies de rook de kamer in. 'Je moet wel veel van hem houden om dit te doen!' verbrak de roodharige de stilte.
'Heel veel. Hij is mijn verloofde en we willen gaan samenwonen. Maar we hebben wat problemen. Er is geen andere keus.'
'Samenwonen?' herhaalde Els minachtend. 'Dat zou wel.' Er viel een ongemakkelijke stilte. Het gezicht van Els stond strak terwijl ze op haar sigaret kauwde. 'Dus je weet het zeker?' Kelly fronste haar wenkbrauwen. 'Dat je de hoer wilt spelen', verduidelijkte Els haar vraag. Kelly knikte vastberaden. 'Oké,

wat jij wil.' Els veerde omhoog en wierp haar sigarettenpeuk op de grond. De hak van haar schoen stampte wild op het peukje in. Ze gooide haar haren naar achteren en ging met de vuisten op haar heupen voor Kelly staan. 'Hoe meer je met zo'n kerel moet doen, hoe meer hij moet betalen. We hebben hier vaste prijzen en daar hou je je strak aan. Je gaat niet onder de prijs zitten en ook niet erboven. En als je met een vent naar je kamer gaat, zorg je altijd dat iemand op de hoogte is. Altijd een condoom gebruiken. En je laat ze vooruit betalen. Niet goed is geen geld terug. Zodra ze agressief worden, zet je het op een gillen zodat Charif je kan komen helpen. Direct na de daad douchen, verplicht.' Ze wierp met een nonchalant gebaar een papiertje op tafel. 'Dit zijn de prijzen.' Met trillende vingers graaide Kelly het kladje van tafel, haar maag keerde zich om. Tongen en trekken: vijftien euro. Pijpen... Kelly werd duizelig en misselijk en moest zich vasthouden aan de rand van de tafel.

'Gaat het lukken, denk je?' vroeg Els bijna zingend. Ze grijnsde van oor tot oor. Kelly knikte en probeerde haar gezicht in een onverschillige plooi te houden.

'Braaf meisje.' Els draaide zich om en liep weg. Binnen enkele minuten stond Mo weer voor haar neus. Hij had een stapel schone handdoeken, zeep, een doos condooms en glijmiddel bij zich en stalde alles op tafel uit. 'Loop je nou nog steeds in je pyjama? Kleed je aan, dan gaan we buiten even wandelen.'

Buiten sloeg hij zijn arm om haar heen en trok haar stevig tegen zich aan. 'Als we de schuld hebben betaald, gaan we sparen voor een vakantie. Samen een weekje naar een warm eiland. Samen even al de narigheid vergeten en dan weer opnieuw beginnen. Wat denk je?' Hij stopte en keek haar verwachtingsvol aan. Ze haalde trillend adem en knikte toen vaag. 'Je bent zenuwachtig, hé?'

'Ja, tuurlijk, wat dacht je dan?' viel ze plotseling hevig uit. 'Straks lig ik met een oud lijk in bed. Daar zit ik echt niet op te wachten.' Nors worstelde ze zich uit zijn handen en deed een paar stappen achteruit.

'Maar we hebben het toch uitvoerig besproken. Er is geen andere oplossing, en dat weet je ook wel.' Ze beet nerveus op haar nagels. 'Blijf je wel voor de deur wachten tot ze weer weg zijn?' vroeg ze met een afgeknepen stemmetje. 'Dat beloof ik. Maak je nou maar niet druk. Het gaat allemaal vanzelf.' Hij trok haar in zijn armen en kuste haar teder.

Mo zat met zijn rug naar de bar en hield Kelly nauwlettend in het oog. Ze liep al ruim twee uur met haar dienblad door de zaal maar geen man had zich gemeld. Geïrriteerd wenkte Mo toen hij zag dat Lien naar hem keek. De vrouw keek hem minachtend aan en negeerde zijn opgestoken hand. Ze tikte een van de meisje vriendelijk op de kin, maakte een praatje met een man en liep toen uiterst langzaam zijn richting uit. Ongeduldig trommelde Mo met zijn vingers op de bar. Toen ze voor hem stond, snauwde hij: 'Ik neem aan dat je gehoord hebt dat Kelly meer doet dan alleen serveren.' Ze knikte traag. 'Ze heeft anders nog geen klant gehad', siste hij tussen zijn tanden. 'Volgens mij is het jouw taak om de meisjes aan te prijzen.' Lien snoof hoorbaar en boog naar hem toe. 'Ik weet dat het jou alleen om het geld te doen is, mooie jongen. Maar ik denk ook aan het meisje zelf. En ik vind niet alle mannen geschikt voor zo'n eerste keer.'

'Jij moet niet denken, jij moet doen. Daar word je voor betaald. En als je problemen krijgt met je geweten, dan zal ik

Charif wel even seinen. Misschien moet je een andere baan gaan zoeken. Toiletjuffrouw lijkt me wel wat voor jou.'

'Jij bent niks meer dan een vies pooiertje', wierp ze hem nijdig voor de voeten.

'En jij dan?' kaatste hij terug. 'Ben jij hier de koffiedame? Jij zorgt dat ze binnen een kwartier een klant heeft anders doe ik m'n beklag bij Charif.' Haar ogen flikkerden kwaadaardig. Ze spuwde op de grond, draaide zich met een ruk om en liep de zaal in. Bij een tafeltje hield ze halt, lachte de man vriendelijk toe en liet zich op een stoel naast hem zakken. Ze boog op haar ellebogen voorover en zei iets in zijn oor. Zijn ogen vlogen over het jonge serveerstertje en hielden haar gezicht gevangen. Hij draaide zijn glas in zijn handen rond en tuitte zijn lippen. Uiteindelijk knikte hij goedkeurend. Lien stond op en knikte stijfjes naar Mo, die haar een charmante glimlach schonk. De man sloeg in een teug de inhoud van zijn glas achterover en kwam uit zijn stoel omhoog. Bij Mo bleef hij staan en legde zijn hand op zijn schouder. Er werd onderhandeld en Mo ging voorop de trap omhoog. 'Ze komt zo', zei hij terwijl hij de deur voor de man uitnodigend openhield.

Even later arriveerde Kelly. Mo stond voor de deur en knipoogde haar bemoedigend toe. 'Hij wil alles erop en eraan. Doe je best. Hij heeft al betaald.' Als bewijs stak hij honderd euro in de lucht. 'Nog een paar van dit soort klantjes en de schuld is weg. Ga maar snel naar binnen. Ik wacht hier.' Hij duwde de deurklink omlaag en gaf haar een zetje de kamer in.

Het was een kleine man, kaal, met borstelige wenkbrauwen en ergens in de veertig. Het zweet parelde op zijn voorhoofd en zijn overhemd was bedekt met vlekken die niet meer te identificeren waren. Zijn varkensoogjes namen Kelly van top tot teen op, zijn blik bleef even op haar borsten hangen. 'Ik wil graag dat je me uitkleedt', deelde hij mee, terwijl hij zich onderuit liet zakken op het bed. Houterig zakte ze naast hem neer en met stijve vingers plukte ze onhandig aan de knoopjes van zijn overhemd. Zweet liep in straaltjes langs haar rug en nerveus knipperde ze met haar ogen.

'Ben ik je eerste?' vroeg hij zacht. Kelly knikte.

'Ik beloof je dat ik me als een heer zal gedragen.' Hij trok haar achterover op het bed, zoende haar vol op de lippen en betastte gretig haar borsten.

Kelly had zich opgesloten in de badkamer. De man was vertrokken. Ze had totaal geen idee hoe lang het allemaal had geduurd. Maar het leek een eeuwigheid. Ze dronk een paar slokken water en bekeek haar gezicht in de spiegel. Een vreemd gespannen gezicht staarde terug. Ze sloot de ogen en kneep haar handen stevig rond de wasbak vast. Ze voelde zich vies en vernederd in haar slipje en bh. Ze stapte onder de douche en draaide de koudwaterkraan helemaal open. De waterdruppels stroomden als tranen via haar hals over haar rug omlaag. Nog honderdnegenenzeventig klantjes, dacht ze en een iele lach ontsnapte aan haar keel. Een zachte klop op de deur deed haar schrikken. Ze gaf geen antwoord maar luisterde naar zijn stem. 'Lieverd', riep Mo voor de badkamerdeur. Weer een zacht klopje. 'Schat, gaat het? Lieverd, doe alsjeblieft de deur open. Ik hou van je. Alsjeblieft?' De twijfels en het beroerde gevoel dat door haar lijf heen joeg, ebde langzaam weg. Ze schaamde zich. Het was een klein offer wat hij haar vroeg en zij gedroeg zich als een kleuter. Ze maakte er een probleem van en het stelde eigenlijk niets voor. Gewoon je verstand op nul en wat mee kreunen. Het stelde niets voor... Ze draaide de kraan dicht en sloeg een handdoek om haar lichaam. De sleutel knarste in het slot en langzaam kierde de deur open. 'Lieverd, is alles goed?' Hij duwde de deur open en trok haar in zijn armen.

'Alles is goed', antwoordde ze zo nonchalant mogelijk. 'Ik moet alleen nog even wennen.' Ze leunde met haar hoofd tegen zijn borst. 'Ik kleed me snel aan en ga weer naar beneden. Misschien krijgen we nog wat klanten.' Kelly ging die avond nog acht keer naar haar kamer. Het stelde toch niets voor...

15

Lisa reed haar fiets tegen de stoep omhoog en liet zich van het zadel glijden. Ze wierp een blik op het grote raam op de tweede etage: de slaapkamer van Kelly. Het was middag en de gordijnen waren nog dicht. Ze drukte op de bel en luisterde naar de naderende voetstappen achter de deur. De deur zwaaide open en de moeder van Kelly stond in de deuropening. Haar gezicht betrok toen ze Lisa zag, ze had duidelijk gehoopt dat er iemand anders voor de deur zou staan. Ze glimlachte geforceerd en deed een stapje opzij. 'Lisa... kom binnen.' Lisa stapte langs haar heen de gang in. 'Is Kelly thuis?' Mevrouw Kroon schudde langzaam haar hoofd. 'We zijn radeloos. Gisterochtend is haar vader teruggekomen uit Amerika.' Op dat moment kwam meneer Kroon met een verwilderde haarbos en een asgrauw gezicht de gang in lopen. Even lichtten zijn ogen op toen hij Lisa zag. 'Heb je nieuws over Kelly?' Lisa keek hem spijtig aan en hij kreunde. Lisa liep achter hen aan de kamer in en bleef wat verloren in het midden staan. Het was een tijdje doodstil in de kamer. Toen zei mevrouw Kroon: 'Ze is al zes dagen weg, zonder een duidelijke verklaring. Zomaar, plotseling.' Meneer Kroon kreunde weer. Hij zat met zijn handen voor zijn gezicht

op de rand van de bank. 'Alleen een afscheidsbrief liet ze
achter', zei mevrouw Kroon zwakjes. Ze pakte een
verfomfaaid briefje van de schoorsteenmantel en duwde deze
onder Lisa's neus. 'We maken ons zorgen, er lopen zoveel
idioten rond. Met wie is ze meegegaan? Heb jij misschien een
idee?' Lisa schudde met een vuurrood hoofd van nee terwijl
Ramons naam door haar hoofd gonsde. 'Ik zou het echt niet
weten', antwoordde ze snel en toen ze het teleurgestelde
gezicht van de man zag, liet ze er snel op volgen: 'Ik wil hier
en daar wel informeren.'
'Wil je dat doen? We weten ons echt geen raad meer. We zijn
al bij de politie geweest...' De adamsappel van meneer Kroon
schoot nerveus op en neer. 'Hier...' Hij trok zijn portemonnee
uit zijn broekzak en stak een briefje van twintig euro in Lisa's
richting. 'Voor de onkosten. Als je iets hoort of ziet dan...' Lisa
staarde meneer Kroon stomverbaasd aan en deed een stapje
achteruit. 'Ik hoef geen geld', stamelde ze ontdaan. 'Kelly en
ik zijn vriendinnen.'
'Ja, natuurlijk. Het was niet mijn bedoeling om...' Onhandig
stopte hij het biljetje terug. 'Ik weet dat jullie vriendinnen zijn
maar ik dacht als er onkosten komen dan...' Zijn ogen
stonden troebel en zijn stem klonk dik. 'Ze zou toch geen
domme dingen doen?'
'Zodra ik iets weet, bel ik u. Echt!' beloofde Lisa met klem en
schoof voetje voor voetje naar de deur. 'Ik laat het u weten.'
'Je kunt ons dag en nacht bellen', hoorde Lisa mevrouw Kroon
nog roepen toen ze de voordeur achter zich in het slot trok. In
gedachten verzonken reed ze de straat uit, richting het huis
van Ramon. Zes dagen was Kelly weg en zij wist van niets. Zes
dagen? Waar kon ze anders zijn dan bij Ramon? Het was toch
vreemd dat Mo haar hiervan niets had verteld. Hij kwam

geregeld bij Ramon over de vloer. Voor de flat smeet ze haar fiets tegen de muur en stoof met twee treden tegelijk de trappen op. Ongeduldig drukte ze op de deurbel maar het bleef stil. Niemand thuis, mompelde ze hardop. Ze kreeg een ingeving: de kroeg. Misschien waren ze bij café Proost. Ze denderde de trappen weer af en sprong op haar fiets.

Lisa stapte het café binnen en bleef even in de deuropening staan. Ze liet haar blik zoekend door het vertrek glijden. Geen Kelly. Ze ontdekte Ramon aan de bar en haar ogen prikten in zijn brede rug. Alsof hij dit voelde, draaide hij zich om. Zijn lippen bewogen nauwelijks toen hij tegen zijn buurman enkele woorden sprak. Met een ruk zat de man naast hem omgedraaid op zijn kruk en staarde Lisa geschrokken aan. Haar mond zakte open. 'Mo? Wat doe jij nou hier?' Haar stem klonk verontwaardigd maar haar hart maakte een vreugdesprongetje. Hij veerde van zijn kruk omhoog en spreidde zijn armen voor haar open. 'Lieverd, wat een verrassing. Ik ben net terug.' Zijn armen sloten als tentakels rond haar lichaam en ze voelde zijn warme borst tegen haar wang. 'Ik heb je zo gemist', zong zijn stem. 'Hoe wist je dat ik hier was?'

'Dat wist ik niet. Waarom heb je niet even gebeld dat je terug in Nederland was?'

'De accu van mijn gsm is leeg, ik ben vergeten het ding op te laden. Ik ben eerst naar huis gegaan om te douchen en wat schoons aan te trekken. En toen kwam ik Ramon tegen en ben even snel een biertje met hem gaan drinken. Ik wilde net opstappen en naar je toe komen. Maar wat kom jij eigenlijk hier doen?'

'Ik zocht Kelly en Ramon.'

'Kelly?' Mo kneep zijn ogen tot spleetjes. 'Waarom?'

'Kelly is zes dagen niet meer thuis geweest. Waarom hebben jullie mij nooit iets verteld?' De jongens keken elkaar even vluchtig aan. 'Wat moet ik jou vertellen?' Mo graaide zijn pakje shag van de bar en keek haar uitdagend aan. 'Ik moet helemaal niets.'

'Het is anders mijn beste vriendin. En als zij er van tussen gaat met jouw vriend Ramon, dan mag ik dat best weten.'

'Ik weet niet hoe jij aan al die wijsheid komt', antwoordde Mo donker terwijl hij het plukje shag in het vloei verdeelde. 'Maar Ramon is er niet van tussen met jouw beste vriendin. Jouw beste vriendin is er van tussen met haar ex.' Ramon knikte driftig met zijn hoofd. 'Een Ier of zo. Volgens het laatste nieuws is ze met hem naar Ierland vertrokken', voegde hij er gladjes aan toe. 'Ze heeft me gedumpt voor een roodharige puistenkop van zeventien jaar.' Lisa was even van slag en schudde vol ongeloof met haar hoofd. 'Met een Ier? Kris? Is ze met Kris mee?' echode ze. 'Daar was ze maanden geleden tot over haar oren verliefd op. Sinds wanneer is hij terug in ons land? Hoe is het mogelijk... Ik begrijp alleen niet waarom ze mij niets heeft verteld. We bespraken altijd alles met elkaar. Ik begrijp het echt niet.'

'Omdat ze een egoïstische trut is. Ze denkt alleen maar aan zichzelf. Niet aan Ramon en zijn gevoelens voor haar. En ook niet aan jou', beweerde Mo.

'Kelly is niet zo harteloos. Ze is misschien wat roekeloos maar beslist niet harteloos.'

'Jij kent haar niet echt, jij weet niet alles', hoonde Mo. 'Ze heeft nog geprobeerd om mij in haar bed te krijgen terwijl ze wist dat wij samen waren. Daar had ze maling aan. Toen ik weigerde, werd ze hysterisch.'

'Dat lieg je...' Lisa's gezicht trok wit weg.

'Waarom zou ik liegen? Nee, meisje... jij hebt je behoorlijk vergist in jouw zogenaamde beste vriendin. Ze is jouw vriendschap niet waard.' Lisa stond perplex, ze voelde haar maag samentrekken.

'Het is een slecht wijf, laat haar schieten. Ze wilde onze relatie kapotmaken.' Zijn woorden hakten op Lisa in. 'Ze was gewoon stikjaloers op je.' Langzaam werd het gevoel van ongeloof bij Lisa weggedrukt door verontwaardiging. Reageerde Kelly daarom steeds zo vreemd als ze iets over Mo vertelde? Zo boos en afstandelijk. Hoe vaak had ze Lisa geadviseerd om te breken met Mo? Wel honderd keer. 'Vuil secreet', siste Lisa woedend. 'Achter mijn rug mijn vriend proberen af te pakken. Wat ongelofelijk gemeen. Als ik haar in mijn vingers krijg dan... dan...'

'Dan niks. Ik wil niet dat jij nog langer met haar omgaat', beval Mo. 'Hoor je! Je zoekt geen contact meer met haar. Laat haar maar rotten met haar nieuwe vriend.'

'Ze kan voor mijn part doodvallen', blafte Lisa. 'En dat zal ik ook tegen haar ouders zeggen. Die mensen zijn...'

'Haar ouders? Ben jij bij haar ouders geweest?' onderbrak Mo haar relaas. Ze knikte.

'Wat zeiden ze over Kelly? Wisten zij dan niet waar ze uithangt?'

'Welnee! Ze heeft een of ander lullig briefje achtergelaten en daar konden ze het mee doen. Ze hebben me gesmeekt om uit te zoeken waar ze is. Met Kris naar Ierland! Nou, daar zullen ze van opkijken.'

'Je kunt beter niets zeggen', zei Mo, terwijl hij een trek van zijn sigaret nam. 'Doe maar net of je van niks weet. Straks schakelen ze de politie in en...'

'Dat hebben ze al gedaan.'

Mo vloekte hardop. 'Als ze horen dat wij iets weten over een Ierse jongen, staan ze morgen bij ons op de stoep met allerlei vragen. Dat geeft alleen maar ellende. Ik heb er geen zin in dat ze in ons leven gaan snuffelen en ons constant in de gaten gaan houden. Ik weet precies hoe dat gaat: ze zoeken een zondebok. Als ze geen spoor van Kelly kunnen vinden, zoeken ze bij ons gewoon naar iets anders.'

'En zo moeilijk is dat niet', zei Ramon honend. 'Wat dacht je van de drugs? Gewoon niet mee bemoeien.'

'Jullie hebben waarschijnlijk gelijk', gaf Lisa toe. 'Laten ze het maar zelf uitzoeken.'

'Dat zijn nog eens wijze woorden', grijnsde Mo. 'Weet je wat, ik trakteer op een drankje. Kom...' Zijn hand duwde zachtjes in haar rug en dirigeerde haar het café uit. 'Ik wilde je morgen komen halen om naar het huis te gaan kijken. Hoe vind je dat?'

'Morgen? Nee, liever niet. Mijn moeder komt morgen uit het ziekenhuis en dan wil ik thuis zijn. We hebben van alles georganiseerd. Ik kan dat echt niet maken.' Het gezicht van Mo betrok en hij beet op de binnenkant van zijn lip.

De woonkamer was versierd met slingers en op de salontafel stond een grote bos vuurrode rozen. Op een stukje karton boven de voordeur stond met grote hanenpoten 'Welkom thuis' geschreven. De tuin was omgetoverd tot een klein paradijsje. Tussen de nieuwe heesters, miniatuurrozen, phlox, en potten met eenjarige planten stond een bankje verscholen. Een speciaal plekje waar moeder tot rust kon komen, genietend van haar tuin. Lisa ijsbeerde door de kamer en keek voor de zoveelste keer ongeduldig op haar polshorloge. Waar blijven ze nou, dacht ze. Ze stopte voor het raam en zocht met haar ogen de straat af. Joost en Bart waren ruim een uur geleden met een taxi vertrokken naar het ziekenhuis. Het moet toch zo gepiept zijn: tas inpakken, mam op de achterbank en dan plankgas naar huis. Wat zou mam blij zijn als ze weer thuis was en in haar eigen bed kon slapen. Dat ze weer mocht koken in haar eigen keuken. Ze klaagde al dagen over het eten en snakte naar een bord andijvie met een gehaktbal. Zuchtend liet Lisa zich op de bank ploffen. Ze wist dat ze haar moeder pijn ging doen zodra ze bekend zou maken dat ze niet meer naar school wilde. En dan het nieuws over het samenwonen... Gelukkig kon ze het nog een paar dagen uitstellen. 'We houden het voorlopig nog even stil', had Mo haar bevolen. 'Tot we de sleutel hebben.' Hij had het geld weten te regelen bij zijn oom. De man had eerst wat moeilijk gedaan maar uiteindelijk ging hij toch akkoord met het plan. Het was allemaal zo onwezenlijk. Een auto stopte voor de deur, portieren sloegen dicht en stemmen kwamen dichterbij. Lisa sprong op en holde naar het raam. Daar waren ze. Verrast bekeek mevrouw Aldra haar nieuwe tuin, draaide onhandig op haar krukken in het rond en toen kwamen de tranen. Geëmotioneerd trok ze Bart tegen zich aan en zwaaide ze met haar kruk door de lucht. Lisa slikte en zwaaide terug. In de gang vielen ze elkaar huilend in de armen. Zo stonden ze minutenlang, snikkend aan elkaar vastgeklampt, tot Joost riep dat de koffie klaar was. De tranen werden vergeten en lachend zaten ze aan de koffie met appeltaart. Het tweede kopje koffie was net ingeschonken toen de deurbel ging. 'Het zijn waarschijnlijk de buren', voorspelde Joost. 'Die hebben je thuis zien komen en willen ook even gedag zeggen. Doe jij even open, Bart.' Bart trok een zuur gezicht. Zijn moeder was nog maar net thuis en nu moest hij haar al weer delen met anderen. Het waren niet de buren die de kamer binnenstapten, het was Mo. Met een grote bos bloemen bleef hij in het midden van de kamer staan. Mevrouw Aldra verstijfde en Lisa verslikte zich in een slok koffie. Joost schoot overeind uit zijn stoel en bleef als versteend staan.

'Fijn dat u weer thuis bent, mevrouw', riep Mo uiterst beleefd. Hij legde de bloemen in moeders schoot en kuste Lisa vol op de mond. Mevrouw Aldra staarde Mo sprakeloos aan. Haar vingers klauwden in de leuning van de stoel.

'Ik lust ook wel een kopje koffie', riep hij uitgelaten. Hij wreef verlekkerd in zijn handen en keek Joost verwachtingsvol aan. Totaal overbluft schonk Joost een kop koffie voor hem in.

'Hoe voelt u zich nou?' vroeg Mo met gespeelde interesse. Hij klopte op het gipsbeen en grapte: 'Dat zit goed ingepakt. U bent zeker wel blij dat u weer thuis bent?' Mevrouw Aldra was op haar hoede. Dit was de jongen die De Ruiter had afgetuigd, die in drugs dealde. Die haar dochter vergiftigde met zijn slechte invloed. Ze had Joost nog niet verteld van wat ze had gehoord over Mo. En nu stond hij in haar huis, uitdagend en brutaal. Ze moest oppassen, hij was gevaarlijk. Bang dat zijn bezoek zou ontaarden in een stevige ruzie, hield ze zich in. Na een halfuur sprong hij op. 'Ik kom eigenlijk uw dochter halen', zei hij. 'U heeft zeker geen bezwaar als ik haar even leen?' Zijn zwarte ogen keken dwars door haar heen en dat maakte haar bang. Wat was hij van plan? Nog voor ze kon reageren schonk hij haar een charmante glimlach, boog lichtjes en trok Lisa toen mee naar buiten. Alles in de kamer was een paar seconden doodstil. Mevrouw Aldra haalde zwaar adem en keek naar de gesloten kamerdeur. Onhandig kwam ze uit haar stoel omhoog. 'Lisa... Lisa?' riep ze uiteindelijk met een hees stemgeluid. Ze strompelde naar het raam en zag nog net hoe de auto van Mo de straat uit reed. Het was haar duidelijk: Lisa was een marionet geworden en de knul had de touwtjes in handen. De knul trok aan de touwtjes en zij bewoog zoals hij dat wilde.

Lisa had niet geprotesteerd, ze kon gewoonweg niet. Ze was totaal verrast door deze actie en slaafs had ze plaatsgenomen in zijn auto. Het duurde even voordat het tot haar doordrong wat er zich in die paar minuten had afgespeeld. 'Waarom doe je dat nou? Ik had toch gezegd dat ik vandaag niet weg kon.'
'Wat, nou?' grijnsde Mo onnozel. 'Ik ben een paar dagen weggeweest en heb je vreselijk gemist. Ik mag je toch ook wel een paar uurtjes voor mezelf?'
'Dat had morgen ook gekund. Maar vandaag niet. Mijn moeder is net terug uit het ziekenhuis. En dan die kus? Dat was toch nergens voor nodig?'
'Je bent toch mijn verloofde, dus waarom zou ik je niet zoenen? Wat is daar mis mee?'
'Die kus... Die kus was wat overdreven waar mijn moeder bij was. Vind je niet?'
'Nee! Het moet maar eens duidelijk zijn dat je voor mij hebt gekozen. Je hebt toch voor mij gekozen? Of niet?'
'Ja, natuurlijk. Doe niet zo belachelijk. Daar gaat het toch helemaal niet om.'
'Wel! Het lijkt wel of je je voor me schaamt. Als je alleen al flipt omdat ik je kus waar je familie bij is, dan zegt mij dat genoeg. Het is wel dezelfde familie die jou enkele weken geleden heeft laten vallen. Kies je nu weer voor hen? Laat je mij nu weer stikken? Ik heb behoorlijke risico's voor ons gelopen.' Hij keek haar aan en zijn mond was een dreigende

streep. 'Ik waarschuw je, je laat me niet weer stikken.'

'Ik laat je niet stikken. Doe toch niet zo opgefokt. Ik vond het alleen wat overdreven.'

'Ze moeten er maar aan wennen', snauwde Mo. 'Ik hou van je en daarmee uit. Iedereen mag het weten en ik durf er voor uit te komen.'

'Ik durf er ook voor uit te komen en...'

'Dat is anders niet te zien.' Nors staarde Mo naar het wegdek en ramde de versnellingspook in zijn vier. Het bleef een tijdje stil. Krampachtig probeerde Lisa in gedachte alles op een rijtje te zetten. Een halfuur geleden genoot ze nog van de appeltaart en koffie. Toen leken de problemen tussen haar en moeder even verdampt te zijn. Dat voelde heerlijk. En nu? Nu was ze aan het bekvechten met Mo om eigenlijk niets. Om een kus... Was dit het waard? Lisa zuchtte en legde haar hand in zijn nek. 'Je bent net terug, laten we nou geen ruzie maken. Ik hou heel veel van je en als mijn moeder commentaar heeft, dan kan ze de pot op. Dan kies ik echt voor jou, geloof me.' Een ogenblik keken zijn kille ogen haar peilend aan. Haar hand gleed langs zijn wang. 'Ik laat je voor niemand in de steek.' Zijn lichaam ontspande zich. Een glimlach verscheen van oor tot oor en hij stopte de auto langs de berm. Hij pakte haar schouders en trok haar naar zich toe. 'Ik doe alles voor ons. Je bent heel belangrijk voor me', prevelde hij in haar oor. 'Ik wilde je ons appartement laten zien. Nou ja, appartement... Ze zijn begonnen met de bouw, zo gaaf.' Hij drukte een snelle kus op haar lippen en startte de auto. 'Het begin is er al.' Hij draaide de auto de snelweg op en nam na een halfuur een afslag. Bij een bouwplaats parkeerde hij de auto en hield galant het portier voor haar open. Er was nog niet veel te zien. Met houten paaltjes was het terrein in vierkante stukken verdeeld en her en der staken grondkabels uit de grond omhoog. Op de achtergrond raasde het verkeer op de autosnelweg voorbij. 'Binnen een jaar is het hier volgebouwd met huizen', beweerde Mo, terwijl hij met zijn armen een wijds gebaar maakte. 'En dit hier...' Hij stond in een vierkant stuk en stampte met zijn laarzen op de grond. 'Dit hier wordt ons appartement. Kijk, ik sta in de woonkamer.'

'Weet je het zeker?' Lisa ging naast hem staan en draaide op haar hielen in het rond. 'Heel zeker. Ik heb gisteren het koopcontract getekend en dat wilde ik vandaag met jou vieren. Ik had van alles geregeld en er niet aan gedacht dat je moeder thuis zou komen. Het was echt niet mijn bedoeling om jullie feestje te verpesten. Ik was alleen teleurgesteld omdat je zo lauw reageerde.'

'Laten we er niet weer over beginnen. Het is gebeurd. Vertel me liever wat je geregeld hebt.' Mo wreef in zijn handen en liep zingend naar zijn auto. Uit de achterbak haalde hij een doos en een geblokt kleed tevoorschijn. Het kleed spreidde hij tussen de vier paaltjes, wat volgens hem de woonkamer moest voorstellen, en gebaarde Lisa dat ze moest gaan zitten. Er werd een tafelbarbecue op het midden van het kleed geplaatst en allerlei hapjes werden uit de doos getoverd. 'Worst, forel, saté, garnalen, kersen, zoete broodjes of een lekker biertje. Wat kan ik voor mijn prinses klaarmaken?' Lisa's ogen glommen. 'Hoe romantisch', fluisterde ze verrast.

16

Tegen de avond kwam Lisa thuis en trof Joost en haar moeder op de bank aan. Er hing een broeierige sfeer in de kamer. 'Ga even zitten', zei haar moeder gemaakt kalm. 'We willen met je praten.' Ongemakkelijk nam Lisa plaats op een stoel en bestudeerde de neuzen van haar schoenen. Dit voorspelde niet veel goeds. 'Dat van vanmorgen was een misverstand', zei ze haastig. 'Mo wist niet dat jij vandaag uit het ziekenhuis zou komen. Hij had een picknick geregeld en...'

'Lisa,' viel Joost haar scherp in de rede, 'je moeder is net uit het ziekenhuis en dan is een picknick niet echt een excuus. Zie je niet wat hij met je doet?'

Met een ruk kwam haar hoofd omhoog en ze keek hem uitdagend aan. 'En wat doet hij dan met me?'

'De vraag moet eigenlijk zijn: wat gáát hij met je doen?' antwoordde mevrouw Aldra nuchter. 'En dat kan nooit veel soeps zijn. Ik heb namelijk geruchten gehoord over dat vriendje van jou.'

'Wat voor geruchten?' vroeg Lisa stijfjes.

'Ik heb gehoord dat hij in drugs dealt', antwoordde mevrouw Aldra terwijl ze nauwlettend het gezicht van haar dochter observeerde. Lisa gaf geen krimp. 'Aan je reactie te zien, is het voor jou oud nieuws. Gebruik jij die rotzooi ook?'

'Nee! Zo achterlijk ben ik nou ook weer niet. En die verhalen zijn sterk overdreven. Hij dealt niet echt.'

'Nee, natuurlijk niet. Het is een schat van een jongen', riep haar moeder honend. 'Hij heeft jouw leraar in elkaar geslagen.'

'Dat is niet waar! Mo heeft De Ruiter met geen vinger aangeraakt.'

'O, nee? Zijn blauwe plekken vertellen mij iets anders. Ik heb je leraar gezien en gesproken.'

'Dan liegt 'ie.'

'En de geruchten dat Mo een pooier is, zijn natuurlijk ook niet waar.'

'Een pooier? Dat is een gore leugen', reageerde Lisa woest. 'Ik vind het erg laag om zoiets te verzinnen. Konden jullie niets beters bedenken?'

'Dat hebben wij niet verzonnen', mengde Joost zich nu in het gesprek. 'Dat is me verteld. Hij versiert aan de lopende band jonge meisjes en die verandert hij in hoertjes. Ik heb met de buurvrouw gesproken en zij vertelde mij...'

'...een gore leugen', vulde Lisa venijnig aan. 'Meer is het niet: één grote leugen. Jullie weten niets van Mo. Jullie nemen niet eens de moeite hem te leren kennen. Hij is lief en attent en...'

'Hoe het ook zij,' reageerde moeder geërgerd, 'ik heb liever niet dat je nog langer met hem omgaat. Hij past niet bij je.'

'Dat maak ik zelf wel uit', verklaarde het meisje opstandig. Haar armen waren verdedigend over elkaar geslagen en ze keek haar moeder koppig aan.

'Ik verbied het', riep haar moeder witheet.

'Niemand kan me dwingen', schreeuwde Lisa terug en ze trok

haar lippen strak. 'Jullie bekijken het maar. Ik doe het toch. Ik blijf bij Mo.'

'Dat zullen we dan wel eens zien, jongedame. Zodra Mo zijn gezicht hier laat zien, bel ik de politie. Heb je dat begrepen?'

'Weet je wat ik begrepen heb? Dat jij een verbitterd en oud mens bent.'

'Zo is het wel genoeg', riep Joost verontwaardigd. 'Hij heeft je veranderd in een egoïstische, slaafse trut. Egoïstisch omdat je alleen nog maar aan je eigen pleziertjes kunt denken. Slaafs omdat je precies doet wat hij wilt. En een trut omdat je je moeder zo staat af te bekken. Schiet op, ga naar je kamer!' Gebiedend hield hij de deur voor haar open.

'Waar bemoei jij je mee, afgedankte nicht?' Het floepte eruit zonder dat ze erbij na had gedacht. Ze staarde hem aan en zag zijn pijn en de verbazing. Meteen had ze vreselijk spijt van haar uitval. Ze had hem op zijn ziel getrapt, hem diep en diep gekwetst. Uitgerekend hem.

'Eruit! Jij... jij ondankbare... jij', schreeuwde haar moeder woedend. Haar kruk wees dreigend naar de deur. 'Eruit.' Joost deed een stapje opzij: zijn ogen waren gevuld met tranen. Lisa wilde nog iets zeggen: haar mond bewoog maar er kwamen geen woorden. Ze wilde zijn arm aanraken maar haar hand bleef halverwege hangen. Ze slikte en slikte en slikte nogmaals. Het volgende moment draaide ze zich om en vloog het huis uit.

Tien minuten later lag ze bij Mo op de bank, languit, hulpeloos, snotterig en overstuur. 'Zie je nou wel', snoof Mo verontwaardigd. 'Ze verzinnen van alles om ons uit elkaar te drijven. Maar het is hen niet gelukt en ik ben trots op je.' Hij wreef troostend over haar rug.

'Ik ga niet meer terug', jammerde ze.

'Dat hoeft ook niet. Ik ga voor je zorgen. Maar je kunt hier niet blijven. Ik breng je naar het huis van een vriend. Het is voor je eigen veiligheid.' Het klonk vreemd en zelfs dreigend. Alsof ze iets van haar eigen familie te vrezen had.

'Wat bedoel je daarmee?' stamelde ze.

'Ze weten heus wel dat je hier naar toe bent gekomen. Je kunt er gif op innemen dat ze naar de politie gaan. En die lijpe oom van jou weet precies waar Ramon woont, dus binnen een paar uur ziet het hier zwart van de blauwe petten. Je bent minderjarig en dan nemen ze je mee terug naar huis. Bij mijn vriend ben je veilig, daar vinden ze je nooit.' Het klonk allemaal aannemelijk en Lisa besloot dat ze geen andere keus had dan zich aan het plan van Mo te houden. Haar familie wilde ze nooit meer zien, dat was verleden tijd. Ze had alleen Mo nog en dat was voor haar voldoende.

Hij bracht haar naar Arnhem. Naar een wijk met vooroorlogse woningen die scheef en verwaarloosd tegen elkaar aanhingen. Alsof ze steun zochten nu ze oud en versleten waren. Het was een rumoerige buurt. De meeste ramen van de huizen stonden open en het lawaai van binnen waaide de straat op. Kinderen holden joelend achter een bal de rijbaan op en negeerden het verkeer. Claxons klonken, gevolgd door een scheldpartij. De volumeknop van een radio stond op zijn hoogste stand. Meisjes dansten op de maat van de muziek die met veel moeite boven het straatrumoer uitkwam. Een groepje kaartende mannen keek even op toen Mo zijn auto op de stoep parkeerde. Handen gingen omhoog en er werd iets onverstaanbaars geroepen. Mo stak zijn hand op en groette terug. Bij nummer 272 haalde Mo een sleutel tevoorschijn en opende de verveloze deur. Ze stommelden de trap omhoog en kwamen midden in de woonkamer uit. Er hing een eigenaardige muffe geur. Het was de geur van een huis dat nooit gelucht werd. De tweekamerwoning was karig ingericht met een versleten bankstel, een rieten stoel en een salontafel met een barst in het glazen bovenblad. Vanuit de kamer keek je tegen het keukentje aan waar een tafelmodel koelkast met daarop een met etensresten aangekoekte vierpitter stond. In een zijkamertje op de grond lag een beschimmeld matras vol met bobbels. De wc had in jaren geen schoonmaakmiddel gezien en de douche lag vol haren en sigarettenpeuken. 'Dit is een mooie oplossing', meende Mo. 'Mijn vriend gebruikt de flat bijna nooit.'

'Dat is ook wel te zien', antwoordde Lisa vol afgrijzen.

'Je kunt het toch allemaal schoonmaken', bromde hij geïrriteerd. 'Je hebt tijd zat. Morgen breng ik wat boodschappen langs.'

'Blijf jij niet?'

Er verscheen een brede glimlach. Hij pakte haar gezicht in zijn handen en keek haar diep in de ogen. 'Dat vergeet ik bijna te vertellen. Ik heb een nieuwe baan, een echte baan. Ik werk als uitsmijter bij een discotheek in Breda en het betaalt redelijk. Ik draai wel veel uren maar dat is toch beter dan dealen?' Ze knikte en zei toen met dikke stem: 'Ja, natuurlijk. Maar ik vind het een eng, vies huis en ik ben bang.' Ze voelde tranen opwellen. 'Kun je niet b-blijven? Alsjeblieft, o alsjeblieft, alsjeblieft.' Hij schudde resoluut zijn hoofd. 'Je hoeft nergens bang voor te zijn. Je doet de voordeur op slot, dan kan niemand binnenkomen. Je bent hier veilig. Veiliger dan bij Ramon thuis. Ik haal even iets te drinken en te eten voor je. Ik ben zo terug.' Lisa liet zich verslagen op de bank zakken: deeltjes stof dwarrelden als vorm van protest omhoog. Als een zombie zat ze ineengedoken te wachten totdat Mo terugkwam met friet, kroketten en een fles cola. 'Ik kan niet langer blijven', zei hij terwijl hij het plastic bakje met friet in haar handen duwde. 'Als ik te laat kom, dan ontslaan ze me. Ik kom zo snel als ik kan weer bij je langs. Kom op!' Hij drukte een kus op haar voorhoofd. 'Wees sterk. We maken er samen iets geweldigs van. Alles komt goed.' Hij draaide zich bij de deur nog even om. 'Ik hou van je', riep hij en gooide haar een handkus toe. De deur sloeg dicht en totaal ontredderd bleef ze achter.

Lisa drukte de inmiddels koude friet tussen haar vingers plat en keek afwezig de kamer rond. Kop op! sprak een stemmetje achter in haar hoofd haar bemoedigend toe. Ze dacht aan de ruzie met haar moeder en Joost. Van het dealen wist ze af. Dat kon ze moeilijk ontkennen. Ze had hem zelfs meegeholpen en toen leek het allemaal minder erg. Uit ma's mond klonk het dubbel zo slecht. Maar waarom die onzin over De Ruiter? Misschien had De Ruiter de boel aangedikt om Mo zwart te maken, als een soort van wraak? Of had Mo toch... Ze wist niet meer wat ze moest geloven. Als een wervelwind tolden de vragen door haar hoofd. Maar het verhaal dat Mo een pooier was, was voor Lisa de druppel geweest. Ze vond het intens gemeen dat haar moeder en Joost zover wilden gaan om de relatie kapot te krijgen. Ze hadden haar gekrenkt maar ze had even hard teruggeslagen. Je overleeft dit wel, zei het stemmetje weer. Kom op! Ze kwam uit de bank omhoog en liep zuchtend naar de afvalbak in de hoek van de kamer. Ze kieperde het eten in de bak en zette toen een raam open. Met gesloten ogen leunde ze op de vensterbank naar buiten en snoof de frisse wind op. Zo bleef ze een paar minuten hangen

in de hoop dat de plotseling opkomende hoofdpijn zou verdwijnen. Toen dit niet het geval was, trok ze haar hoofd weer naar binnen en inspecteerde de keukenkasten. Op wat incompleet serviesgoed na waren de kasten leeg. Een geconcentreerde schimmellucht vulde de keuken toen ze de koelkast opentrok. Een pak melk dat drie weken over de datum was en een groenwit gekleurd stuk kaas waren de oorzaak. Lisa spoelde de melk door de gootsteen en gooide de kaas in de afvalbak. De vieze lucht trok nu vanuit de keuken de kamer in en deed haar bijna kokhalzen. Ze graaide de vuilnisbak uit de hoek en stommelde de trap af. Ze opende de voordeur en knalde toen de vuilnisbak op de stoep neer. De schemer was ingevallen en de kaartende mannen waren verdwenen. 'Gaat het?' Een jongen met donker krullend haar en een vlassig snorretje keek haar bezorgd aan. Lisa schatte zijn leeftijd rond de achttien jaar. 'Wat zie je bleek!'
 Lisa lachte wat moeilijk naar de jongen. 'Ik heb een enorme hoofdpijn, meer niet.'
'Wil je een aspirine?'
'Nee, het gaat wel', antwoordde ze zacht. Met een knikje sloot ze de voordeur en klom de trap weer omhoog. Ze moest gewoon vroeg onder de dekens kruipen, dacht ze. Er was te veel gebeurd en dat moest ze allemaal nog verwerken. In de deuropening van de slaapkamer bleef ze enkele minuten bedenkelijk naar het matras staren. Er liep een rilling langs haar rug. Geen haar op haar hoofd dat eraan dacht om boven op dat vieze ding te kruipen. In een kast vond ze een laken dat op de vouwen vergeeld was. Ze spreidde het laken over de bank uit en ging daarop liggen. Lisa staarde naar het plafond en luisterde naar de geluiden op straat. Een mannenstem bulderde door de straat en een hysterische vrouw gaf

antwoord. Een hond blafte wild en een claxon sneed door de nacht. De hoofdpijn nam niet af. Het werd erger en erger. Ze had spijt dat ze de aspirine van de jongen niet had aangenomen. Het duurde behoorlijk lang voor ze in een onrustige slaap verzonk.

De volgende ochtend werd ze badend in het zweet wakker; ze had afschuwelijk gedroomd. Ze had gedroomd dat haar moeder en Joost haar kwamen halen. Ze reden in een blauwe overvalwagen die met gierende banden voor de deur stopte. Haar moeder en Joost sprongen uit de wagen met in hun kielzog tien agenten in kogelvrije vesten en het geweer in de aanslag. Ma en Joost schreeuwden en wezen dreigend naar de voordeur. Op dat moment kwam Mo de straat in rijden en de hele troep bestormde zijn auto. De agenten kropen over de motorkap en er klonken schoten. Mo schreeuwde, huilde en jammerde. Ze hakten op hem in. Hij zat in elkaar gedoken en probeerde de slagen met zijn armen te weren. Lisa was in paniek de trap afgesneld en probeerde hem krampachtig te helpen. Ze trok aan de agenten, ze duwde haar moeder opzij. En toen Mo zijn armen liet zakken, was zijn gezicht veranderd in het gezicht van De Ruiter. De angstige ogen van de leraar keken haar smekend aan. De Ruiter schreeuwde, huilde en jammerde. Lisa zat minutenlang rechtop op de rand van de bank en staarde versuft in het rond.
Haar hele lichaam deed pijn door de overnachting op de tweezitsbank met zijn houten armleuningen. De hoofdpijn was weliswaar verdwenen maar had plaatsgemaakt voor een stevige kramp in haar nek. Als ontbijt had ze een glas lauwe cola gedronken en toen nog wat rondgesnuffeld in huis. Je kon zien dat er nauwelijks iemand in het huis had gewoond.

Er was geen koffie of thee. Geen suiker of desnoods een pot pindakaas of zout. Dingen die je dagelijks gebruikt en dus altijd wel in de kast had staan, al was het maar een restje. Nergens lag een boek of tijdschrift. Geen planten, geen foto's, zelfs geen rekeningen. Lisa voelde zich akelig alleen in dit vreemde huis zonder ziel. Ze kon alleen maar hopen dat Mo snel kwam. Ze blikte op haar horloge. Kwart over acht. Ze haalde haar gsm tevoorschijn en drukte op de nummertoetsen. Er klonk licht gezoem en na een paar seconden een snauw: 'Ja.' Ze aarzelde even voordat ze antwoord gaf. 'Met Lisa. Hoe laat kom je? Ik heb vreselijke honger.'

'Luister, lieverd,' zuchtte hij en een zweem van irritatie klonk door in zijn stem, 'ik ben doodop en ik heb rust nodig. Ik stuur Ramon met wat spullen. En zodra ik me wat beter voel, sta ik voor je deur. Oké?'

'Maar je kunt ook hier rusten. Dan eten we samen een boterham en...'

'Nee, Lisa. Dat werkt niet. Als ik bij jou ben, kan ik niet rustig slapen. Ik moet ook aan mijn eigen gezondheid denken. Ik heb gisteren tot vier uur 's nachts gewerkt. Je wilt toch niet dat ik oververmoeid raak?'

'Nee, natuurlijk niet.' Schaamte golfde door haar heen. Ze had geen moment aan zijn gezondheid gedacht. Voor hem viel het natuurlijk ook niet mee om een vriendin te hebben die altijd in de problemen zat. 'Slaap maar lekker uit, ik red me wel', zei ze en haar stem leek in haar keel af te knappen.

'Zo mag ik het horen, lieverd. Je ziet me snel weer.' De verbinding werd abrupt verbroken. Verbluft staarde ze naar de gsm in haar hand. Ze had nog graag even met hem willen praten. Van hem willen horen dat het allemaal goed kwam en dat hij van haar hield. Ze schoof het raam open en keek verveeld de straat door. Langzaam kwam het leven daar op gang. Een tafel met vijf stoelen werd midden op de stoep uitgestald. Muziek rolde over straat en de kinderen kwamen uit hun huizen tevoorschijn.

Vier uur later reed Ramon de straat in en parkeerde zijn auto schuin op de stoep. Hij haalde een doos van de achterbank en stommelde de trap omhoog.

'Hoi Lisa. Is alles goed?' Met een klap zette hij de doos met boodschappen op het aanrechtblad in de keuken. 'Ik denk dat je voorlopig hiermee vooruit kan.' Hij knikte naar de doos.

Lisa keek even vluchtig naar de boodschappen. 'Hoe is het met Mo?' wilde ze weten. 'Ik belde vanmorgen en hij klonk afgemat.'

'Hij maakt veel te veel uren', antwoordde Ramon terwijl hij haar ogen ontweek. 'Hij werkt zich kapot. Maar je weet hoe hij is. Als hij iets in zijn hoofd heeft... Hij wil een huis en hij wil trouwen. Hij gaat het serieus aanpakken en daar heeft hij alles voor over, zelfs zijn gezondheid.' Lisa voelde dat haar gezicht begon te gloeien.

'Hij is een fijne vent', zei Ramon op een vaderlijke toon. Hij schoof de vitrage opzij en bestudeerde de huizen aan de overkant. 'Jij boft maar met zo'n vriend.'

'Ik heb liever dat hij wat minder werkt', merkte Lisa op.

'Straks stort hij in en daar heeft niemand wat aan. Het wordt tijd dat ik een baantje ga zoeken.'

'Je zult toch nog even moeten wachten. Ik heb gehoord dat je moeder de politie heeft ingeschakeld.' Ramon had zich van het raam afgewend en trok een zorgelijk gezicht. 'Het schijnt dat je foto is verspreid naar alle politiebureaus. Zodra jij een stap buiten zet, word je opgepakt.' Lisa gaf met een schouderophalen te kennen dat zij daar niets om gaf. 'Dan loop ik gewoon weer weg.'

'Ja, dat is slim', reageerde hij cynisch. 'Dan heb je deze schuilplaats verraden. Waar wil je dan heen? En wat denk je dat er met Mo gebeurt?' Lisa maakte een hulpeloos gebaar. 'Jij bent vijftien en hij is tweeëntwintig. Hij heeft seks gehad met een minderjarige en dat is in dit land nog steeds strafbaar. Ze sluiten hem voor een paar jaar op. Is dat wat je wil?'

'Nee! Nee natuurlijk niet.'

'En dan heb ik het nog niet over ontvoering.' Lisa's ogen werden groot. 'Ontvoering?' herhaalde ze.

'Ja, hij heeft jou hier naar toe gebracht zonder toestemming van je moeder. Zoiets heet ontvoering. Dan komt er nog een paar jaar gevangenisstraf bij.'

'Ik blijf wel binnen', stamelde ze totaal van slag. 'Maar hoe lang gaat zoiets duren? En hoe zit het dan met werk? Mo kan toch niet alles alleen verdienen?'

Ramon had zijn handen diep in zijn broekzakken gestopt en draaide zijn gezicht weer richting het raam. 'Je zult zeker een paar weken, misschien wel maanden binnen moeten blijven. Het is ook niet slim om uit het raam te gaan hangen. De buren kunnen je verraden. Doe de gordijnen dicht en houd je gewoon gedeisd. Ondertussen zoeken wij naar een baantje waar ze niet naar je naam en leeftijd vragen.' Langzaam draaide hij zich om en keek haar doordringend aan. 'Maak je maar geen zorgen. Mo en ik beschermen je', zei hij uiteindelijk. 'Alles komt goed.' Hij glimlachte vriendelijk en liep naar de deur. 'Je hebt nu tenminste de tijd om het huis goed schoon te maken. Dat is hard nodig. Dag Lisa.' Hij denderde de trap af. 'En draai de deur op slot', brulde hij onder aan de trap voordat hij de deur achter zich sloot. Een ogenblik staarde Lisa verdoofd in het niets. De problemen leken zich steeds hoger op te stapelen. De hele politiemacht zat achter haar aan en Mo liep de kans dat hij voor jaren de gevangenis indraaide. Een knagend schuldgevoel stak de kop op. Ze zorgde alleen maar voor ellende. Waarom kon ze nou nooit iets goed doen? Ze moest beter en harder proberen, sprak ze zichzelf bemoedigend toe. Alles moest veranderen. Haar hele leven ging ze anders indelen. Haar ogen dwaalden strijdlustig door de kamer. Het eerste wat ze ging aanpakken was dit smerige huis. Resoluut beende ze de keuken in en haalde de schoonmaakmiddelen uit de doos tevoorschijn.

De gordijnen waren gesloten. Lisa was in de keuken begonnen met een lepel het aangekoekte vuil van het gasstel weg te steken. Daarna had ze met sop en een stoffer die ze in de meterkast vond, het apparaat schoongeboend. Ze sopte de koelkast en de keukenkastjes uit. Ze stofzuigde de bank en de kamers. Als laatste nam ze met de stoffer het toilet en de douche onder handen. De deur van het zijkamertje met daarin het beschimmelde matras bleef gesloten. Ze was niet van plan daar ooit gebruik van te maken. Ze werkte aan een stuk door. En toen ze uiteindelijk voldaan op de bank plofte, gaf haar horloge kwart over zes aan. Ze pakte haar gsm en belde Mo. 'Hallo liefje', riep ze vrolijk toen zijn stem klonk. 'Ben je wat bijgekomen? Ik wil vanavond wat lekkers voor je koken. Heb je daar zin in?'
'Onmogelijk, lieverd', antwoordde Mo. 'De politie is aan de deur geweest en heeft naar jou gevraagd. Ik heb natuurlijk gezegd dat ik je in geen dagen meer gezien heb.'
'Natuurlijk', herhaalde ze met dikke stem.

'Maar ze geloven me niet en nu volgen ze me de hele tijd', riep Mo verhit. 'Zodra ik een stap buiten het huis zet, hangt er een pet aan mijn broek. Ik moet me een tijdje koest houden.
Daarom is het beter dat ik dit weekend thuisblijf. Het moet, maar ik had het ook anders gewild.' Er viel een stilte. Terwijl er een traan over haar wang liep, fluisterde ze: 'Ik zal je wel missen.'
'Ik jou nog meer. Verdomme! Dit is allemaal de schuld van je moeder en die verwijfde oom van je. Maar we laten ons niet kapotmaken. Niemand kan ons nog scheiden. Wees sterk. Even een paar dagen sterk zijn. Beloof je dat?'
'Ja, ik red me wel.'
'Heb je genoeg te eten? Anders stuur ik Ramon...'
'Nee, ik heb genoeg.'
'Ik moet nu gaan werken, lieverd. Ik bel zodra ik tijd heb. Oké? Hou je van me?'
'Zielsveel.'
'Goed zo, lieverd. Hou je sterk.'

17

Zaterdagmiddag, de deuren van Hot Lips waren nog gesloten. Mo lag op zijn rug en vouwde zijn handen onder zijn hoofd. Hij keek toe hoe Kelly haar blouse dichtknoopte. 'We gaan vandaag samen ergens gezellig eten. Ik ben zo trots op je. Je hebt deze week gigantisch goed verdiend. Vijfhonderd twintig euro in vijf dagen. Je doet het geweldig.' Hij kwam uit de kussens omhoog en sloeg zijn armen rond haar middel. Met een gil belandde Kelly weer languit op het bed. Hij drukte zijn lippen in haar nek en fluisterde: 'Ik vind het zo geweldig dat je dit voor ons wilt doen. Vijfhonderd twintig euro.' Al leunend op zijn ellebogen bestudeerde hij haar gezicht. 'En je begint pas. Als je het een tijdje doet, krijg je vaste klanten en dan verdien je nog meer. Weet je al hoeveel de andere meisjes verdienen?'

Ze knikte. 'Rond de duizend euro per week.'

Mo floot tussen zijn tanden. 'Duizend euro!' Zijn vingers speelden met haar haar. 'Puf... jij bent veel knapper en jonger dan elke meid die hier werkt. Ik wed dat jij met gemak meer dan duizend euro kunt verdienen. Als je echt je best doet? Niet dan?'

'Dat weet ik wel zeker', antwoordde Kelly stoer.

'Bewijs het', riep Mo uitdagend en hij veerde overeind. Kelly verstarde en voelde een warme gloed over haar gezicht trekken.

'Als je dat lukt, gaan we een weekendje varen', beloofde hij.

'Doe je het? Toe dan... zeg dan ja? Of is het allemaal bluf? Nou?' Hij prikte plagend in haar zij. Kelly kronkelde en giechelde.

'Oké', stemde ze in. 'Reserveer jij maar alvast een boot. Ik begin vanavond.'

'Geweldig! Ik ben echt benieuwd.' Mo sprong van het bed en pakte de vijfhonderd euro van tafel. 'Ik laat twintig euro achter voor boodschappen.' Hij borg het geld in zijn portefeuille op en haalde twee zakjes met cocaïne uit zijn binnenzak. 'Dan laat ik deze twee hier achter. Dat geeft je wat extra energie.' Ze staarde naar het poeder en glimlachte dankbaar. 'Hoe lang blijf je?' wilde ze weten.

'Tot zondag.'

'Fijn.' Ze kroop in zijn armen.

Hot Lips zat die avond bomvol klanten. Zeven onbekende mannen hadden plaatsgenomen in het midden van de zaal. Ze hadden twee tafels tegen elkaar geschoven en brulden om bier. Ze waren luidruchtig en al aardig aangeschoten. De mannen dronken veel en snel. Het kostte Kelly moeite om de bestellingen bij te houden. Met een rood hoofd holde ze tussen de tafels door naar de bar en weer terug. Mo zat aan de bar en keek belangstellend naar de groep. 'Kelly', siste hij toen het meisje even naast hem stond om haar bestelling aan de barman door te geven. 'Pap met ze aan voordat de andere meiden het doen. Flirt met ze. Schiet op!' Ze keek over haar schouder naar de lallende mannen. 'Schiet op! Waar wacht je nog op?' Kelly's benen leken van lood. Ze had een hekel aan dronken mannen. Met tegenzin liep ze naar het groepje toe en zette het bier op tafel. Een hand kneep in haar billen. Ze keek op en twee rooddoorlopen ogen keken terug. 'Duifje, wil je wat drinken van ome Willem? Je ziet er zo dorstig uit.' Zijn vingers kneedden in haar vlees. 'Ik trakteer. Kom effe zitten.' Hij klopte op zijn benen en knipoogde.

'Ome Willem heeft nog dorst zat en ik heb het niet over drank', lalde hij tegen zijn kameraden. Hij sloeg met zijn vuist op tafel en een lachsalvo volgde. Kelly ging op zijn schoot zitten en sloeg haar arm om zijn dikke nek. 'Over vier dagen ga ik een paar jaar op vakantie. Dan ga ik naar het goedkoopste hotel van het land. Dan zie ik geen vrouwen en bier meer, daarom moet ik het er nu van nemen. Bier, bier...' schreeuwde hij luid terwijl hij met zijn fles door de lucht zwaaide. 'Mijn vrienden willen bier en een beetje snel.' Kelly wilde opspringen om de bestelling te gaan halen maar de man hield haar vast. 'Jij niet, duifje. Jij blijft lekker met ome Willem feestvieren. Laat een ander maar lopen. Ik ga een hele hoop centjes opmaken en jij mag mij daarbij helpen. In de gevangenis heb ik er geen reet aan.' Kelly's blik kruiste die van Mo en die knikte haar bemoedigend toe. 'Ik heb wel een zin in een feestje, ome Willem', antwoordde Kelly. Ze glimlachte moeilijk en woelde met haar vingers door het weinige haar van de man.

'We gaan een hoop lol maken, duifje', gierde de man. Zijn hand gleed in haar nek en hij trok haar gezicht dicht bij dat van hem. 'We gaan eens lekker de beest uithangen.' Zijn tong kwam naar buiten en gleed langs haar wang omhoog. Er werd gejoeld terwijl handen op de tafel trommelden. 'Willem, Willem, Willem...' schreeuwden ze in koor. Willem stond op.

'Gaan er nog meer mee? Het maakt mij niet uit.' Een man
stond op en hees zijn broek over zijn heupen. 'Ik ga mee...'

Willem had zijn T-shirt door de kamer gesmeten en stapte uit
zijn broek. 'Schiet jij eens op,' gromde de tweede man naar
Kelly. 'Kleed je uit. Waar wacht je nog op.' Zelf was hij tot op
zijn sokken na naakt en nam het meisje ongeduldig in zich op.
Kelly trok haar jurk uit. Ze friemelde wat onhandig aan haar
bh toen de man haar plotseling vastgreep. Hij duwde haar
hardhandig op het bed. 'Dat duurt verdomme een
eeuwigheid.' Hij greep haar slipje vast en rukte het ruw van
haar lijf. Kelly gaf een gil en wilde van het bed af kruipen.
Maar de man reageerde bliksemsnel. Hij greep haar
schouders vast en drukte haar terug in de kussens. 'Stel je niet
aan', gromde hij. 'We zijn nog niet eens begonnen.' Hij ging
boven op haar lichaam zitten en grijnsde vals. Voordat ze kon
protesteren propte hij haar slip in haar mond. 'Bek dicht.' De
lach van Willem bulderde door de kamer. 'Rustig, Jos',
hinnikte Willem. 'Je maakt het kind bang.'
'Nou en? Zo heb ik ze graag.' Hij keek Kelly diep in de ogen en
hield met een hand haar handen stevig boven haar hoofd vast.
Met zijn vrije hand aaide hij langs haar wang, langs haar nek,
richting haar borsten. En toen sloeg hij haar plotseling in het
gezicht. Zijn koude ogen bleven haar emotieloos aanstaren.
Hij zag hoe haar adamsappel op en neer bewoog en een grijns
gleed over zijn gezicht. 'Ga jij maar eerst, Willem. Het is
tenslotte jouw feestje. Ik hou haar wel vast.' Hij kroop van het
bed terwijl hij Kelly's handen stevig vasthield. Kelly raakte in
paniek. Ze probeerde met haar tong de slip uit haar mond te
duwen.Tranen brandden achter haar ogen. Het naakte, vette
lijf van Willem kroop bovenop Kelly en zijn gulzige, natte

lippen gleden over haar gezicht. Ze worstelde om onder zijn zware lijf uit te komen; ze wrong zich in allerlei bochten. 'Goed zo, duifje', hijgde Willem. 'Goed zo. Maak je maar kwaad.' Met vlakke hand sloeg Jos in haar gezicht en nog eens en nog eens...

Toen Kelly en de twee mannen naar de slaapkamer waren vertrokken, liep Mo naar buiten. Hij leunde tegen de muur en draaide een sigaret. Een glimlach gleed over zijn gezicht en hij schudde meewarig zijn hoofd. 'Domme wijven', grinnikte hij. Uit zijn binnenzak haalde hij zijn gsm tevoorschijn en drukte het nummer van Lisa in. 'Lisa, lieverd, met mij. Hoe gaat 'ie?' Hij luisterde naar haar stem en rolde met zijn ogen. 'Natuurlijk mis ik jou ook. Ik ben nu op mijn werk en er staan drie petten voor de deur. Ik kan geen kant op. Ze houden me constant in de gaten. We moeten gewoon geduld hebben, ze geven het vanzelf wel op. Maar luister...' Hij woog zijn woorden zorgvuldig af. 'Morgen komt Melvin bij je langs. Melvin... Hij is de eigenaar van het huis. Juist, díé Melvin. Hij krijgt nog geld van ons voor de huur maar ik heb nu geen ene cent. Ik heb de makelaar moeten betalen. Ik ben blut. Dit moet jij oplossen. Wees aardig voor hem, hij heeft een zwak voor mooie vrouwen. Flirt met hem, doe iets maar zorg dat hij je niet op straat zet. Ik zou echt niet weten waar we dan heen moeten. Dan kunnen we al onze plannen wel vergeten. Jij kunt terug naar je moeder en ik mag een paar jaar de cel in.' Hij bracht zijn sigaret naar zijn mond en keek onverschillig op zijn horloge. 'Heb jij een beter idee dan? Je verzint maar iets.' Zijn lage stem werd dwingend. 'Je lost het maar met Melvin op.' Hij verbrak de verbinding en gromde. Opnieuw drukte hij een nummer in en bracht de gsm weer aan zijn oor. 'Melvin?

Ik ben het, Mo. Ik heb een klusje voor je. Je moet morgen even naar het huis in Arnhem. Daar zit een nieuw gansje op je te wachten. Ja, hetzelfde zoals altijd. Nee, het moet morgen. Dan maak je maar tijd. Wij doen het voor jou ook vaak genoeg! Dat was toch de afspraak? Nou dan... Nee, Ramon kan niet. Ze kent Ramon. Dus je doet het? Fijn. Ik hoor het wel.' Mo borg de gsm in zijn jaszak op en spuwde zijn sigarettenpeuk over straat. Hij strekte zijn rug, keek voldaan in het rond en ging de club weer binnen.

'Mo?' In de hal stond Els op hem te wachten. 'Heb je nog wat coke voor me?' Ze hield zijn arm vast en keek hem smekend aan.

'Luister, prinses', fluisterde Mo en hij trok haar mee de hoek in. 'Je zult toch echt meer moeten gaan verdienen. Zelfs Kelly brengt meer geld binnen en zij heeft totaal geen ervaring. Je gaat maar eerst werken en dan breng ik je vanavond het spul.' Hij trok zich los en liep met grote passen langs haar heen de bar in. Terwijl hij zich op een barkruk liet vallen, zochten zijn ogen in het rond. Kelly en de twee mannen waren nog nergens te bekennen. Hoe lang was ze nu al weg? Hij checkte op zijn horloge. Vijf kwartier. Tevreden wreef Mo in zijn handen. Hoe meer tijd ze met de mannen op haar kamer bleef, hoe meer geld dat ging opleveren. Hij bestelde een bier. Bij het derde glas stond Dikke Lien plotseling naast hem. Ze nam hem van top tot teen op. 'Waar is Kelly', wilde ze weten.

'Boven met wat klanten', antwoordde Mo geërgerd. Lien kneep haar ogen halfdicht. 'Welke klanten?'

'Waar bemoei jij je mee?' beet Mo haar toe. 'Ik heb alles onder controle.'

'Is dat zo? Wat doe je dan aan de bar? Ik dacht dat jij bij Kelly boven zat. Die kerels zijn allang vertrokken. Verdomme, ze waren ladderzat.' Ze draaide zich om, rende de bar uit en stoof de trap op. Mo volgde haar op de hielen. Lien gooide de deur open en beende de slaapkamer binnen.

Bleek en met opengesperde ogen keek Kelly het tweetal in de deuropening aan. Haar handen zaten vastgebonden aan het bed en haar slip zat nog steeds in haar mond gepropt. Mo vloekte hardop. Met een paar passen was hij bij haar en haalde de knopen uit het touw. Lien liet zich op het randje van het bed zakken en trok het slipje uit Kelly's mond. 'Meisje toch...' mijmerde ze. Ze toverde een zakdoek uit haar bh te voorschijn en veegde de tranen af die langs de wangen van Kelly omlaag gleden. 'Wat hebben ze met je gedaan. Hier... Snuit maar eens flink.' Kelly snoot haar neus. Ze zat rechtop in bed en hapte schokkend en trillend naar adem.
'Moet ik een dokter voor je bellen?' vroeg Lien bezorgd terwijl ze voorzichtig het opgezwollen gezicht depte.
'Nee', antwoordde Mo haastig. 'Laat mij het maar verder afhandelen. Ik zorg wel voor haar. Ga jij maar naar de meisjes terug.' Hij trok de vrouw van het bed en duwde haar zacht maar dwingend naar de deur. Lien zette zich schrap. 'Kelly, wil je dat ik blijf?' Ze observeerde het meisje scherp. Kelly schudde haar hoofd. 'Het gaat wel weer.' De hand van Mo duwde alweer in Liens rug. 'Ga nou maar. We roepen wel als het niet gaat.' Dikke Lien snoof terwijl ze de kamer verliet.

Mo duwde een glas water onder Kelly's neus. 'Drink maar op. Dat is goed tegen de schrik.' Met bibberende vingers nam ze het glas aan. 'Ze hebben me geslagen', snotterde ze. Ze deed haar best het snikken te bedwingen. 'Hij bleef me maar slaan.

Steeds maar in mijn gezicht.' Haar hand gleed onderzoekend langs haar wang.

'Het had erger gekund,' meende Mo, toen hij de schade opnam. 'Een bloedneus en een paar blauwe plekken. Hebben ze eigenlijk wel betaald?' Hij negeerde de tranen en keek begerig in het rond.

'Ik geloof het wel', antwoordde ze verbaasd. Hij sprong op en liep naar de eettafel. Daar lagen twee verfomfaaide biljetjes van twintig. Kut! Zijn mond leek gevoelloos. Zijn hart ook. Hij schopte kwaad de stoel door de kamer. 'Veertig euro. Dat is verdomme veel te weinig. Daar moet je op letten. Veertig euro...' Nijdig sloeg hij met zijn vuist op tafel. 'De trut, de imbeciel', gromde hij zachtjes. Kelly keek hem met open mond geschrokken aan. Ze was verlamd door zijn lompe reactie. De pijn en de tranen waren vergeten. Waarom die plotselinge driftaanval? Waar was zijn verliefdheid, zijn bezorgdheid gebleven? 'Het lijkt wel of je het geld belangrijker vindt dan mijn pijn', riep ze hees. 'Ze hadden me wel dood kunnen slaan en jij jammert omdat er te weinig is betaald.' Haar borstkas zeeg verontwaardigd op en neer. 'Ik vind het niet leuk om als hoer de kost te verdienen en ook niet als boksbal. En als mijn vriend mij ook nog dingen gaat verwijten... Ik voel me al ellendig genoeg.' Mo was stil. Hij wreef zijn handen door zijn gezicht en realiseerde zich dat hij kalm moest blijven en niet uit zijn rol mocht vallen. 'Je hebt gelijk, sorry. Ik gedraag me schofterig maar ik ben op van de zenuwen. Ik ben me rot geschrokken. Jij loopt ook zoveel risico's, het is niet eerlijk.' Hij pakte haar schouders en trok haar naar zich toe. 'Ik ben dol op je, ik hou van je.' Troostend wreef hij over haar rug. 'Ik begrijp het wel als je nu wilt stoppen. Ik verlang te veel van je. Misschien moet ik het toch

alleen opknappen. Misschien kan ik beter een baantje in
Duitsland zoeken.'
'Nee, dat wil ik niet. Het is gebeurd en laten we er verder geen
probleem van maken', antwoordde Kelly.
'Wil je dan blijven en hiermee doorgaan?' wilde hij weten. Ze
knikte zwakjes.
'Ik denk dat we onze weddenschap dan maar een weekje
moeten uitstellen', grapte hij. Haar mondhoeken kwamen
moeizaam omhoog.
'Weet je wat wij zondag gaan doen?' Hij was vrolijk en
opgelucht. 'We gaan morgen naar de bioscoop en daarna
lekker uit eten. Hoe vind je dat?'
Mo zag haar ogen opgloeien.

Mo had die zondagmiddag een romantische film uitgezocht.
Hij behandelde haar als een kostbare porseleinen pop. Voor
de avond had hij een tafel in een Grieks restaurant aan de
haven gereserveerd. Ze aten buiten op het terras en genoten
van de zwoele zomeravond. Toen de ijscoupes werden
geserveerd pakte Mo Kelly's hand. Hij schraapte zijn keel en
keek haar lang en diep in de ogen. 'Kelly, lieverd...' Hij kuste
een voor een haar vingers. 'Ik wil niet langer wachten. Zullen
we ons vandaag verloven? Dit is een perfecte avond daarvoor.'
Een brok in haar keel belette haar om te antwoorden. Haar
gezicht gloeide en tranen prikten in haar ogen. 'Zodra we
daarvoor geld hebben, kopen we ringen', opperde hij. 'Laten
we ons verloven, hier en nu.' Kelly sprong op en vloog hem om
zijn hals. Zijn hondse gedrag van gisteren had haar aan het
denken gezet. Ze had getwijfeld aan zijn liefde maar haar
twijfels waren nu op slag verdwenen.
'Is dat een ja?' grijnsde hij.

'Ik wil niets liever', was haar antwoord. Zachtjes kuste hij haar pijnlijk roodblauwe lippen. Kelly zweefde. Ze was het gelukkigste meisje van de wereld. Ze had alles voor hem over. Alles...

Maandagochtend om kwart over zeven schrok ze wakker door het dichtslaan van de deur. Mo was weer vertrokken. Het duurde zeker vijf dagen voordat ze hem weer zag. Maar wat gaf het? Ze waren verliefd en verloofd. En niemand pakte dat van haar af. Ze kreeg plotseling een geweldig idee. Ze sprong uit bed en haalde het theedoosje met geld onder de linnenkast vandaan. Het geld dat ze volgens Lien moest achterhouden en verstoppen voor Mo. Waarom wist Kelly niet. Maar na elke klant stopte ze trouw vijf of tien euro in het doosje. Met een verhit gezicht telde ze het geld. Ze had zeventig euro. Dat was lang niet genoeg voor een paar verlovingsringen. Ze moest nog even doorsparen. Gouden ringen kosten minstens vierhonderd euro. Wat zou Mo verrast opkijken als ze hem een gouden ring om zijn vinger kon schuiven. Hij zou sprakeloos zijn. Ontroerd. Ze borg het geld weer op en kroop terug in bed. Vanaf vandaag ging ze extra haar best doen. Ze wilde het geld zo snel mogelijk bij elkaar verdienen. Ze snoof wat extra coke en verdiende die avond tweehonderd veertig euro.

18

Melvin was een rijzige jongen met een hoekig gezicht en zware wenkbrauwen. Zijn lange haren waren bijeengebonden met een elastiek. Hij was met een sleutel binnengekomen en stond plotseling achter Lisa in de keuken. Lisa schrok zich halfdood. Ze had zich omgedraaid en was met een glas water tegen hem opgebotst. Ze gilde en liet het glas uit haar handen glippen. Het glas spatte met een klap op de grond kapot. Happend naar lucht staarde ze de man aan.

'Liet ik je schrikken?' reageerde hij met een kort lachje. Zijn ogen gleden kritisch over haar gezicht. 'Ik ben Melvin en ik lust wel een kopje koffie.' En zonder er verder nog iets aan toe te voegen, liep hij de keuken uit en plofte op de bank neer. Verbouwereerd keek ze de man na. Hoe haalde hij het in zijn hoofd om zo binnen te sluipen? Ze had onder de douche kunnen staan of nog in bed kunnen liggen. Het liefst was ze tegen hem uitgevallen. Ze slikte haar boze woorden in. Ze moest Melvin koste wat het kost te vriend houden. Ze vulde het koffieapparaat en raapte de glasscherven van de grond. 'Met melk en suiker?' vroeg ze hem zo vriendelijk mogelijk. 'Ja, graag.'

Melvin nam een paar flinke slokken van zijn koffie terwijl hij over het randje van zijn kopje Lisa gadesloeg. Hij zei geen woord, hij staarde alleen maar. Lisa voelde zich ongemakkelijk, net een stuk vee dat bekeken en gekeurd werd. Na een lange periode van stilte veerde hij plotseling uit de bank naar voren. 'Ik kom het geld voor de huur ophalen.' Lisa voelde dat haar gezicht rood aanliep. 'We hebben even geen geld. Volgende maand betalen we dubbel.' De zware wenkbrauwen trokken samen. 'Daar ga ik niet op zitten wachten. Ik vind Mo een aardige vent maar ik heb gehoord dat hij de laatste tijd zijn rekeningen niet meer kan betalen. Ik wil boter bij de vis. Of je betaalt of je vliegt eruit. Ik heb een wachtlijst met mensen die deze flat willen huren.' Ze voelde de moed in haar schoenen zakken. 'Ik dacht dat jij en Mo vrienden waren?' probeerde ze.

'Ja, en? Ik moet ook eten.' Hij zweeg even voor hij verderging: 'Dus je hebt geen geld?' Lisa sloeg haar ogen neer en schudde haar hoofd. Hij stond op en ging op zijn hurken tegenover haar zitten. Zijn handen rustten op haar knieën en hij keek haar diep in de ogen. Ze voelde hoe de haartjes in haar nek overeind kwamen.

'Ik weet wel een oplossing', zei hij met zachte stem. 'Je gaat met mij naar bed en dan hoef je geen huur te betalen.' Langzaam gleden zijn handen richting haar dijen terwijl hij haar uitdagend aan bleef kijken. Ze bleef roerloos zitten, versteend.

Het was even stil.

'Ben je wel goed bij je hoofd?' viel ze plotseling uit. 'Hoe durf je! Als Mo dit hoort, maakt hij je af.' Ze duwde zijn handen weg.

'Het is toch een mooi aanbod', hield hij vol. 'Ik denk dat Mo het wel goedkeurt.' De ongelovige trek op haar gezicht werd nog dieper.

'Heb je dat niet voor je vriendje over?' vroeg hij verbaasd. 'Hij kan de huur niet betalen. Jij wel, met je lichaam. Het is zo gepiept. Nou?' Hij kwam overeind en bleef vlak voor haar staan. 'Nou?' Lisa kneep in de kussens van de stoel. Haar hart sloeg wild over. 'Flikker op!'siste ze. 'Rot het huis uit.' De man hief sussend zijn handen omhoog. 'Luister meisje, je hebt weinig keus. Ik weet het goed gemaakt: ik kom morgen terug. Denk erover na, het aanbod is simpel. Geen seks, dan ophoepelen.' Met grote passen liep hij het huis uit. Boos greep Lisa haar gsm en belde Mo. Ze had zich nog nooit zo goedkoop gevoeld. Een vrouwenstem vertelde haar dat het toestel niet bereikbaar was. Gefrustreerd smeet ze haar gsm op de salontafel en ijsbeerde door de kamer.

De voordeur knalde dicht en voetstappen vlogen de trap omhoog. Lisa greep naar de stoffer en stak het als een wapen dreigend in de lucht. Dat moest Melvin zijn. Hij was natuurlijk teruggekomen om haar het huis uit te jagen. Maar ze liet zich niet wegjagen. Niet zonder slag of stoot. Opgelucht liet ze de stoffer zakken toen Mo de kamer binnenkwam. 'Mo, gelukkig ben jij het.' Ze drukte zich tegen hem aan. 'De politie... Ben je niet gevolgd?' vroeg ze paniekerig. Hij deed alsof hij de vraag niet had gehoord en wrong zich los uit haar omhelzing.

'Melvin heeft me gebeld en hij was woedend', zei Mo korzelig. 'Ik dacht dat jij het op zou lossen? Noem jij dit oplossen?'
'Hij wilde met me naar bed', wierp Lisa tegen. Mo gaf geen krimp. 'Hij wilde in ruil voor de huur met me naar bed', herhaalde ze voor de duidelijkheid.

'En dat heb je niet gedaan?'

'Nee, natuurlijk niet!'

'Waarom niet? Hebben we een andere keus dan?' Lisa's mond zakte open. Het was alsof ze met een zware hamer op haar achterhoofd werd geslagen.

'Ja, wat sta je daar nou truttig. Denk je dat ik het idee leuk vind?' voegde hij eraan toe, toen hij haar verbazing zag. 'Ik kan het niet meer betalen: ons huis, de huur en het eten. Ik werk me kapot en jij doet helemaal niets. De rekeningen stapelen zich op. Met die ene wip verdien je meer dan ik in twee weken.' Haar ogen brandden van woede, van verdriet en van ongeloof. 'Weet je wat je van me verlangt?' Hij bond zichtbaar in, zijn stem werd zacht. 'Ik ben hier net zo goed het slachtoffer. Het idee dat jij met een ander naar bed moet, vreet me vanbinnen kapot. Maar wat moeten we dan? Ik kan het niet alleen verdienen.'

'Nee. Maar ik kan toch ook gaan werken?'

'Denk nou eens na. Je hebt geen opleiding. Wie wil jou nou hebben? Een snackbar? Die paar euro die jij kunt verdienen met friet bakken lossen niets op. Luister, schatje, dit is de enige oplossing. Gebruik dan wat coke? Dan merk je er niets van.'

'Nee! Ik wil die troep niet.'

'Dan doe je je ogen maar dicht. Toe nou, liefje, wees redelijk. Straks zijn we het huis kwijt, staan we op straat. Als ik het anders kon oplossen had ik het allang gedaan. Doe het voor ons?'

'Ik kan het niet', jammerde ze. 'Ik kan en ik ga niet met een vreemde naar bed.'

'Je doet het!' beet hij Lisa plotseling nijdig toe. Hij boog zijn hoofd dreigend naar voren. Een fijne regen speeksel werd in haar gezicht geslingerd. 'Ik bel Melvin op en zeg dat hij terug moet komen. En dan ben jij heel aardig voor hem, hoor je? Anders zwaait er wat.'

Hij drukte woest op de knoppen van zijn gsm. 'Melvin', gromde hij door de telefoon. 'Wil je even terugkomen. Ze doet het.'

Melvin stond binnen tien minuten in de woonkamer. Mo had Lisa bij haar arm gepakt en haar in zijn armen geduwd. 'Ik hoef er toch niet bij te blijven', snauwde hij tegen Lisa. 'Ik doe zo veel voor jou, doe maar eens een keer iets terug. Ik wacht beneden en stel me niet teleur.' Hij klopte op Melvins schouder en verdween. Lisa probeerde de paniek die in haar oplaaide te onderdrukken. Haar ogen werden vochtig en haar onderlip begon te trillen. Melvin drukte Lisa tegen de muur en frunnikte aan de knopen van haar blouse. 'Ik doe je echt geen pijn, lieverd. Je hoeft niet bang te zijn. Ga maar op de bank zitten.' Lisa wurmde zich tussen hem en de muur vandaan en liep met knikkende knieën naar de bank. Ze loerde naar de deur. Ze kon natuurlijk een spurt trekken richting deur, maar wat had dat voor zin. Beneden stond Mo op wacht en als ze niet deed wat hij wilde dan... dan... Ze liet zich op de bank zakken en keek de jongen met bange ogen aan. Hij trok zijn jas en zijn overhemd uit en ging naast haar zitten. 'Ontspan je maar, lieverd', fluisterde hij. Hij drukte haar achterover in de kussens van de bank. Ze voelde zijn hand onder haar rok omhooggaan. Vingers die aan haar slipje trokken.

Melvin was vertrokken. Lisa zat verward en verdoofd op de bank. Ze was niet meer in staat om helder te denken. Ze staarde afwezig naar de deur terwijl ze met trillende handen haar slipje omhoogtrok. Ze hoorde de dreunende voetstappen niet op de trap. Ze keek niet op toen de deur openvloog. 'Lieverd', riep Mo gesmoord. Hij plofte naast haar neer en viel snikkend in haar armen. 'Ik lijk wel gestoord om jou tot zoiets te dwingen.' Hij hield haar stevig vast en keek haar met betraande ogen aan. 'Heeft hij je pijn gedaan? Schatje, kun je me nog vergeven? Ik ben zo stom geweest. Ik was wanhopig. Schatje, lieverd, dit was onze enige redding. Begrijp je? Je hebt ons gered.' Lisa reageerde niet. Zijn smekende en snotterende woorden drongen niet tot haar door. Pas toen hij haar schouders kuste, schoot ze wakker uit haar nachtmerrie. Ze maakte zich los uit zijn omhelzing en kwam langzaam overeind. 'Ik ga me even douchen', fluisterde ze. 'Ik voel me smerig.' Haar stem brak en ze holde de kamer uit. Mo fronste zijn wenkbrauwen. Hij haalde zijn shag uit zijn zak en ging languit op de bank liggen. Hij moest zijn plan herzien want op deze manier kwam hij niet veel verder. Zijn neptranen en zijn gesmeek hadden op haar geen effect. Hij moest zich harder gaan opstellen, haar meer gaan dwingen. Dit kostte handenvol geld. Het werd tijd dat het wicht zelf geld binnen ging brengen. Hij had geen zin meer om nog langer als een verliefde hansworst om haar heen te dartelen. Hij had een nieuw plan bedacht. Hij bleef een paar dagen bij haar slapen en zou haar dan duidelijk maken dat hij de baas was. En als hij wilde dat ze met mannen naar bed ging, dan had ze dat maar te doen. Zonder protest. 'Lisa!' brulde hij. Hij kwam uit de bank omhoog en bonkte op de douchedeur. 'Schiet eens op. Ik heb trek in gebakken eieren. Lisa!' Het gekletter van het douchewater viel stil. De deur kierde open. 'Wat?' Lisa stak haar hoofd om de deur. 'Kom onder die douche vandaan. Ik wil dat je wat te eten voor me maakt.' Hij gooide de deur open en trok haar aan haar arm de doucheruimte uit. 'Schiet op! Stel je niet zo aan. Zo erg was het nou ook weer niet. Gedraag je nou eens volwassen.' Hij duwde haar de keuken in. 'Bak even twee eieren voor me,' commandeerde hij. Ze keek hem vreemd aan. 'Doe het zelf', antwoordde ze verbeten. Ze trok haastig een T-shirt over haar natte lichaam. 'Bak je eigen eieren.' Zijn gezicht liep rood aan en zijn ogen schoten vuur. Dreigend liep hij op haar toe, zijn hand opgeheven, klaar om te slaan. Hij zag haar verbleken en schichtig wegduiken. Zijn arm zakte naar beneden. 'Ik ben jouw kinderlijk gedrag spuugzat', blafte hij in haar gezicht. 'De wereld vergaat niet. Als ik hetzelfde had moeten doen als jij, dan had ik dat ook gedaan. Dat is voor mij geen enkel probleem want ik doe alles voor je. Maar jij... Je valt me zwaar tegen. Je denkt alleen maar aan jezelf. Nooit eens aan mij. Na alles wat ik voor je gedaan heb, al die moeite, ben je me wel wat verschuldigd. Wat stelde het nou nog voor? Een snelle wip, nou en...'

'Nou en?' herhaalde Lisa half huilend. 'Jij kunt gemakkelijk praten. Ik...' Zijn hand schoot uit en raakte haar vol op de wang. 'Jouw lichaam is van mij en ik beslis wat ermee gebeurt', schreeuwde hij. 'Jij bent van mij, hoor je! Denk je dat het voor mij makkelijk is om mijn vriendin met een ander te delen?' Hij gooide een keukenkastje open, bukte en knalde de koekenpan op het gasfornuis. 'En nou wil ik gebakken eieren. Het is afgelopen met dat pubergedrag van je. Er gaan hier dingen veranderen, ik ben hier de baas.' Hij gaf haar een duw richting het fornuis en verdween. Lisa durfde niet meer te protesteren. Ze slikte haar tranen weg en wreef langs haar pijnlijke wang. Ze was bang. Ze wist hoe Mo was als hij driftig werd. Ze had hem vaak genoeg door het lint zien gaan. Hij was dan onredelijk... een beest. Ze kon zich beter rustig houden en wachten tot hij bedaard was. Ze stak het vuur onder de pan aan en tikte de eieren op de rand kapot.

Mo prakte met zijn vork wild in de eieren op zijn bord. 'Kijk nou toch...' gromde hij. 'Je kunt zelfs niet eens een fatsoenlijk ei bakken. Dit ga ik echt niet opeten, dit is allemaal snot.' Hij smeet zijn vork door de kamer en keek haar donker aan. 'Ik vraag me af wat ik met je moet? Je kunt niets en je wil niets.' Lisa zei geen woord en friemelde ongemakkelijk aan het randje van haar T-shirt.

'Bak maar weer nieuwe.'

'Ik heb geen eieren meer,' antwoordde Lisa. Het was even stil. Mo's ogen trokken samen tot spleetjes. Toen sprong hij plotseling op en schopte de salontafel omver. Het bord vloog door de lucht en klapte met veel kabaal tegen de muur kapot. Geschrokken staarde Lisa naar het eigeel dat langs de muur omlaag gleed. 'Rot maar op!' brulde hij. Hij liep met grote passen naar de kast en graaide haar kleren van de plank. 'Je houdt alleen maar je hand op. Wat heb ik nou aan je? Je kost me klauwen vol geld.' Woest smeet hij haar kleren door de kamer. 'Je bent nog te beroerd om iets simpels voor me te doen. Logisch dat iedereen jou heeft uitgekotst. Zelfs je moeder moet je niet meer. Niemand moet jou nog. Donder op!' Als vastgenageld staarde Lisa naar haar kleren op de grond. Ze durfde zich niet te bewegen. Bang dat daardoor zijn woede nog heviger zou ontvlammen. Er vloog een asbak langs haar hoofd, stoelen kletterden op de grond.

'Ga dan... Rot dan op! Nee, natuurlijk niet. Je kunt nergens heen.' Met gebalde vuisten stond hij voor haar. Zijn rode hoofd kwam dreigend naar voren. 'Geef me één reden waarom ik jou niet aan de kant ga zetten?' Lisa slikte. 'Ik hou van je...' stamelde ze onhandig. Hij keek haar lang aan. Zijn schouders zakten omlaag. 'Ik ga een pizza halen', was zijn enige antwoord. Hij draaide zich om en liep de kamer uit. Lisa hoorde dat de voordeur op slot werd gedraaid.

Een rilling kroop over Lisa's rug. Dit was de eerste keer dat ze echt bang was voor Mo. Hij had haar geslagen. Hij had haar gedwongen om met Melvin naar bed te gaan. Een vreemde man had haar gekust, gestreeld en zijn penis bij haar naar binnen gebracht. Versteend had ze op de bank gelegen, gewacht tot hij met haar klaar was. Krampachtig had ze aan andere dingen gedacht en probeerde zo de indringer te negeren. En in plaats haar na al dit verschrikkelijks op te vangen, reageerde Mo als een ploert. Waarom deed hij dat? Had het iets te maken met zijn verleden, met zijn moeder? Riep dit alles de nare herinneringen weer bij hem op? Dat zou een verklaring kunnen zijn voor zijn driftbuien. Na jaren stond hij weer buiten op de wacht, maar dan voor haar. Hij moet gek zijn geworden van jaloezie. Hun hele leven stond op zijn kop. Ze kon beter proberen het beste van de situatie te maken en hem vooral niet tegen de haren in te strijken nu hij het zo moeilijk had. Ze haalde een emmer uit de gangkast en vulde deze met warm water en zeep. Met een borstel boende ze het eigeel van de muren. Ze ruimde de scherven op en dweilde de vloer. Zorgvuldig wiste ze de sporen. Niets mocht hem nog herinneren aan deze nare dag. Niets!

Uren verstreken. Lisa stond in het donker voor het raam en gluurde naar de straat. De straatlantaarn schuin aan de overkant knipperde zenuwachtig aan en uit. Een auto draaide de straat in. Zou dat hem zijn? Ze deed een stapje naar achteren en wrong in haar handen. De auto reed met zijn voorwielen tegen de stoep en de lichten doofden. De deur zwaaide open en Mo hees zich moeizaam uit de auto. Hij leunde even tegen de lantaarnpaal en keek omhoog. Met een wild kloppend hart schoot Lisa op de bank en trok een deken tot onder haar kin. Ze hoorde hem de trap op komen. Het licht ging aan en hij wankelde naar de bank. Hij was straalbezopen. Lisa hield zich slapende. Ze voelde de kussens van de bank naar beneden veren en ze rook een sterke alcohollucht. 'Lisa?' Zijn stem was nauwelijks hoorbaar. Hij trok aan haar deken. 'Lisa?' Een vloek klonk en toen een doffe klap op de grond. Onhandig probeerde hij overeind te krabbelen maar dat mislukte. Uiteindelijk viel hij luid snurkend op de grond in slaap. Zachtjes kwam Lisa overeind en stopte haar kussen onder zijn hoofd. Ze drukte een kus op zijn voorhoofd en ging toen ook slapen.

Het koffieapparaat pruttelde toen Mo wakker werd. Hij drukte zich op zijn ellebogen omhoog en greep jammerend naar zijn hoofd. Moeizaam hees hij zichzelf van de grond op de bank. Met twee handen steunde hij zijn hoofd terwijl hij zijn ogen gesloten hield.

'Volgens mij heb jij een enorme kater,' riep Lisa gemaakt vrolijk terwijl ze door zijn haren woelde. 'Hier is wat koffie, lieverd.' Hij trok kreunend zijn hoofd onder haar handen weg en opende traag zijn ogen.

'Wil je een boterham met hagelslag? Veel keus is er niet. Het eten is bijna op.' Hij gaf geen antwoord en nam een slok. Lisa liep de keuken in en smeerde een boterham. Er hing een gespannen sfeer in het huis. Plotseling gromde Mo: 'Ik heb nog twintig euro op zak en daar komen we deze week niet mee rond. Ik kan voorlopig niet werken en hoe vervelend het ook is, jij gaat helpen om ons geld aan te vullen. Ik probeer ergens nog iets te lenen, zo niet...' Lisa stond in de deuropening en staarde hem aan.

'Kijk me niet zo aan', viel hij plotseling uit. 'Je weet drommels goed wat ik bedoel. Jij gaat nog een keer met een vent naar bed. Verstand op nul en gewoon doen!' Hij knalde zijn mok op tafel en haalde zijn shag uit zijn broekzak. 'Het is niet mijn schuld dat we in de problemen zitten. Dit heb je allemaal te danken aan je lieve moedertje.' Hij stak zijn sigaret aan en inhaleerde diep. 'Als ze ons met rust had gelaten, was er niets aan de hand geweest. Het is jouw moeder, dus jij lost het maar op.' De rook kringelde uit zijn neusgaten omhoog.

'Maar ik wil niet...' protesteerde ze nog.

'Hou toch op met dat gepiep. Je doet wat ik zeg', grauwde hij. 'Als ik straks terugkom heb je je opgemaakt en je haar gedaan. Begrepen?' Hij keek haar vijandig aan. Lisa slikte en knikte moeizaam. 'Goed! Ik probeer natuurlijk eerst geld bij mijn vrienden te lenen.' Hij trok zijn jas aan en drukte een kus op haar voorhoofd. 'Alles komt goed', zei hij. 'Ik kies de mannen met zorg voor je uit.' Hij liep de trap af en draaide de voordeur op slot.

19

De jongen die Mo had meegenomen, zag er wat sullig uit. Zijn
gezicht was spierwit en zijn knalrode haar lag wat slordig op
zijn hoofd. Hij zei geen woord. 'Zie je wel', zei Mo terwijl hij
Lisa aan haar elleboog naar voren trok. 'Ik heb niet gelogen.
Ze is een echte schoonheid met alles erop en eraan.' De
jongen knikte en haalde zijn portemonnee tevoorschijn.
'Leg het geld maar op tafel. Ik moet even iets met mijn
vriendin bespreken.' Mo duwde Lisa de doucheruimte in en
sloot de deur. 'Luister,' fluisterde hij, 'ik kon bij niemand iets
lenen. Met dit geld kunnen we weer een paar dagen vooruit.'
Hij aaide langs haar wang. 'Het is moeilijk, ook voor mij.
Oké?' Hij wachtte haar antwoord niet af en maakte de deur
open. 'Ik wil geen klachten horen', zei hij op zachte toon
terwijl hij haar de kamer in dirigeerde. 'Ik wacht beneden',
riep hij nu luid en liet Lisa toen alleen achter met de jongen.
De jongen stak zijn handen in zijn broekzakken en wiebelde
van zijn rechter- op zijn linkerbeen. Zijn schichtige ogen
gleden door de kamer en bleven uiteindelijk op Lisa rusten.
Hij kuchte.
'Ik weet niet zo goed...' bracht Lisa moeizaam uit. De jongen
sloeg zijn ogen neer.

'Ik weet niet wat ik moet doen. Ik eh...' Het hoofd van de jongen kwam omhoog en hij haalde zijn schouders op.

'Is dit je eerste keer?' vroeg hij op gedempte toon. Lisa's lip trilde toen ze knikte. 'We hebben geld nodig en toen dachten we dat... Als je zegt wat ik moet doen? Ik wil geen problemen met mijn vriend krijgen, snap je.' De jongen schudde zijn hoofd. Hij snapte het niet. 'Je gaat toch niet de hoer spelen als je dat niet wil?'

'De hoer spelen?' De woorden echoden rond in haar hoofd.

'Hoe wil je het anders noemen? Volgens mij is dit niets voor jou. Je moet er niet aan beginnen.' De jongen deed een stap in de richting van de deur.

'Nee, wacht', riep Lisa in paniek. 'Je begrijpt het niet. Ik ben geen hoer. Het is... het is... maar voor een keer. Als ik je nu laat gaan, dan flipt mijn vriend.' Hij draaide zich met een rood hoofd om. 'Ik zeg wel tegen je vriend dat je geweldig was. Het geld mag je houden in ruil voor een glas water.' Een wrange glimlach verscheen op zijn gezicht.

'Een glas water?' herhaalde Lisa.

'Ja, dat is genoeg. Ik wacht wel een paar minuten, dan lijkt het echter.' Lisa ging de keuken in en kwam met een glas water terug. 'Je bent echt aardig, bedankt!' Hij ontweek haar blik en nipte aan het water. 'Ik hoop voor je dat ik de laatste ben aan wie je jezelf verkoopt. Maar ik denk het niet', voorspelde de jongen. Hij duwde het glas terug in haar handen en liep de trap af. Lisa rende overstuur naar de douche. Ze sloot de deur en barstte in een luid snikken uit. Haar naam werd geroepen. Ze onderdrukte het snikken en kneep haar ogen stijf dicht. Mo rammelde aan de deur.

'Ik ga even douchen', antwoordde ze met schorre stem. Snel draaide ze de kranen open en drukte haar rug tegen de deur.

De jongen had gelijk. Mo veranderde haar in een hoer. En wat had Joost beweerd? Had hij Mo geen pooier genoemd? Dit kon toch niet waar zijn? Hoe had ze dit kunnen laten gebeuren? Wat moest ze nu? Vluchten? Ze had geen geld, geen familie meer en ze bevond zich in een wildvreemde stad.

'We hadden haar moeten tegenhouden', jammerde mevrouw Aldra. 'Wie weet waar dat kind nu uithangt. Ik weet dat ze in de problemen zit. Een moeder voelt zoiets.'
'We konden haar niet tegenhouden', bracht Joost ertegen in. 'Liefde maakt blind.'
'In haar geval: stekeblind', zei mevrouw Aldra. 'Ik wil mijn kind terug. Jij weet toch waar die Mo woont. We gaan haar halen en desnoods dreigen we met de politie als hij haar niet laat gaan. Lisa is tenslotte nog minderjarig.'
'Je hebt gelijk. Ik breng Bart naar de buren en dan gaan we Lisa halen', riep Joost strijdlustig. 'Bel een taxi.'
De taxi reed voor en het tweetal stapte in. Ze zaten zwijgzaam hand in hand op de achterbank. Zo nu en dan keken ze elkaar aan. De taxi stopte bij Ramon voor de deur. 'Wilt u blijven wachten?' vroeg Joost aan de chauffeur. 'We zijn zo terug. Laat de motor maar draaien.' Hij gooide het portier open en trok zijn zuster achter zich aan de portiek in. Om de drie treden stond hij even stil en wachtte op zijn zus die onhandig met haar krukken de trap beklom. Bij nummer 14 drukte hij langdurig op de bel. Daarna bonkte hij met zijn vuist op de deur. De deur vloog open en Ramon stond met een woest gezicht in de deuropening. 'Heb je een probleem?' snauwde hij. Hij keek het tweetal onderzoekend aan.
'Ik denk dat jij straks een probleem hebt', beet mevrouw Aldra terug. 'Als je niet binnen een minuut mijn dochter naar buiten

stuurt, haal ik de politie.' Ramon haalde zijn wenkbrauwen op. 'Fatima?' brulde hij over zijn schouder. 'Je moeder staat voor de deur.' Op zijn gezicht verscheen een uitdagende en brede grijns. 'Nee, Lisa', brulde mevrouw Aldra. 'Waar is Lisa?'

'Ik ken geen Lisa', hield Ramon zich onnozel. Met grote nieuwsgierige ogen kwam Fatima de kamer uit. 'Er is hier geen Lisa', zei ze en langzaam kroop een rode kleur over haar gezicht.

'Hou je maar niet voor de domme', viel Joost uit. 'Lisa is bij Mo en Mo woont hier.'

'Woonde', corrigeerde Ramon. 'Ik heb hem een week geleden het huis uitgegooid. En zover ik het weet, had hij geen vriendin. Maar als je mij niet gelooft, mag je wel even binnen kijken.' Ramon deed uitnodigend een stap opzij. 'Kijk maar rustig rond. Ik heb niks te verbergen.' Met grote stappen ging Joost het huis binnen. Hij gooide alle deuren open en keek in elke kamer. 'En waar is Mo nu?' vroeg hij. Ramon schokschouderde. 'Hoe moet ik dat weten? Hij neemt zijn gsm niet op. Hij houdt zich voor mij verborgen want als ik hem in mijn vingers krijg...' Zijn gespierde arm sloeg dreigend door de lucht. 'Hij is mij een hoop geld schuldig en dat wil ik terug.'

'Ik ga naar de politie', riep Joost vastberaden. 'Die zullen hem snel genoeg vinden. Kom Ivonne...' Joost duwde zijn zus naar buiten.

'Gaan we naar de politie?' vroeg mevrouw Aldra toen ze weer in de portiek stonden.

'Nee. Ik probeer alleen wat onrust te zaaien. Als er paniek is, maken ze fouten. Wij gaan naar huis, ik heb een ander plan.'

'Wat dan', wilde ze weten.

'Lisa heeft een gsm. De ruzie met De Ruiter ging over een gsm. En toen ik met haar bij de ijssalon was, werd ze gebeld op een gsm. Hij heeft haar een gsm gegeven, dat weet ik zeker. Als we haar telefoonnummer hebben, kunnen we bellen.'

'En hoe komen we daaraan?'

'We doorzoeken haar kamer. Misschien vinden we een agenda of een kladje waar het nummer opstaat.'

Eenmaal thuis doorzochten ze zorgvuldig de slaapkamer van Lisa. Ze keerden haar kleren binnenstebuiten en schudden haar rugtas uit. Ze keken in de kasten en zochten tussen haar onderbroeken. Onder het matras vonden ze een klein zakboekje vol met aantekeningen. 'Ik heb iets', riep Joost opgewonden. Een voor een bestudeerde hij de bladzijdes. 'Er staan wat korte krabbels in: 06.00 uur Mo heeft gebeld. Met Mo uit eten. Ma komt thuis. Huis bekeken. En hier... een nummer. Noteer de nummers op een blaadje dan bellen we straks al die nummers af. Misschien zit haar nummer erbij.' De pen kraste over het papier. Het zakboekje leverde vier nummers op. 'Lees maar, ik bel.' Joost stond al met de hoorn in zijn hand klaar. Mevrouw Aldra dreunde de nummers op terwijl zijn vingers over de knoppen gleden. Vol spanning wachtten ze op een stem aan de andere kant van de lijn. 'Ja?' riep een mannenstem.

'Harm?' riep Joost met een verdraaide stem. 'Hoe laat kom je langs?' Er klonk wat geroezemoes op de achtergrond en toen: 'Er is hier geen Harm.'

'Met wie spreek ik dan?'

'Ramon.'

'O, sorry. Dan ben ik verkeerd verbonden.' Joost verbrak snel de verbinding. 'Dat was Ramon. De rat! Glashard beweren dat hij haar niet kent.' Het volgende nummer werd gedrukt maar deze gsm werd niet beantwoord. Nummer drie nam op: 'Met Mo.' Joost wapperde met zijn hand naar zijn zuster. 'Mo...' herhaalde hij zo nonchalant mogelijk de naam. 'Hier met Joost. Ik moet Lisa spreken. Wil jij haar even aan de lijn geven?' Het was even stil.

'Hoe kom je aan dit nummer?' wilde Mo weten.

'Van Ramon. Hij vertelde dat Lisa op dit nummer te bereiken was.' Weer een stilte.

'Ze heeft het druk. Wat wil je van haar?'

'Ik heb hier haar bankboekje en paspoort gevonden en misschien kan ze die wel goed gebruiken', verzon Joost snel.

'Ze kan het op komen halen.'

'Zodra ik tijd heb, haal ik het zelf wel op. Val me verder niet meer lastig.' De lijn viel dood.

'We weten nu dat Lisa bij hem is', concludeerde Joost.

'En als hij aan de deur komt om de spullen te halen?' vroeg moeder. 'Wat doen we dan?'

'Dan bellen we de politie. Volgend nummer...' De teleurstelling was groot toen het vierde nummer van een vriendin van school bleek te zijn. 'Ik denk dat het slim is als we met Kelly gaan praten. De kans bestaat dat zij weet waar Lisa is', opperde Joost.

'Oké. Ik bel een taxi.'

De moeder van Kelly opende de deur. Ze zag bleek, en ze had blauwe kringen onder haar ogen. 'We komen voor Kelly', legde Joost uit. 'We willen haar iets vragen over mijn nichtje Lisa. Lisa is verdwenen.' Mevrouw Kroon deed geschrokken een stapje achteruit. 'Dat meen je niet? Zij ook al? Harry...', riep ze over haar schouder naar haar man. 'Lisa is nu ook verdwenen.' Ze trok het tweetal de gang in en sloot de deur. 'Hier klopt iets niet', riep ze opgewonden. Met grote passen liep ze de kamer in.

'Hoe bedoelt u?' vroeg Joost. 'Is Kelly dan ook weg?' Meneer en mevrouw Kroon knikten allebei driftig. 'Dit heeft ze achtergelaten', riep meneer Kroon terwijl hij het briefje openvouwde. Joost las de tekst hardop.

'Lisa is nog hier geweest, ze zou voor ons gaan rondvragen', verklaarde meneer Kroon met een verhit gezicht. 'Het zou er toch niets mee te maken hebben? Wat denk jij?' Joost dacht even na en vroeg toen: 'Heeft ze de naam Mo of Ramon weleens genoemd?' Mevrouw Kroon schudde direct haar hoofd. 'De naam zegt mij niks. Maar misschien dat mijn dochter meer weet. Ze liep de kamer uit en kwam met Sandra terug. Sandra stond met haar handen in haar zij en dacht iets langer na. 'Mo komt mij wel bekend voor', zei ze uiteindelijk. 'Het kan alleszins geen toeval zijn', gromde Joost. 'Twee vriendinnen lopen van huis weg en zijn dan allebei plotseling spoorloos. En alle twee gaan ze met dezelfde jongens om. Heeft Kelly een mobiel?'

'Ja, ja...' riep Sandra nu. 'Die heeft ze gekregen van een vriend.' 'Mo', vulde mevrouw Aldra in. 'De smiecht had daardoor continu contact met de meisjes. Hij heeft lopen stoken, dat staat vast.'

'We moeten de kamer van Kelly doorzoeken', stelde Joost voor. 'Misschien vinden we iets wat we kunnen gebruiken als aanwijzing. Een telefoonnummer, een adres...'

Tussen de sokken vonden ze Kelly's dagboek en in haar rugtas een agenda. De eerste tien pagina's van het dagboek gingen over school, vriendinnen en kleine probleempjes. Toen kwam een verhaal over het stelen van kleding, roken van wiet en uitstapjes met Ramon en Mo. Over cadeautjes en haar jaloezie tegenover Lisa. Over seks met Mo en uiteindelijk de trouwplannen. Er viel een lange stilte toen Joost het dagboek dichtsloeg.

'Ik maak wat koffie', verbrak meneer Kroon hees de stilte. Hij stond op en liep in kleine pasjes verdoofd de kamer uit. De anderen reageerden nauwelijks. Mevrouw Kroon zat ineengedoken op de bank, haar ogen gesloten en haar handen gevouwen voor haar gezicht, alsof ze aan het bidden was. Ze zag er verslagen uit. Sandra streelde haar onbeholpen over haar arm. 'Wat doen we nu?' mijmerde mevrouw Kroon tussen haar vingers door. Joost schraapte zijn keel. 'We lezen haar agenda door, tenzij u het niet meer aan kunt horen. Ik kan me voorstellen...' Mevrouw Kroon opende haar ogen en schudde langzaam haar hoofd. 'We gaan door', zei ze zacht. 'Ik wil nu eindelijk wel eens weten wat er precies aan de hand is. Ik ga niet meer op de politie wachten, ik heb lang genoeg gewacht. Ze is niet zomaar weggelopen, er is hier meer aan de hand. We moeten zelf in actie komen.'

Mevrouw Aldra pakte haar hand en knikte instemmend. 'We moeten ze zoeken.'

Joost bladerde driftig door de agenda. 'Hier... We hebben geluk', riep Joost. Hij vloog op uit zijn stoel. 'Hier! Lisa en daarachter staat een nummer gekrabbeld. Waar is de telefoon?' Mevrouw Kroon wees zenuwachtig naar het tafeltje naast het raam. Gespannen keken ze naar de hoorn in Joosts hand. De beltoon ging over, even niets en toen werd er opgenomen.

'Ze zijn hier geweest', brulde Ramon in paniek door de telefoon. 'Haar moeder met die oom. Ik heb ze wijsgemaakt dat we ruzie hebben en dat ik Lisa nooit heb gezien. En ze hebben gedreigd met de politie.'

'Geen paniek! We moeten ons koest houden', suste Mo. 'Ze weten die meiden toch niet te vinden. Maar ik snap niet waarom je hen mijn gsm-nummer hebt gegeven. Hoezo, niet? Hij beweerde anders dat hij het nummer van jou had gekregen. Niet dus?' Mo wreef met zijn hand over zijn gezicht. 'Verdomme. Die vent begint vervelend te worden. Net nu ik Lisa bijna zo ver heb dat ze met anderen naar bed gaat en geld gaat opbrengen. Maar geen probleem. Ik neem gewoon een ander nummer. Oké, we houden contact.' Mo drukte zijn mobiel uit en smeet het apparaat door de kamer. Hij liet zijn hoofd in zijn handen zakken en dacht na. Die verdraaide oom gaf niet snel op, dat was duidelijk. Hij was slimmer dan Mo had gedacht. Hij moest worden gestopt voor hij te dicht bij de waarheid kwam. Hij moest... De beltoon van de gsm op de salontafel schelde door de kamer. Langzaam liet Mo zijn handen zakken en staarde naar de gsm van Lisa. Wie kon haar nou bellen? Bijna niemand had haar nummer. Het zou toch niet... Mo weifelde even maar zette toen het apparaat tegen zijn oor en verdraaide zijn stem. 'Hallo?' Zijn gezicht trok wit weg toen de stem van Joost antwoord gaf. Mo vloekte hardop, drukte het toestel uit en gooide het op de grond. Tierend en scheldend trapte hij met zijn hakken woest op het apparaat in. Het plastic kraakte en de stukken vlogen in het rond. Hij graaide een glas van de tafel en smeet het tegen de muur kapot. De salontafel vloog door de kamer en de vuilnisbak stuiterde de trap af. 'Klotehomo', siste hij. 'Ik maak hem af.' Hij kamde met zijn vingers door zijn haar. Hij moest rustig blijven, rustig nadenken. Wat was hier gebeurd? Waar was die oom mee bezig? En met wie? Hoe kwam hij aan zijn nummer en aan dat van Lisa? Zijn hersenen draaiden op volle toeren. Wie kon hij hierna nog bellen? 'Verdraaid! Kelly...' Haar naam kwam plotseling in hem op en hij raakte in paniek. Op handen en voeten kroop hij door de kamer op zoek naar zijn gsm. Hij moest Joost voor zijn. Hij moest Kelly bellen en haar verbieden om de gsm nog langer te gebruiken. Ze moest hem uitzetten, en wel direct. Hij moest een goede smoes verzinnen. Waar was het verdraaide ding? Hij vond zijn gsm in drie stukken onder de kast. 'Ahhh!' Boos sloegen zijn vuisten op de grond. Hij sprong op en trok zijn jas van de stoel. 'Lisa!' brulde hij. Hij rammelde aan de douchedeur. 'Ik moet even snel een boodschap doen. Ben zo terug.' Hij stommelde de trap af en holde de straat uit, op zoek naar een telefooncel.

Het duurde even voordat Mo een telefooncel had gevonden. Hij haalde een handje munten uit zijn broekzak en gooide ze in de gleuf. Hij tikte het nummer van Kelly in en wachtte. 'Kom op! Kom op!' riep hij ongeduldig tegen het apparaat. Met zijn vuist beukte hij tegen het glas. 'Kom op!' Het duurde verscheidene seconden voor haar stem klonk. 'Kelly', riep hij opgelucht in de hoorn. 'Heeft er iemand naar jou gebeld?' Het was even stil maar toen antwoordde ze verbaasd: 'Nee! Wie had er dan moeten bellen?'

'De politie. Ze zoeken ons. Ramon heeft net een telefoontje van ze gehad. Ze informeren bij iedereen. Ik denk dat je moeder erachter zit.'

'Verdomme! Wat doen we nu?'

'Je moet het simkaartje uit je mobiel halen en door de wc spoelen.'

'Mijn wat?'

'Als je de achterkant van je mobiel openmaakt, zie je een klein kaartje zitten. Daar staat je telefoonnummer op. Dat kaartje haal je eruit en spoel je door. Zodra ik langskom, neem ik een nieuw nummer mee.'

'Ja, maar waarom dan?'

Mo bonkte met zijn hoofd tegen het glas en beet op zijn lip.

'Omdat,' probeerde hij zo vriendelijk mogelijk uit te leggen, 'omdat de politie waarschijnlijk jouw nummer heeft. En via dat nummer kunnen ze met computers zien waar je uithangt.'

'Oké. Wanneer zie ik je weer? Ik mis je verschrikkelijk.'

'Ik kom zo vlug mogelijk. Dus je weet wat je moet doen? Zodra ik ophang, vernietig je het kaartje. Beloofd?'

'Ja, tuurlijk.'

'Mooi. Ik hou van je. Ik moet nu snel ophangen. Dag lieverd.'

'Dag schat.'

Dat had hij gelukkig nog op tijd weten te redden. Het probleem was nu dat hij niet wist in hoeverre Joost op de hoogte van alles was. Wat kon zijn volgende stap zijn? Had hij het adres van dit huis? Hoe lang waren ze nog veilig in Arnhem? Misschien was het beter om de spullen te pakken en naar Antwerpen te verhuizen. Maar waar kon hij haar onderbrengen? In Hot Lips had hij al twee meisjes zitten en daar had hij zijn handen vol mee. Hij besloot om vandaag nog naar Antwerpen te rijden en Lisa bij vrienden te droppen. Hij vond mettertijd wel een geschikte kamer. Dan was Lisa totaal geïsoleerd en afhankelijk van hem. Dan zou hij haar kunnen dwingen om te gaan tippelen. Snel ging hij terug naar het huis.

Lisa vroeg zich niet meer af waarom de kamer eruitzag alsof er een bom in was ontploft. Het kon haar nog weinig schelen.

Ze was over de troep heengestapt en zat op de bank toen Mo het huis kwam binnenstormen. 'Pak je spullen, prinses. We gaan een paar dagen naar vrienden in België', had hij geroepen. Lisa staarde hem met holle ogen aan. 'Hebben we daar geld voor?' vroeg ze voorzichtig.

'Ik heb net met ze gebeld en die gaan ons helpen. Alles komt goed.' Hij plofte naast haar op de bank en trok haar in zijn armen. 'Vertrouw me maar, alles wordt weer zoals vroeger.' Vertrouwen... Lisa glimlachte wrang. Ze mocht hem niet vertrouwen, hield ze zichzelf voor. Maar ze kon er niets aan doen, ze wilde dolgraag dat het weer als vroeger werd.

'Er rust een vloek op dit huis. Kom. We blijven geen minuut langer in dit hol.' Hij drukte zachtjes een kus op haar lippen. Onzeker keek ze in zijn donkere ogen. Ik kan beter opstaan en het huis uitlopen, dacht ze. Opstaan en nooit meer terugkomen. Gewoon weggaan. Maar waar moet ik heen? En liet hij haar zomaar gaan? Nee! Ze wist dat ze niet verder zou komen dan de deur. Hij zou haar slaan. Hij zou al haar botten in haar lichaam breken als ze een stap verkeerd durfde te zetten.

'Zal ik je helpen met inpakken?' vroeg hij honingzoet. Zijn vingers gleden liefkozend door haar haar.

'Nee! Dat is niet nodig. Ik pak zelf wel mijn kleren in. Veel is het niet.'

'Weet je dat ik ontzettend veel van je hou?' bekende hij.

20

Het regende toen Mo en Lisa door de straten van Antwerpen reden. De ruitenwissers zwiepten eentonig over de voorruit. Er werd geen woord gesproken. Mo stuurde zijn auto door het drukke verkeer en het was duidelijk dat hij de weg in de wirwar van straten goed wist. In een straat vol met pakhuizen en smalle, eentonige huizen parkeerde hij de auto op de stoep. 'Ik ben zo terug, blijf hier wachten', commandeerde hij terwijl hij haastig uit zijn auto sprong. Met grote stappen stak hij de straat over en drukte bij nummer 78 op de bel. Het gebouw had drie verdiepingen, was uit rode bakstenen opgetrokken en voorzien van twee kolossale deuren die de gehele buitengevel van het pand in beslag namen. De ramen op de tweede etage waren afgeplakt met kranten. De kranten bewogen en een gezicht verscheen voor het raam. Mo deed een stap naar achteren en stak zijn hand omhoog. Het gezicht verdween en de krant viel terug op zijn plaats. Niet veel later zwaaiden de deuren open en een man met sluik haar, een volle baard en een ontbloot bovenlichaam, verscheen in de deuropening. Mo en de man schudden elkaar de hand. Ze wisselden een paar woorden en liepen toen op de auto af. Met een hoofdbeweging maakte Mo Lisa duidelijk dat ze moest uitstappen. De man liet een keurende blik langs haar lichaam glijden. Hij wreef door zijn baard, knikte goedkeurend en stak toen de straat weer over, terug naar het pakhuis. Lisa voelde dat haar gezicht begon te gloeien. 'Wat is nou de bedoeling?' wilde ze weten. 'Niks', suste Mo. 'We kunnen voorlopig bij Paul op zolder slapen. Hij wilde alleen even zien of je wel een net meisje was. Geen ruziezoeker of een asociaal type.' Paul stond in de deuropening en wenkte ongeduldig.

'Kom...' Mo duwde Lisa voor zich uit de straat over. Snel werden de deuren gesloten en vergrendeld. Ze bevonden zich in de opslaghal van het pakhuis. Straattegels op de vloer waren doorgetrokken tot achter in de ruimte. Langs de muren stonden bankstellen waar op mensen lagen te slapen. Er stonden tafels vol met lege bierflessen en plastic bekertjes. De grond lag bezaaid met papier, sigarettenpeuken en andere troep. Ze volgden Paul twee trappen omhoog en kwamen toen op een ruime zolderkamer uit. De kamer stond volgestouwd met dozen, oude tv's, radio's en fietsen. De muren waren rood geverfd en in het schuine dak zat een dakraampje. Het tweepersoonsbed lag bedolven onder een grote stapel kleren en schoenen. 'Dit is een beste kamer. Je moet het wel effe zelf uitruimen', meende Paul. 'Wat je niet kunt gebruiken, gooi je maar beneden in de hal of in de tuin neer.'

'Ziet er goed uit', vond Mo. 'We zijn er blij mee.'

'Mooi', antwoordde Paul. Hij draaide zich op zijn hielen om en verliet de kamer.

Mo keek tevreden in het rond. 'Als jij nou even de troep van het bed afruimt, dan zorg ik voor wat eten en drinken', opperde hij. Hij drukte een vluchtige kus op Lisa's voorhoofd en volgde toen Paul de trap af. Ze knikte lusteloos.

De schemer was al ingevallen toen Mo een plastic zak op een van de kisten neerplantte. 'Waar ben je nou al die tijd gebleven?' wilde Lisa weten. 'Je bent bijna vier uur weggeweest.'

'Zeur niet!' snauwde hij. Een alcohollucht walmde uit zijn mond. 'Ik heb de hele middag naar een baan gezocht en daarna heb ik wat gedronken in een café. Wat heb jij gedaan?' Hij keek zoekend in het rond. 'Een stapel kleren van het bed getrokken. Nou, nou', riep hij honend. 'Je had ook een paar dozen naar beneden kunnen brengen zodat we iets meer ruimte hebben.'

'Ze waren te zwaar voor mij. En heb je nog een baan gevonden?' vroeg ze voorzichtig. Een grauw masker gleed over zijn gezicht en hij kwam vlak voor haar staan. 'Ik waarschuw je, dat bijdehante gedoe pik ik niet langer.'

'Wat doe je nou raar? Ik bedoel er toch niets mee.'

'Ik weet drommels goed wat jij bedoelt. Ik zie het toch aan je gezicht. Een beetje lullig gaan doen omdat ik in een café ben geweest. Maar weet dit, als ik naar een café wil, dan doe ik dat. Daar heb ik jouw toestemming niet voor nodig.' Zijn stem had een onheilspellende klank. 'Jij eet uit mijn portemonnee, dus wens ik voortaan iets meer respect.'

Ze kromp ineen en probeerde zijn priemende ogen te ontwijken. Ze werd overspoeld door de frustraties van de afgelopen dagen en begon zachtjes te huilen. Een vuistslag raakte haar hard in de maag. Een tweede vuistslag trof haar op de borst. Lisa klapte dubbel en hapte naar lucht. Ze viel op de grond en kroop op handen en voeten door de kamer.

'Hou op met grienen!' schreeuwde hij terwijl hij Lisa aan haar haren vastgreep. 'Dit is allemaal jouw schuld. De schuld van jou en jouw familie. Door jouw moeder heb ik Nederland moeten verlaten. Het hele politiekorps zit achter mijn broek aan. Ik ben al mijn inkomsten kwijt, alles wat ik in Nederland heb opgebouwd is in een klap verdwenen. Heb ik achter moeten laten, al mijn werk... Ik woon in een krot met een verwend secreet die te beroerd is om wat simpel werk te doen. Je verpest alles', brulde hij in haar oor.

'Niet slaan, Mo', jammerde Lisa. 'Niet slaan.' Hij liet haar haren los en gaf haar een trap na. In paniek dook Lisa achter een stapel dozen weg en bleef daar wachten tot hij was uitgeraasd. Hij stond midden in de kamer te schreeuwen en schopte in het rond. Na een paar minuten liet hij zich met een woest gezicht languit op het bed vallen. Hij maakte een bevelend gebaar: 'Pak een fles bier.' Lisa kwam snel in beweging. Met trillende vingers haalde ze een fles bier uit de plastic zak en zocht vergeefs naar een flesopener. 'Geef hier', riep hij geïrriteerd. Hij graaide het flesje uit haar handen en haalde zijn sleutelbos uit zijn broekzak. Met een sleutel wrikte hij de dop los. 'Ik walg van je en ik begrijp nu waarom jouw familie je ook niet meer moet. Je bent een grote egoïst. Je wil niks, je doet niks en je kunt niks. Ik word kotsmisselijk van je. En hou op met dat gejank.' Hij drukte zich op zijn ellebogen omhoog in de kussens. 'Jij mag vanavond op de grond gaan slapen. Ik wil je voor geen goud naast me hebben.' Hij smeet een kussen op de grond en wees naar de plek. 'Bek houden en liggen.' Ze staarde naar de grond en probeerde uit alle macht haar tranen te bedwingen. Hij had haar waar hij haar wilde hebben, ver van huis. Stiekem had ze gehoopt dat, eenmaal in België, alles inderdaad weer zoals vroeger werd. Ze was stom geweest, naïef. Hij had haar misleid, het was een vooropgezet plan. Hij was niet verliefd op haar, zij was verliefd op hem en daar had hij handig gebruik van gemaakt.

Ze was in de hel beland. Haar leven was veranderd in een levensechte nachtmerrie.

Toen Lisa de volgende ochtend wakker werd, was Mo verdwenen. Stram strompelde ze door de kamer. Haar hoofd was leeg, behalve op die ene, dwangmatige gedachte die telkens omhoog kwam: vluchten, ik moet vluchten. Ze rammelde aan de deur maar die bleek op slot te zitten. Minutenlang stond ze midden in de kamer en keek verloren in het rond. De paniek deed haar hart verkrampen. Ze zat in een vreemd land, in een vreemd huis met vreemde mensen. Haar hele familie walgde van haar, die kwamen haar niet zoeken. Ze had niemand meer... Ze zat hier voor eeuwig opgesloten. Ze hoorde iemand fluitend de trap opkomen en vlug ging ze op het bed zitten. Oh god, hij komt. Een sleutel werd omgedraaid en Mo stapte de kamer binnen. Een brede glimlach sierde zijn gezicht. 'Goedemorgen prinses', riep hij vrolijk. Hij liet zich naast haar op het bed zakken en zoende haar nek. 'Ik heb een cadeautje voor je meegenomen. Een kleinigheidje...' Hij haalde een pakje uit zijn tas en stopte het in haar handen. 'Maak maar snel open.' Hij knikte haar bemoedigend toe. 'Ik heb wat verse croissants voor ons ontbijt gehaald. Daar ben je toch dol op?' ratelde hij door. Lisa knikte terwijl haar ogen gebiologeerd naar het pakje bleven staren. 'Maak nou open.' Zijn stem klonk nu geïrriteerd. Ze liep knalrood aan en knipperde verschrikt met haar ogen. Snel trok ze het papier los en een roodkleurig flesje viel in haar schoot.

'Daar hou je toch wel van, een lekker geurtje?' vroeg hij nu weer vriendelijk. 'Daar houden alle vrouwen van.' Ze knikte traag.

'Ik heb een halfje brood, wat beleg en een fles limonade

gehaald. Ik ga straks op zoek naar werk en dan kun jij ondertussen de kamer opruimen. Stapel de dozen maar in de hoek op. Zodra ik tijd heb, breng ik ze naar beneden.'

'Dat is goed', antwoordde ze gedwee.

'Ik doe de deur op slot, dat is veiliger', beweerde hij. 'Het krioelt hier van ongure kerels die in- en uitlopen. Ik vertrouw ze niet. Ik wil niet dat je zonder mij een stap buiten deze kamer zet.' Hij keek haar aan en wachtte op een bevestiging. Ze knikte. Hij kneep in haar wang en verdween. Van zijn croissant had hij geen hap genomen. Een halfuur later parkeerde hij zijn auto voor de deur bij seksclub Hot Lips.

Kelly schrok wakker. Het matras werd naar beneden gedrukt en een lichaam kroop tegen haar aan. 'Mo!' mompelde ze slaperig. Mo sloeg een arm om haar heen. 'Heb je me gemist?' fluisterde hij in haar oor. Ze gromde bevestigend.

'Ga nog maar even lekker slapen, lieverd. Ik kom straks wel terug. Heb je deze week nog goed verdiend?'

'Het geld zit in de beschuitbus', antwoordde ze terwijl haar hoofd onder het dekbed verdween.

'Mooi.' Hij sprong uit bed. 'En je gsm? Ik moet hem even lenen, die van mij is kapot.' Haar hand kwam boven het dekbed uit en wapperde naar de tafel. 'Daar ergens, op tafel. De kaart heb ik eruitgehaald.' Hij pakte de beschuitbus van de plank en kieperde de inhoud op de tafel. Zijn ogen begonnen te glinsteren toen hij de bankbiljetten en munten begon te tellen. Negenhonderd en dertig euro. Hij stopte het geld in zijn portemonnee en liet onder een papierenzak gevuld met een croissant tien euro voor haar achter. De gsm gleed in zijn jaszak en hij sloop op zijn tenen de kamer weer uit. Bijna huppelend liep hij door de gang. Bij de laatste deur haalde hij

zijn sleutelbos tevoorschijn en opende de deur. 'Els, schat...'
riep hij uitgelaten terwijl hij de deur achter zich sloot, 'heb je
me gemist?' Aan de overkant van de gang stond een deur op
een kier. Lien had Mo eerst bij Kelly en daarna bij Els naar
binnen zien gaan. Ze wist drommels goed wat voor spel hier
werd gespeeld door jongens als Mo. Een oneerlijk en vuil spel.
En ze verafschuwde het. Ze had ze zo vaak zien komen en
gaan. Jonge, onschuldige meisjes die in geen tijd veranderden
in heroïnehoertjes. En het leek wel of de meisjes steeds jonger
werden. Haar geweten begon te knagen. Ze had het gevoel dat
ze werd meegezogen in hun verfoeide spel, nu ze mannen aan
Kelly moest koppelen. Plotseling zag ze Kelly weer liggen,
vastgebonden aan het bed en bont en blauw geslagen door
een van haar klanten. Ze zag er toen zo intens kwetsbaar uit.
Mannen die een kind misbruiken, mishandelen... Lien kon
het gewoonweg niet langer accepteren. Ze moest koste wat
het kost deze meisjes waarschuwen. Kelly had haar dochter
kunnen zijn. Lien vloekte. Ze haatte Mo en het gevoel werd
met de dag sterker. Ze spuugde op de grond en sloot de deur.
Ze moest onopvallend en voorzichtig te werk gaan. Dit soort
jongens waren geen lieverdjes, dat was haar bekend. Ze trok
haastig wat makkelijke kleren aan, graaide een boek van
tafel en verliet haar kamer. Ze nam plaats in haar zwarte
Volvo stationwagen en startte het voertuig. Enkele meters
verderop parkeerde ze de auto achter een personenbusje en
zette de motor af. Ze liet zich onderuit in haar stoel zakken
en stelde de buitenspiegel af. Het was een ideale plek: via
haar zijspiegel had ze een goed zicht op de voordeur van Hot
Lips. Ze sloeg haar boek open en probeerde wat te lezen.
Geregeld dwaalden haar ogen af naar de ingang van de
seksclub.

Kwart voor vier. Lien veerde op uit haar stoel. Ze hield de contactsleutel in de aanslag. Mo stond in de deuropening van Hot Lips en nam een laatste trek van zijn sigaret. Rook kringelde uit zijn neus omhoog en hij schoot het peukje de weg op. Een felle vonkenregen ketste af op de straatstenen. Hij haalde snel een kam door zijn haren en stapte toen in zijn auto. De motor van de Volvo sloeg aan en draaide langzaam uit zijn parkeerplaats, achter de blauwe auto van Mo aan. Op ruime afstand volgde Lien de sportauto die met hoge snelheid door de nauwe straten van Antwerpen zoefde. Bijna ging het fout toen Mo onverhoeds zijn auto schuin op de stoep tot stilstand bracht. Lien trapte op de rem maar realiseerde zich dat ze daardoor alleen maar meer zou opvallen. Ze gaf gas en toen ze zijn auto passeerde dook ze zover mogelijk weg onder het dashboard. Ze had geluk: Mo had haar niet herkend. Voordat ze de straat uitreed, zag ze nog net dat Mo het pakhuis binnenging. Snel parkeerde ze haar auto en liep naar de hoek van de straat. Ze herkende het pakhuis direct. Het pand stond in het wereldje van hoeren en pooiers bekend als een opvanghuis voor meisjes die tijdelijk verstopt moesten worden. Verstopt voor de politie of familie. Vanuit dit huis werden de meisjes door hun pooiers naar hun werkplek gebracht en weer terug. Lien knikte tevreden. Ze liep al jaren mee in dit wereldje en wist iemand die haar aan informatie kon helpen. Met grote stappen stak ze de kruising over en sloeg een zijstraat in. Vastberaden opende ze de deur van café De Zwarte Hengst. Ze keek om zich heen en ontdekte uiteindelijk de vrouw achter de flipperkast. 'Vivian', riep ze en ze slalomde langs de tafels op de vrouw af. Vivian ging gekleed in een spijkerbroek en een vormeloos T-shirt. Haar grof bruine haar hing slordig over haar rug. Ze was geconcentreerd bezig en met tegenzin keek ze op toen ze haar naam hoorde roepen. Haar gezicht veranderde toen ze Lien in het oog kreeg. 'Lien', riep ze enthousiast. Ze liet het spel voor wat het was en sloeg haar armen rond de hals van de vrouw. 'Wat leuk...' De twee vrouwen kusten elkaar en gingen toen aan een tafeltje zitten.

'Hoe is het?' wilde Lien weten. 'Zit je nog steeds in het leven?' Vivian haalde haar schouders op. 'Zo nu en dan. De spoeling wordt dun op mijn leeftijd. Er komt steeds meer jong spul bij. De keuze is voor een vent niet moeilijk. Een verlepte vrouw van tweeënveertig of een strakke meid van negentien.' Ter verduidelijking greep ze haar borsten vast en duwde ze omhoog terwijl ze een kakelende lach liet horen.

'Vroeger stonden ze voor ons in de rij', grinnikte Lien. 'Toen verdienden we goudgeld met ons lichaam.' Vivian knikte en antwoordde: 'We hebben samen heel wat meegemaakt.' De vrouwen keken elkaar aan. Hun gezichten stonden nu ernstig, de lachende ogen keken somber. Vivians hand schoot omhoog. 'Twee bier.' Ze leunde op haar ellebogen naar voren en liet haar stem tot een vertrouwelijk gefluister dalen. 'Wat is er aan de hand? Je kwam hier niet toevallig langs.' Lien schudde haar hoofd. 'Woon je nog steeds met Paul in het pakhuis?'

'Ja, nog steeds', antwoordde de vrouw terwijl ze Lien nieuwsgierig aankeek.

'In Hot Lips loopt een loverboy rond', begon Lien haar verhaal. 'Zijn naam is Mo. Hij heeft twee meisjes bij ons werken waarvan er een minderjarig is. Ik zag hem daarstraks het pakhuis binnen gaan. Heeft hij bij jullie ook wat zitten?' Vivian leunde achterover in haar stoel en keek Lien met gefronste wenkbrauwen aan. 'Waar ben jij mee bezig? Weet je hoe gevaarlijk het is om dit soort vragen te stellen?'

'Ja, daarom vraag ik het ook aan jou. Ik weet dat ik jou kan vertrouwen.'

'Wat ga je met de informatie doen, Lien?'

'Jongens als Mo stoppen. Ik ga die meisjes helpen.'

'Helpen?' De stem van Vivian vloog een octaaf omhoog.

'Ja! Kinderen horen niet in Hot Lips of in het pakhuis thuis. Ze horen niet in veel te kleine rokjes en nauwe truitjes de straat af te schuimen naar mannen met geld. Ze horen in bed te liggen met hun teddybeer. Ze moeten giebelend en verliefd achter pubers met puisten aanlopen. Ze moeten naar disco's en voor de tv hangen en de leraren op school treiteren.'

'Wie zegt dat ze geholpen willen worden? En dan nog... Er zijn duizenden loverboys en dubbel zoveel slachtoffers. Je kunt ze toch moeilijk allemaal waarschuwen?'

'Al help je er maar één, dat is al genoeg. Ik ben het spuugzat om te zien hoe dat jonge grut de vernieling in wordt gedraaid. Ze worden volgepropt met drugs en als ze na een tijd niet genoeg verdienen worden ze gedumpt als een paar oude schoenen. Dan staan ze alleen met hun verslaving. Hun hele toekomst is naar de haaien.'

Vivian kreunde. 'Hoe gaan we het aanpakken?'

'Dus je helpt me?'

Vivian knikte bevestigend. 'Tot nu toe heb ik weinig dingen gedaan waar ik trots op ben. Laat ik hiermee beginnen.'

'Mooi!' Lien schoof haar stoel dichterbij. 'We moeten dit voorzichtig aanpakken en zo min mogelijk risico's nemen. We verzamelen eerst informatie over deze loverboy: Mo. Wie zijn zijn vrouwen? Met wie werkt hij samen? Wat weten de meisjes? Dat soort dingen.'

'Oké, dat moet lukken', meende Vivian. 'We zoeken elkaar over twee dagen weer op. Maar niet hier.' Ze seinde met haar hoofd naar de bar. 'Ze hebben overal oren en ogen. We spreken om tien uur af bij restaurant De Tempel.'

Lien tikte Vivian op haar hand. 'Ik ben blij dat we dit samen doen.'

'Ik heb een hekel aan drugs, ze maken echt alles kapot', antwoordde Vivian achteloos en ze nam een slok van haar bier. Lien stond op en ritste haar jas dicht. 'Over twee dagen, tien uur.'

Kelly opende de deur. Toen ze de vrouw zag staan, krulden haar mondhoeken omhoog. 'Ik hoop dat je nog niet hebt gegeten', riep Lien terwijl ze een papieren zak in de lucht stak. Ze stapte langs het meisje heen de kamer binnen en dumpte de zak op tafel. 'En aan alleen eten heb ik een broertje dood. Je lust toch wel Chinees?'

'Ja, lekker', antwoordde Kelly verrast en snel pakte ze twee borden uit de kast. Ze was blij met de aanwezigheid van Lien. Ze voelde zich de laatste tijd erg eenzaam. Zoveel contact met de andere meisjes in Hot Lips had ze niet. Soms met Els maar bij haar kreeg ze altijd een onbehagelijk gevoel. Allerlei alarmbelletjes in haar hoofd gingen af zodra Els in haar buurt kwam. Bij Lien had ze dat niet. Lien was vanaf het begin al aardig voor haar. Terwijl Lien haar jas uittrok, schepte Kelly de borden vol. Lien knikte naar de bank. 'Gaan we daar zitten of eet je liever aan tafel?'

'De bank is best. Ik eet graag op bank, dat doe ik thuis ook altijd.'

Ze lieten zich op de bank vallen. 'Gezellig zo samen', zei Lien terwijl ze haar vork vol laadde met groenten.

'Echt wel', beaamde Kelly. 'Ik word soms knettergek van het alleen zijn.'

'Je moet er ook meer uit. Antwerpen is een prachtige stad en er is zat te beleven.'

'Ja, dat zal best wel. Maar in mijn eentje heb ik daar weinig zin in.'

'Dan ga je toch met je vriend. Waar is hij eigenlijk?'

'In Nederland. Hij heeft daar zijn werk.' En toen Kelly de vragende blik op Liens gezicht zag liet ze er snel op volgen: 'We hebben wat problemen in Nederland. Daarom zit ik hier.' Ze sprong plotseling van de bank op. 'Ik heb nog wat cola. Wil je een glas?' Lien knikte en volgde het meisje met haar ogen.

'Je hebt toch niemand vermoord, mag ik hopen?'

Kelly lachte schaterend. 'Nee.' Haar stem werd somber. 'Ik had thuis problemen met mijn ouders.'

'Wat voor problemen?' vroeg Lien voorzichtig. Kelly stond midden in de kamer stil en dacht na.

'Als je er liever niet over wil praten...'

'Nee... dat is het niet', peinsde Kelly met een starre glimlach om haar mond. 'Ik weet alleen niet goed meer wat het probleem was. Stom hé?'

'Dat is meestal. Na een tijd blijkt een ruzie nergens over te gaan. Mis je je ouders niet?' Kelly plofte naast Lien op de bank en roerde met haar vork door de nasi. Ze voelde de tranen achter haar oogleden prikken en plotseling had ze geen trek meer.

'Zullen we maar over iets anders praten?' vroeg Lien en ze klopte Kelly vriendelijk op haar been. 'Ik was eenentwintig toen ik mijn eerste klant had. Ik weet het nog goed', vertelde Lien. Ze schoof haar lege bord over de salontafel en nam een slok van haar cola. 'Peter, zo heette hij. Hij was een jaar of zeventien en had het nog nooit gedaan. Hij werd door zijn vader gebracht en die bleef op de gang staan wachten tot zijn zoon klaar was. De jongen was zo nerveus dat hij van ellende in zijn broek plaste.' De lach van Lien vulde de kamer. Kelly lachte mee en vouwde haar benen onder haar kont.

'Eenentwintig? Waarom ben je nooit gestopt? Ik bedoel, op jouw leeftijd en dan nog...' Kelly's gezicht kleurde rood. 'Sorry, ik had dit misschien niet mogen vragen.'

Lien stak sussend haar hand in de lucht. 'Schat, het is een juiste vraag die ik me zelf ook honderd keer heb gesteld. Ik wilde studeren en snel geld verdienen maar ik werd verslaafd aan het geld. Ik heb alles erdoorheen gejaagd, niks gespaard. Van een studie is nooit iets gekomen en uiteindelijk ben ik blijven hangen in dit wereldje. Voor mij is het nu te laat.' De laatste zin gaf ze extra nadruk terwijl ze Kelly strak bleef aankijken. 'Het is nooit te laat', weerde Kelly zich.

'Voor jou nog niet, schat. Jij bent nog jong. Jij kunt nog terug, ik niet. Dit is mijn leven geworden. Mijn vrienden zitten hier, mijn ouders zijn dood en mijn twee broers willen niets meer met me te maken hebben. Ze schamen zich voor me.' Ze haalde haar schouders op. '*C'est la vie.*'

'Ik ben niet van plan dit lang te blijven doen. Ik denk nog een maand of twee en dan hebben we genoeg geld verdiend. Dan ben ik voorgoed weg hier', merkte Kelly op.

'En dat weet je zeker?' Kelly knikte terwijl ze een sigaret op stak en diep inhaleerde. 'Mo wil trouwen en kinderen.'

'Trouwen? Waar heb jij Mo eigenlijk ontmoet?'

'In Culemborg. Hij was bevriend met mijn beste vriendin maar dat is niks geworden.'

'Zie je die vriendin nog wel eens?'

'Lisa? Nee... Ik heb eigenlijk met niemand uit Nederland nog contact sinds ik hier ben', antwoordde Kelly en het heimwee droop eraf. Plotseling sloeg ze haar armen om de vrouw heen en drukte zich dicht tegen haar aan. 'Jij bent nu mijn beste vriendin', zei ze met een breekbaar stemmetje. Het was een wanhopige omhelzing. Lien hield haar stevig vast als een moeder die haar kind troost. 'Liefje, voor mij hoef je niet zo dapper te zijn. Als je wilt huilen, dan doe je dat. Het wordt tijd dat jij je gaat gedragen naar je leeftijd. Ik ben te oud om je beste vriendin te zijn. Je rookt als een schoorsteen, je eet onregelmatig en je hebt veelvuldig seks met andere mannen. Kijk nou eens in de spiegel. Je ziet er niet eens meer uit als een jong meisje.' Ze duwde Kelly van zich af. 'Ga terug naar huis, waar je hoort!'

'Maar ik heb Mo beloofd...' weerde Kelly.

'Als hij echt van je houdt, maakt hij er geen probleem van. Het is toch belangrijk dat je gelukkig bent? Waarom bel je niet naar je ouders? Ik weet zeker dat ze jou ook missen. Een telefoontje kan geen kwaad', drong Lien aan.

Er verscheen een angstige blik in Kelly's ogen.

'Je moet zelf beslissen.' Lien legde haar hand op Kelly's rug.

'Een andere keer misschien', antwoordde het meisje. 'Nu niet.' Het was de schaamte die haar tegenhield.

21

Lisa haalde de pan van het vuur en verdeelde de macaroni over twee diepe borden.

'Ik heb waarschijnlijk volgende week werk', zei Mo terwijl hij het bierflesje aan zijn lippen zette. De lepel met macaroni zweefde in de lucht en verrast keek Lisa hem aan. 'Ron, een vriend, vertelde dat ze nog mensen zochten voor het laden en lossen van schepen. Ik ga morgen in de haven wat navraag doen.' Hij tikte met zijn vork tegen de pan die op tafel stond. 'Dit heb je lekker klaargemaakt.' Lisa glunderde. 'Vanavond heb ik afgesproken met Ron om wat te gaan drinken. Ga je mee?' Blij knikte ze driftig met haar hoofd. 'Dat lijkt me geweldig.'

'Dat dacht ik ook. Ron neemt zijn vriendin mee zodat het voor jou ook gezellig is. Maak jezelf mooi. Ik heb namelijk ontzettend lopen opscheppen over je.' Hij knipoogde naar haar. 'Ik heb Ron verteld dat je de mooiste vrouw van heel de wereld bent. Trek dat witte T-shirt maar aan en die rode rok. En doe je haar in een staart.' Hij kwam uit zijn stoel omhoog en drukte een vluchtige kus op haar voorhoofd. 'Ga ik ondertussen even douchen', riep hij over zijn schouder. Hij trok een handdoek uit de kast en verdween neuriënd de gang op. Zijn vrolijke bui had haar even van haar stuk gebracht. Dit is de jongen waarop ze maanden geleden verliefd was geworden. Was het gisteren dan toch de drank geweest die hem zo onredelijk maakte? De twijfel sloop haar hart weer binnen. Niet doen, waarschuwde een stemmetje in haar hoofd. Niet weer zijn slechte dingen goed praten. Er was geen excuus voor zijn gedrag. Vlug waste Lisa de borden schoon en zocht toen de kleren die Mo had geopperd, bij elkaar. De rok was een cadeau van Mo en ze vond het vanaf het begin al een oerlelijk ding. De kleur was te fel en de rok te kort. Om hem niet te kwetsen had ze niets gezegd. Ze stond voor de spiegel zich op te maken toen Mo de kamer weer binnenkwam. Hij was helemaal in het nieuw: een zwarte spijkerbroek, een zijden zwarte blouse en een halflange leren jas. Hij gooide nonchalant de handdoek op het bed en haalde zijn shag tevoorschijn. 'Ben je klaar?' vroeg hij, haar blik negerend. Al die tijd had hij beweerd dat er geen geld was en nu stond hij voor haar in een totaal nieuwe outfit. Van het bedrag dat hij voor zijn nieuwe jas had neergeteld, konden ze waarschijnlijk twee weken eten. Het kostte haar moeite, maar ze hield een hatelijke opmerking binnen. Ze liet haar hoofd zakken. 'Zwart staat je goed', fluisterde ze met dikke stem. Ze mocht hem onder geen beding irriteren. Zodra zijn stemming omsloeg, kreeg ze er van langs en ging hij alleen op stap. Dan was de gezellig avond voorbij. En ze had juist zoveel behoefte aan gezelligheid en aanspraak. Ze haalde diep adem en zei: 'Zullen we gaan? Ik ben klaar.'

Mo had zijn arm rond Lisa's middel geslagen en hield haar stevig vast. Zijn sigaret hing in zijn mondhoek en zijn rechteroog had hij dichtgeknepen tegen de rook. Ze liepen een zijstraat in en stopten voor café De Zwarte Hengst. 'Hier komt een hoop van mijn vrienden', zei hij. 'Dus zorg dat ik trots op je kan zijn.' Hij hield de deur voor haar open en duwde haar het café binnen. Het café was spaarzaam verlicht en zat stampvol met gasten. Een dik rookgordijn had zich tegen het plafond van het café samengepakt en uit de stereo-installatie klonk een smartlap die met veel moeite het geroezemoes probeerde te overstemmen. Aan de bar ging een hand omhoog en Mo kwam in beweging. 'Mo...' De jongen aan de bar sloeg Mo vriendelijk op zijn schouder en stak daarna zijn hand uit naar Lisa. 'En jij bent natuurlijk Lisa...' Lisa knikte en schudde de uitgestoken hand. De jongen kwam iets naar voren waardoor zijn gezicht door de hanglamp boven de bar beter werd verlicht. Lisa hield zijn hand vast en fronste haar wenkbrauwen. Ze kende hem ergens van, ze wist het zeker. 'Je komt me bekend voor.' Ze keek hem recht in zijn ogen. 'Ik ken jou ergens van.'

'Dat denk ik niet', antwoordde Ron terwijl hij een blik wisselde met Mo. Zijn glimlach bevroor en hij knipperde nerveus met zijn ogen. 'Zo'n schoonheid als jij vergeet ik niet snel.' Onhandig trok hij het meisje naast zich in zijn armen en zei toen snel: 'Dit is Annelies, mijn vriendin.' Met een geforceerde glimlach stak het meisje een slap handje naar voren. Ze knikte toen Lisa zich voorstelde maar zei geen woord. Het was een mollig meisje met blond gemillimeterd haar. Ze had opvallende staalblauwe ogen die spottend en nieuwsgierig in het rond keken.

'Wat wil je drinken, Lisa?' vroeg Ron.

'Cola', antwoordde Lisa. Hij bleef haar vragend aankijken.

'Met wat?'

Die stem... Lisa wist voor honderd procent zeker dat ze die

eerder had gehoord. 'Niks. Gewoon cola.' Ron trok een spottend gezicht en draaide zich toen naar de bar. 'Een cola en twee bier', bestelde hij. Lisa groef in haar geheugen. Het liet haar niet los. Waar had ze deze jongen met zijn donker, krullende haar en het vlassige snorretje eerder gezien? Toen hij het glas in haar handen stopte, wist ze het. Het was de jongen uit Arnhem, de jongen van de aspirine. Hij had voor haar deur gestaan. Een alarmbelletje achter in haar hoofd ging af. Ze perste haar lippen op elkaar en liet niets blijken van haar herkenning. 'Voorzichtig', waarschuwde het stemmetje in haar hoofd. Hier klopte iets niet. De jongen was haar niet vergeten, hij wist drommels goed wie ze was. Hier was meer aan de hand.

'Dan vergis ik me', verontschuldigde ze zich. 'Je lijkt op iemand, maar nee, nu ik goed kijk... Het is hier ook zo donker.' Ze nipte aan haar glas en deed alsof het hele voorval haar niet meer interesseerde. Maar haar gedachten maalden door. Dit kon geen toeval zijn. Ron had voor het huis in Arnhem gestaan en dat was niet voor niets. Hij hield daar de wacht, hij moest haar in de gaten houden. Maar waarom? Was Mo bang dat ze zou weglopen? Of was het om haar te beschermen? En waarom had ze Ron nooit eerder ontmoet? Nu ze erover nadacht, had ze eigenlijk weinig vrienden van Mo ontmoet. Alleen Ramon. Weer zoiets wonderlijks. Ondanks dat Mo constant aan het bellen was met vrienden en familie zag ze nooit iemand. Mo was altijd alleen. 'Hier komt een hoop van mijn vrienden', had hij beweerd. Lisa liet haar blik door het vertrek dwalen. Er waren meer vrouwen dan mannen, vooral veel jonge, opzichtige vrouwen. Ze herkende Paul, de man waarvan ze de zolderkamer huurden. Hij was in gezelschap van een vrouw van middelbare leeftijd. De vrouw keek in haar richting en knikte. Haar blik had iets dwingends, iets donkers en toch ook vriendelijks.

'Waar werk je?' vroeg Annelies plotseling. Lisa vergat de dwingende ogen en keek het meisje naast zich aan. Het meisje steunde met haar hoofd op haar hand en kauwde driftig op een stuk kauwgom.

'Ik heb nog geen werk. Maar we zijn dan ook nog maar een paar dagen in België. Morgen gaat Mo bij de haven informeren. Werk jij?' Annelies knikte. 'Ook in de haven, net zoals de meesten van ons hier.'

'De meesten?' Lisa keek verbaasd in het rond.

'Ja, bijna elk meisje hier tippelt langs de kade. Het is daar groot zat. We hebben allemaal een eigen plek zodat we elkaars klanten niet wegkapen. En het is er best veilig. Onze mannen houden om beurten de wacht zodat er geen gekke dingen gebeuren.' Terwijl ze dit vertelde, trok ze een sliert kauwgom uit haar mond.

'Werk je allang voor Mo?' Lisa hoorde die laatste vraag niet meer. In haar hoofd woedde een draaikolk die het denken onmogelijk maakte. Het zweet brak haar uit en onrustig schoof ze op haar kruk. 'Tippelen?' herhaalde ze beduusd. Annelies stopte de sliert kauwgom terug in haar mond en gaapte haar buurvrouw onnozel aan. Toen ze de verbijsterde uitdrukking op Lisa's gezicht zag, schoot ze in de lach. 'Ja, wat dacht jij dan? Dat we allemaal typistes waren? Nee toch! Het krioelt hier van pooiers en hoeren, dit is ons stamcafé.'

'Dus Ron is jouw pooier?'

'Ja, net zoals Mo jouw pooier is', antwoordde Annelies bijdehand.

'Mo is niet mijn pooier', siste Lisa en ze sprong geschrokken van haar kruk.

'Kom zeg, doe niet zo schijnheilig', hoonde Annelies terwijl haar ogen kwaadaardig fonkelden. 'Ik weet van Ron dat jij ook voor geld met andere mannen naar bed bent geweest. Hoe wil je dat dan noemen? Naastenliefde?' Lisa hapte naar lucht. Haar ogen flikkerden dreigend en haar vuisten waren krampachtig gebald. Mo had het dus aan iedereen verteld. Hoe kon hij? 'We hadden geld nodig, daar heb ik het voor gedaan. Nergens anders voor...'

'We doen het allemaal voor het geld, liefje', antwoordde Annelies zoetsappig. 'Dat heeft een naam: hoeren. Misschien vind jij het een eng woord om uit te spreken maar je went er uiteindelijk aan. Hoeren, hoeren, hoeren...' Zong haar stem uitdagend in het rond. 'Als je elke dag een kerel oppikt dan...' Lisa dempte haar stem: 'Ik pik geen kerels op.' Haar ogen flitsten van links naar rechts en peilden of er iemand iets van hun gesprek kon opvangen. 'Dat met die mannen was eenmalig. Mo zoekt een baan en dan...' Ze maakte haar zin niet af toen een brede grijns op het gezicht van Annelies verscheen. Lisa keek het meisje boos aan en ze overwoog om het wicht een dreun te verkopen.

'Ja, tuurlijk', zei het wicht boosaardig. 'Je ziet Mo toch niet zwoegen en zweten voor een hongerloontje? Dag in en dag uit sjouwen met kisten en zakken terwijl jij het honderd keer gemakkelijker kunt verdienen? Nou, ik speel nog liever de hoer dan dat ik mijn vent zo laat afbeulen.' Ze snoof hoorbaar en keek minachtend op Lisa neer.

'Ach wijf, stik...' Annelies gleed nu ook van haar kruk en kwam dreigend naar voren. 'Jij moet geen grotemensen-spelletjes spelen als je er nog niet aan toe bent.' Ze prikte met haar vinger bij elk woord in Lisa's schouder.

'Jullie maken toch geen ruzie?' kwam Ron plotseling

tussenbeide. Hij liet zijn blik over de verhitte gezichten van de meisjes glijden en zette met een klap twee lege glazen op de bar. 'Ja, dus...' Hij keek Annelies scherp aan. 'Het is ook altijd raak met jou. We kunnen nergens komen of je maakt ruzie. Als dit zo doorgaat, neem ik jou niet meer mee.'

'Hoezo? Wie zegt dat ik begon?' Ze trok een onschuldig gezicht. 'Dit trutje vroeg erom. Een beetje op ons neerkijken terwijl ze zelf met Jan en alleman de koffer in duikt. Zogenaamd de heilige maagd uithangen.'

'Ik geef op niemand af, slang', wierp Lisa tegen. 'Jij beweert dingen die...'

'Klep dicht', grauwde Mo die naast Ron opdook. Hij stond tussen de twee ruziënde meisjes in en schroefde zijn hand rond Lisa's arm. Haar tanden klapten met een klik op elkaar en verongelijkt keek ze hem aan. Ron sleurde Annelies aan haar T-shirt naar de deur. De deur vloog open en hij duwde het meisje naar buiten. 'Wacht jij in de auto maar tot ik klaar ben', schreeuwde hij haar na. Hij smeet de deur dicht en keek met een strak gezicht in het rond. Het was doodstil, niemand zei een woord. Lisa voelde de adem van Mo in haar nek. Hij verstevigde zijn greep op haar arm. 'Wat zijn dit voor kuren?' gromde hij in haar oor. Zijn donkere ogen keken haar aan en zijn blik voorspelde niet veel goeds. Ze rook zijn adem, een mengeling van bier en rook. 'Ben je op je achterhoofd gevallen? Was ik daarstraks niet duidelijk genoeg?' Lisa zweeg. 'Ik laat me echt niet door jou voor paal zetten. Jij kunt straks lachen als we thuis zijn, dom wijf.' Hij liet haar los, draaide zich om en liep terug naar het tafeltje van Ron alsof er niets was voorgevallen. Lisa slikte en gluurde nerveus naar zijn tafeltje. Ze wist wat hij daarmee bedoelde. Ze kreeg klappen, hij liet haar alle hoeken van de kamer zien. Haar instinct zei dat ze moest ontsnappen. Haar ogen zochten naar een uitgang. Hij was in gesprek met een jongen en hield haar niet in de gaten. Misschien kon ze in de wc uit een raam kruipen en vluchten. Misschien...

'Gaat het? Je trilt helemaal.' De stem leek van ver te komen. Een hand raakte haar schouder aan. 'Voel je je wel goed?' Met paniek in haar ogen keek Lisa de vrouw aan en schudde met haar hoofd. 'Heb je hulp nodig?' drong de vrouw aan. Onzeker keek Lisa van de vrouw naar Mo en weer terug. Dit zijn allemaal mijn vrienden, klonk de stem van Mo door haar hoofd. Driftig schudde ze toen haar hoofd. De vrouw volgde haar blik en knikte alsof ze alles begreep. Ze schoof dichter naar Lisa toe en fluisterde toen: 'Ik haal je uit deze hel. Dat beloof ik je. Snel, heel snel.' Haar vingers gleden vluchtig langs Lisa's arm en ze knikte nogmaals. Toen draaide ze zich abrupt om en bestelde wat te drinken. Zonder nog een blik op Lisa te werpen, liep Vivian terug naar haar stoel en nam naast Paul plaats. Lisa staarde de vrouw na en vroeg zich af of ze het wel goed had verstaan. Haar vluchtplan was vergeten en vanuit haar ooghoeken observeerde ze de vrouw. Ze moest het verkeerd verstaan hebben. Wist deze onbekende vrouw dan in wat voor moeilijkheden ze verkeerde? En waarom zou ze haar willen helpen? Nee, ze moest oppassen, alert blijven. Ze mocht de vrouw niet vertrouwen, ze kon niemand vertrouwen. Ze schrok op toen haar naam door het café klonk. Mo wenkte en Lisa stond stijfjes op en volgde hem het café uit. Vivian kwam uit haar stoel omhoog en veinsde dat ze last had van haar buik. Ze schoof haar halfvolle glas bier over de tafel naar Paul en verliet het café. Op enige afstand volgde ze Mo en Lisa naar het pakhuis. Ze sloop de trap op, naar hun zolderkamer. Op de vijfde tree liet ze zich zakken en luisterde naar de stemmen die door de gesloten deur het trapgat in fladderden. Ze luisterde naar zijn geraas en getier en naar haar wanhopig snikken. Ze hoorde glas breken en het schuiven van meubilair. Het scheelde weinig of ze had op de deur gebonkt en hem tot de orde geroepen. Met tegenzin liep ze de trap af.

De volgende morgen toen de sportauto van Mo de straat uitreed, vloog Vivian de zoldertrap omhoog. Haastig keek ze over haar schouder langs de trap omlaag voordat ze op de deur bonsde. 'Lisa? Lisa!' Ze drukte de klink omlaag maar de deur zat op slot. 'Lisa?'
'Ja, wat wilt u?' De stem van Lisa klonk achterdochtig.
'Wil je de deur voor me openmaken?' Vivian rammelde aan de deur. 'Nee, dat gaat niet. Ik heb geen sleutel. U kunt beter terugkomen als mijn vriend thuis is.'
'Ik kom niet voor jouw vriend, ik kom voor jou. Wacht maar... Ik heb een reservesleutel bij me.' Vivian viste de sleutel uit haar zak en morrelde aan het slot. Het slot klikte en de deur kierde een paar centimeter open. Een bang meisjesgezicht tuurde naar buiten. Geschrokken stapte ze achteruit, de ogen groot van verbazing toen ze de vrouw herkende. 'Wat doet u hier? Waarom volgt u mij?' Vivian duwde de deur open en stapte langs Lisa de kamer binnen. 'Ik ben hier om je te helpen.'
'Ik heb geen hulp nodig', antwoordde Lisa kortaf terwijl ze ongemakkelijk het trapgat in de gaten hield. 'Wilt u nu weer gaan.'
'Nee! Want ik denk dat jij niet in staat bent om het gevaar te zien. Jij weet niet wat ik weet...' Ze knikte naar de blauwrode

zwelling aan de zijkant van Lisa's gezicht en sloot resoluut de deur. 'Ik heb hem gisteravond wel te keer horen gaan. Is dit wat je wilt? Wil je wachten tot hij je doodslaat?' Even was er bij Lisa een moment van aarzeling.

'Hij is een loverboy. Weet je wat dat is?' Lisa schudde verward haar hoofd. 'Nee, dat dacht ik al. Hij gebruikt je, zoals hij zoveel meisjes heeft gebruikt. De eerste weken is hij een aardige, attente jongen. Een droom... maar dan verandert hij van lieverlee in een ongelovige klootzak. Hij slaat je net zo lang totdat hij zijn zin krijgt. En weet je wat zijn uiteindelijke doel is?'

'Ik denk niet dat ik het wil weten', fluisterde Lisa moeizaam. Ze liet haar adem met schokken ontsnappen.

'Hij maakt een hoer van je. Een ordinair heroïnehoertje', ging Vivian onverstoorbaar verder. 'En jij bent zijn zoveelste slachtoffer. Of dacht je nou echt dat hij van je hield?' Lisa schudde haar hoofd. Toen zijn woedeaanvallen kwamen, wist ze dat zijn verliefdheid niet diep zat. Zijn enorme woedeaanvallen, waarbij hij zijn longen uit het lijf schreeuwde en met van alles smeet. Haar zelfs sloeg. Dat was een duidelijk teken. En toen die eerste keer met die andere jongen... Zijn ogen waren emotieloos ondanks zijn tranen.

'Hij speelt een spel en dat speelt hij niet alleen', hoorde ze de vrouw zeggen. 'Het is een hele groep, een bende. Ze versieren jonge meisjes aan de lopende band. Ze overladen ze met cadeaus en als het even kan met drugs. Hij belooft voor je te zorgen en je te beschermen en jij wordt tot over je oren verliefd. En dan komt er een zielig verhaal: over schulden en de maffia die zijn geld opeist. Of dat ze moeten vluchten naar het buitenland maar niet zonder jou willen. En voordat je het weet, lig je met een vreemde kerel in bed om voor hem het geld bij elkaar te verdienen. Want je wilt hem niet verliezen, toch? Of is jouw verhaal anders?' Lisa staarde de vrouw afwezig aan. Ergens diep vanbinnen had ze het al die tijd geweten dat er iets niet goed zat. Plotseling brak ze in een wanhopig snikken uit. Ze was een dwaas geweest. Een enorme dwaas. Hij had haar kapotgemaakt. De mensen die van haar hielden, had ze pijn gedaan. En waarom? Waarvoor? Haar leven was iets afschuwelijks geworden. Ze liet haar hoofd in haar handen zakken en huilde als een verward en bang kind.

'Kom maar hier, alles komt goed. Daar zorgen wij wel voor.' Vivian trok Lisa in haar armen en streelde het meisje over haar rug. Ze voelde een strijdlustig gevoel in zich opborrelen. Had ze eerst nog twijfels over dit plan, nu waren ze voorgoed weggeëbd, voorgoed. 'Je moet me alles vertellen, vanaf het begin', zei Vivian. 'Ik wil namen horen, namen van mensen waarmee hij omgaat. Ik wil de adressen en telefoonnummers van je familie en van je vrienden. Toe maar...'

Met horten en stoten vertelde Lisa haar verhaal. Vivian maakte aantekeningen en staarde peinzend naar het papier. 'We moeten voorzichtig te werk gaan. Het is een heel netwerk. De loverboys werken nauw samen. De eerste jongen waarmee je naar bed bent geweest...'

'Melvin', vulde Lisa aan.

'Ja, Melvin. Hij hoort er ook bij. De eerste keer wordt door een knul uit de groep gedaan. Zo controleren ze of je het ook echt allemaal doet. Lukt het niet bij de eerste, dan sturen ze een tweede loverboy. Ze houden elkaars meisjes in de gaten en vooral tijdens het tippelen. Zodra jij een stap verkeerd zet, weet Mo het al. Ik ga morgen met iemand overleggen hoe we dit het beste aan kunnen pakken.'

'Dus je bent niet alleen?' Dat leek Lisa te sterken. Een vrouw kon het onmogelijk opnemen tegen een bende jongens zoals Mo. Maar nu er meer waren... Vivian knikte. 'We zijn met meer', antwoordde ze geheimzinnig.

'Ken ik ze?'

'Nee, en dat wil ik zo houden. Hoe minder jij weet, hoe beter het voor ons is. Als Mo terug is, laat je niks merken. Je speelt de vermoorde onschuld. Probeer tijd te rekken en strijk niet tegen zijn haren in. We hebben zeker een paar dagen nodig om met een waterdicht plan te komen. Lukt je dat?'

Lisa knikte.

22

'Wat doen we nu?' wilde meneer Kroon weten. Zes paar ogen
waren op Joost gericht. Joost zweeg en staarde geruime tijd
roerloos en met een pijnlijk gezicht naar de telefoon.
'Misschien kunnen we beter naar de politie stappen. Zij
hebben veel meer ervaring met dit soort zaken', zei hij
uiteindelijk.
'Nee! De politie doet niks', antwoordde mevrouw Aldra met
overslaande stem. 'Ik ben al eerder geweest en toen deden ze
ook niks.'
'Maar toen wisten we niet wat nu weten', hield Joost vol.
'We kunnen de meisjes zelf gaan zoeken', opperde meneer
Kroon. 'Als dat niets oplevert, schakelen we alsnog de politie
in.' De twee vrouwen knikten driftig.
'Oké. Als we na drie dagen geen spoor van de meisjes hebben
gevonden, gaan we naar de politie', gaf Joost met tegenzin toe.
'Drie dagen? Is dat niet wat weinig?' begon mevrouw Kroon
nu.
'Als we te lang wachten, zijn we misschien te laat', zei Joost.
'We weten toch dat Mo en Ramon geen lieverdjes zijn. Wie
weet wat ze met de meisjes hebben uitgespookt? Drie dagen is
zeker lang genoeg.'

'Joost heeft gelijk', viel meneer Kroon hem bij.

'We gaan als eerste de tippelzones bezoeken en kijken of de meisjes daar...' bracht Joost voorzichtig naar voren. Het was even stil. Mevrouw Aldra kreunde.

'Maar we weten toch niet zeker of onze meisjes hun lichaam verkopen?' riep mevrouw Kroon met een rood hoofd.

'Ach kom...' Haar man sprong op en ijsbeerde door de kamer. 'We hebben genoeg aanwijzingen om aan te nemen dat het wel zo is. We hebben haar dagboek toch gelezen? We hebben het verhaal van de buurvrouw toch gehoord? We moeten de seksclubs en de straten waar de hoeren achter het raam zitten, bezoeken. We moeten de taken verdelen. We maken een schema en we gaan per koppel op pad, anders is het niet haalbaar. Om de twee uur bellen we elkaar.' Hij krabbelde het nummer van zijn gsm op papier. 'Joost en Ivonne gaan naar de tippelzone in Utrecht, wij gaan naar Nijmegen. Hierna zijn Den Haag en Amsterdam aan de beurt.' Meneer Kroon stond al in de gang met zijn jas in zijn hand.

'Schiet op dan,' riep hij ongeduldig tegen zijn vrouw, 'laten we geen tijd verspillen.'

Vivian had een tafeltje voor het raam uitgezocht zodat ze een goed uitzicht had op het parkeerterrein van het wegrestaurant. Ze bestelde een kop koffie en legde haar aantekeningen naast zich op tafel. Ze blikte vluchtig op haar horloge: kwart voor tien. Op dit tijdstip waren er nooit veel klanten in De Tempel. Een handjevol vrachtwagenchauffeurs zat aan een lange tafel in het midden van de zaak. Achterin zat een man in een driedelig kostuum, half verscholen achter een krant. Waarschijnlijk een zakenman, schatte Vivian in. De ober bracht haar koffie en knikte vriendelijk. 'Wilt u gelijk afrekenen?' Vivian schudde haar hoofd. 'Ik ga voorlopig nog niet weg. Ik wacht op een vriendin.' De man knikte begrijpend en verdween. Vivian staarde in het bruine vocht en dacht terug aan de tijd dat ze samen met Lien optrok. Dat was alweer negentien jaar geleden. Lien was in al die jaren geen spat veranderd, hooguit wat zwaarder geworden. Ze was nog steeds dezelfde vechtersbaas die voor anderen in de bres sprong. Ze was nooit verbitterd en dat was best opmerkelijk na alles wat ze had meegemaakt. Hoeveel kerels hadden haar niet afgetuigd? Al die verliefde mannen die met haar wilden trouwen maar het nooit deden. Behalve Dirk dan. Hij was zwaar gokverslaafd en joeg in drie maanden tijd al Liens spaargeld erdoorheen. Ze waren hooguit vijf maanden getrouwd toen ze hem uit noodweer neerstak. Hij overleefde het, jammer genoeg. Vivian snoof hoorbaar en roerde in haar koffie. Lien had het gelijk goed moeten doen, dat had haar een hoop ellende gescheeld. Vier maanden later werd hun dochtertje geboren en hij zorgde ervoor dat het kind bij Lien werd weggehaald. Het was niet moeilijk om de rechter ervan te overtuigen dat Lien geen geschikte moeder was. Hij kreeg het kind toegewezen en daarna heeft Lien het meisje nooit meer gezien. Dat heeft haar verschrikkelijk veel verdriet gedaan maar ze liet nooit iets merken. Geëmotioneerd spoelde Vivian met een slok koffie de brok in haar keel weg. Ze had het nooit gered zonder Lien. Ze was nooit alleen van de drugs afgekomen. Vivians gezicht klaarde op toen de zwarte Volvo het parkeerterrein opdraaide. Ze bestelde twee kopjes koffie en zwaaide toen uitbundig naar de vrouw die zich onhandig uit haar auto hees.

Puffend en hijgend nam Lien plaats achter de zojuist geserveerde kop koffie. 'Ik heb me suf gehaast', hijgde ze.

'Lekker, koffie...' Ze wreef in haar handen en keek Vivian dankbaar aan. 'Vertel, ben je iets wijzer geworden over onze vriend?' Vivian knikte. Ze sloeg haar notitieboekje open en leunde op haar ellebogen naar voren. Vivian vertelde over haar ontmoeting met Lisa en daarna kwam Lien met haar verhaal. De verzamelde informatie werd zorgvuldig doorgenomen. Ideeën werden afgewogen en mogelijkheden naast elkaar gelegd.

Lien stond met haar handen in haar zij tegenover Kelly. Volgens Vivian was het beter om Kelly kort en krachtig op de hoogte te stellen van de activiteiten van Mo. Er niet om heen draaien, had ze geadviseerd. Recht voor zijn raap. En dat had Lien dan ook gedaan. Kelly had Lien met grote ogen een tijd lang aangestaard. Het duurde even voordat ze verontwaardigd brieste: 'Wat een onzin. Hoe kom je nou weer aan die onzin?' 'Dat doet er niet toe', ontweek Lien de vraag. 'Het is gewoon zo en je moet me geloven. Mo gebruikt je, en niet alleen jou. Hij heeft meer meisjes die voor hem de hoer spelen. Neem Els... Zij is ook van hem. En zo heeft hij nog meer van die meisjes.'
'Je liegt!'
'Waarom zou ik? Ik win er niets mee. Ik probeer alleen jouw ogen te openen en jou te laten zien in wat voor miserie je terecht bent gekomen. Hij heeft je met zoete woorden hierin gepraat. Met leugens... Hij houdt echt niet van je.'
'Flikker toch op! Wat een zielige vertoning! Je bent gewoon jaloers, al die meiden hier zijn jaloers op Mo en mij. En dan komen jullie met goedkope roddels. Vuilbekkerij van een stel domme wijven. Leugens...'
'Leugens? Denk je dat? Ik kan het bewijzen.'

'Doen! Laat zien dan.'

'Oké. Je houdt je mond tegen Mo en tegen de meisjes hier. Wat wij hier besproken hebben, moet binnen deze vier muren blijven. Zodra de kust veilig is, breng ik je naar iemand toe. Iemand die in hetzelfde schuitje zit als jij. Als ik gelijk heb, stop je hiermee. Dan laat je Mo vallen en ga je terug naar je ouders. Spreken we dat af?' Lien hield haar ogen op het meisje gericht.

'Maar je hebt geen gelijk', blafte Kelly venijnig.

'Spreken we dat af?' Liens stem klonk scherp. Er hing een dreigende stilte in de lucht. Kelly stond in tweestrijd maar knikte toen instemmend.

Traag rolden de druppels langs het beslagen spiegelglas naar beneden. Lisa draaide de kranen van de douche dicht en schoof het douchegordijn open. Ze pakte een handdoek van het krukje naast de wasbak en wreef haar lichaam droog. Haar handen boenden woest over haar rode huid. Haar huid begon te tintelen en te gloeien. 'Lisa!' Van schrik liet ze de handdoek uit haar handen vallen. 'Lisa?' De stem van Mo galmde door de gang. 'Lisa...'

'Ik kom eraan. Ik sta onder de douche', riep ze gejaagd. Gewoon doen, fluisterde een stemmetje in haar hoofd. Rustig blijven. Hij mag geen argwaan krijgen. Zenuwachtig trok ze een T-shirt over haar hoofd en wikkelde een handdoek om haar natte haren. Ze trok snel een onderbroek aan, rechtte haar rug en haalde diep adem voor ze de kamer binnenstapte. Mo lag languit op het bed met zijn handen onder zijn hoofd gevouwen. Hij nam haar van top tot teen op. 'Zet even wat koffie.' Ze knikte en liep naar het koffiezetapparaat. Met trillende handen schepte ze de koffie in het koffiefilter.

'Het is bijna halftwaalf', gromde hij. 'Ben je nou pas uit je bed?' Lisa zweeg.

'Voor jou is het leven ook een groot lustoord', gromde zijn stem verder. 'De hele dag in je nest blijven liggen en dan wachten tot ik je het eten kom brengen.' Hij haalde hoorbaar zijn neus op. 'Of heb je nog iets nuttigs gedaan toen ik weg was?' Steunend op zijn ellebogen kwam hij vanuit de kussens omhoog en keek in het rond. 'Zo te zien niet. Het is nog steeds een zwijnenstal. En als het aan jou ligt, blijven we voorlopig wel wonen in dit varkenskot. Wat kan jou het schelen? Toch?' Hij keek haar uitdagend aan. Lisa was op haar hoede. Het was haar duidelijk dat hij ruzie zocht. Haar gezicht vertrok in een pijnlijke glimlach. 'Het zou nu wel niet meer zo lang duren voordat we naar ons nieuwe huis kunnen. Ons huis... wat we gekocht hebben en...' stotterde ze.

'Wat wé gekocht hebben?' schreeuwde hij haar na. 'Wé? Jij steekt geen poot uit. Hoezo wé? Ik zit tot mijn strot in de schulden door dat huis. Als het zo doorgaat, kunnen we dat huis wel vergeten. Dan wordt óns huis verkocht en blijft mijn familie met een enorme schuld achter. Zij hebben borg gestaan voor ons. Wat denk je wat er met mij gebeurt? Nou?' Lisa huiverde. Het gesprek dat ze die ochtend met Vivian had gehad, kwam naar boven. Ze werd misselijk van het idee dat hij glashard stond te liegen. Het was een grote act.

'Ze sturen me naar Duitsland of naar Polen om daar te werken', bulderde Mo. 'Dan zien we elkaar de eerste twee jaar niet meer. En waar wil jij dan heen? Waar kan je heen? Naar je familie?' Lisa zei geen woord, ze keek hem alleen met grote ogen aan. Hoe kon hij? Hoe kon hij haar zo manipuleren? Al die leugens, al dat vergif dat hij over haar uitspoot. Hij sprong plotseling met een knalrood hoofd van het bed, zijn lippen samengeperst tot een smalle streep. Haar stilzwijgen had een woede in hem losgemaakt. Hij stampte op haar af en hief dreigend zijn hand in de lucht. Ze begon al te schreeuwen voordat ze de eerste klap kreeg. Misschien ontkwam ze daardoor wel aan een zwaar pak slaag. Maar hij sloeg niet. Hij liet langzaam zijn hand zakken en keek haar vol verwijt aan. 'Kijk nou toch wat je van me gemaakt hebt? Een beest...' zuchtte hij. 'Jouw liefde voor mij zit niet diep, zoals bij Annelies voor Ron. Zolang Ron geen baan heeft, offert zij zich op. Zij laat hem niet vallen als het slecht gaat. Ze steunt hem, ze geeft hem respect en aanzien. Zij hebben geen armoede, honger en schuld. Waarom hou je niet van me, zoals ik van jou hou? Wat doe ik verkeerd? Zeg het me dan? Ik hou zoveel van jou...'

In haar hoofd tolde de verwarring. Twee maanden geleden had ze er alles voor over gehad om die woorden te horen. En het enge was dat een deel van haar het nog steeds wilde horen. Ze voelde een vreemde mengeling van liefde, haat, woede, vernedering en schaamte. Het liefst had ze zich in zijn armen geworpen en hem gekust. Maar ze mocht hem niet geloven. Alles wat hij zei, was nep. Het was een groot toneelspel. Ze verstijfde toen zijn vingers langs haar wang omlaag gleden.

'Wat doe ik verkeerd?' murmelde hij terwijl hij haar recht in de ogen keek. Hij schudde zijn hoofd, alsof hij teleurgesteld was. Zijn vingers sloten zich als een ijzeren klem steeds vaster om haar nek. Hij begon haar langzaam te wurgen. Ik moet blijven leven, ik moet, gonsde het door haar hoofd. 'Jij doet niks fout', riep ze hem toe. 'Het ligt niet aan jou, het ligt aan mij.' De vingers verslapten en bleven verdoofd op haar schouders liggen. 'Ik hou genoeg van je om te gaan tippelen.

Ik heb er lang over nagedacht maar het is inderdaad de beste oplossing. Ik doe alles voor je, echt waar...' Haar mond was kurkdroog van de angst en haar hart bonkte tegen haar ribben.

'Echt?' wilde hij weten. 'Meen je dat, lieverd?' Ze knikte driftig en probeerde de paniek die door haar lijf joeg te onderdrukken. 'Ik wil dat het tussen ons weer als vroeger wordt.' Ze voelde hem ontspannen, een beetje maar. Hij raakte haar wang aan. 'Als vroeger', herhaalde hij. Een scheve glimlach verscheen. Haar plotselinge ommekeer leek geen achterdocht bij hem te wekken. 'Ik ben blij dat je nu eindelijk inziet dat het niet anders kan. Geloof mij, ik heb het ook liever anders. We gaan morgen naar de haven en proberen het uit. We bouwen het rustig op. Eerst twee of drie klantjes.'

'Morgen? Dat kan niet, ik kan niet...' gooide Lisa er in één adem uit. De smoezen maalden door haar hoofd.

'Hoezo niet? Neem je je woorden nu al terug? We hebben dringend geld nodig.'

'Ja, dat weet ik maar... maar ik ben gisteren ongesteld geworden.' Hij beet op de binnenkant van zijn wang en deed moeite om niet uit zijn rol te vallen. Zijn handen vielen van haar schouders en met gespeelde kalmte zei hij: 'Die paar dagen overleven we wel. Ik vind het al geweldig dat je het wilt doen. Zullen we vandaag gezellig naar de bioscoop gaan? Ik heb vandaag wat geld bij Ron geleend en nu we weten dat jij eerdaags geld gaat verdienen, kunnen we ons dit gemakkelijk veroorloven.' Langzaam, met tegenzin, knikte ze van ja. 'Lijkt me echt gezellig', zei ze. 'Dan ga ik me eerst even wat opfrissen.' De achterdocht droop van zijn gezicht. Daar was het stemmetje weer, achter in haar hoofd: voorzichtig, voorzichtig. Straks heeft hij je door. Met trillende handen knipte ze haar tas open en grabbelde tussen de spullen. Duidelijk zichtbaar haalde ze het maandverband te voorschijn en verliet de kamer. Ze sloot zich op in de wc en drukte haar lippen stijf op elkaar. Tot nu toe had ze zich er tamelijk goed uit gered. Ze had vijf dagen respijt.

Mo week twee dagen niet van Lisa's zijde. Hij was weer veranderd in de attente en vriendelijke jongen waarop Lisa ooit verliefd was geworden. Ze mocht mee winkelen en boodschappen doen. Hij overlaadde haar met cadeaus, hij kookte voor haar en ruimde de kamer op. Dit maakte Lisa nerveus. Zolang hij om haar heen bleef cirkelen, kon Vivian onmogelijk contact met haar opnemen. Al die dagen moest ze de schijn ophouden dat er niets aan de hand was. Dat ze van niets wist. En dat viel haar zwaar. Bij elke kus, bij elke vrijpartij voelde ze een koude rilling langs haar rug glijden. Op de derde dag, onder het ontbijt, vertelde Mo dat hij voor zaken bij wat vrienden langs moest. Lisa knikte onverschillig maar haar hart bonkte tegen haar ribben. Ze hield haar emoties goed in toom. 'Ik ga gelijk een plekje voor je regelen op de kade. Heb je nog wat nodig?'
'Nee, hoor. We hebben genoeg in huis. Ga maar. Kan ik even een tijdschrift lezen', antwoordde ze gemaakt vrolijk. 'Daar is zo weinig tijd voor en je weet dat ik graag lees.'
'Goed, prinses. Ik ben tegen de middag terug.'
'Ik mis je nu al.' Ze sprong van haar stoel en liep met hem mee naar de deur. 'Haast je maar niet.' De deur sloeg achter hem dicht en ze zuchtte opgelucht. Snel liep ze naar het raam en gluurde langs de vitrage naar buiten. Ze wachtte totdat Mo de straat was uitgereden en holde toen naar de deur. De deur rammelde in het slot. Hij had haar opgesloten. Er zat niets

anders op dan te wachten op Vivian met de sleutel.

Lisa zat op de rand van het bed en hield de deur strak in het oog. Zo nu en dan keek ze op haar horloge. De minuten tikten voorbij. Vijftien minuten, dertig minuten, vijfenveertig minuten. De stilte werd verbroken door een korte roffel op de deur.

23

Lien knalde de hoorn op het toestel en graaide haar jas van de bank. Ze voelde in haar jaszak naar haar autosleutels en vloekte hardop. 'Zal je altijd zien', foeterde ze. 'Net nu ik ze hard nodig...' Haar ogen dwaalden in het rond en ontdekten de sleutels op het aanrechtblad. Snel stopte ze de sleutels in haar zak en beende het appartement uit. Bij de kamerdeur van Kelly hield ze halt en bonkte op de deur. Ze wachtte niet op antwoord en stapte resoluut de kamer binnen. 'Kelly?' Geschrokken veerde Kelly op en keek de vrouw geïrriteerd aan. De mascararoller rolde over tafel en langs Kelly's oog liep een donkere veeg. 'Kom toch binnen', riep Kelly sarcastisch. In de spiegel bekeek ze de schade die het mascaraborsteltje had aangericht.

'Trek je jas aan, we gaan. Ik kreeg net een telefoontje dat Mo is vertrokken. We moeten opschieten want ik weet niet hoeveel tijd we hebben.' Ze haalde een jas van de kapstok en gooide die in Kelly's armen.

'Nu? Maar ik moet me nog omkleden en opmaken en...'

'Daar is nu geen tijd voor. Hop hop...' commandeerde Lien. Ze duwde het meisje de kamer uit, de gang door en de trap af. Ze namen plaats in de Volvo en scheurden de straat uit, nagekeken door een vrouw die achter het raam op de tweede etage van de seksclub stond te kijken. Els deed een stap naar achteren en stak een sigaret op. Ze kneep haar ogen samen terwijl de rook uit haar neus omhoog kringelde.

Vivian stond beneden voor het pand op het tweetal te wachten. Haar ogen schoten van links naar rechts en zochten de straat af. De kust was veilig. Ongeduldig wenkte ze dat Lien en Kelly hun pas moesten versnellen. Ze trok het tweetal het pakhuis binnen, wierp nog even een blik door de straat en sloot toen de deuren. Kelly keek de vrouw nieuwsgierig aan. Was deze vrouw een vriendin van Mo? Onmogelijk! Ze was veel te oud. Met moeite wist Kelly een glimlach te onderdrukken. In haar hart speelde een orkest. Lien had het fout, zo verschrikkelijk fout. Ze opende haar mond om iets te zeggen maar de vrouw was haar voor. 'Schiet op', siste ze gejaagd. 'Voordat iemand ons ziet. Vlug naar boven.' Op een bank, tegen de muur, bewoog iets. Er klonk gevloek uit het donker, gemurmel. Kelly werd aan haar mouw meegetrokken. Ze volgde Vivian de trap op, de gang door en weer een trap op. De brunette tikte met haar vinger tegen haar lippen en klopte vervolgens op de deur. 'Ik ben het, Vivian...' fluisterde ze. 'Kan ik binnenkomen?' Onderwijl stak ze een sleutel in het slot en draaide het rond.
'Ja, kom maar', was het antwoord. Vivian seinde dat Lien en Kelly even moesten wachten en glipte toen de kamer binnen. Een halve minuut later werd de deur weer geopend en mochten Lien en Kelly naar binnen.

De twee meisjes staarden elkaar verbijsterd aan. Hun monden hingen open, hun ogen stonden wijd van schrik. 'Kelly?'

hakkelde Lisa en ze vloog haar vriendin spontaan om de hals. 'Wat doe jij nou hier?'

'Kelly is ook op de verkeerde vent verliefd geworden', sprak Lien voor haar beurt. 'Net zoals jij. Hetzelfde probleem en dezelfde vent: Mo. Hij heeft jullie allebei met zijn mooie praatjes ingepakt. Alleen Kelly wil het nog niet geloven. Daarom hebben we jullie samengebracht.' Kelly schudde haar hoofd om het helder te krijgen. Dit kon niet waar zijn. Ze staarde in het bleke gezicht van Lisa. Naar de blauw opgezwollen wang en naar de dikke striem op haar kin. Naar de dunne armen en haar knokige polsen. Lisa week terug en keek Kelly verbouwereerd aan. 'Jij... Jij zat in Ierland met Kris... Jij... Heb jij iets met Mo? Maar je wist toch dat ik...?'

'Maar jij was het huis uitgegooid', verdedigde Kelly zich. Ik was er zelf bij. Hij heeft gezworen dat het uit was. Hij heeft gezegd dat hij van mij houdt, alleen van mij. We gaan trouwen en... en', lichtte ze toe.

'Trouwen? Ha... Met mij ook', hoonde Lisa. 'Hij heeft voor mij al een huis gekocht. Voor onze kinderen...'

'En voor de hond...' vulde Kelly aan. Lisa liet haar schouders zakken en knikte. Het drong tot haar door dat Kelly ook het slachtoffer was geworden van zijn zoete leugens en dat zij geen enkele schuld trof. Ze pakte de hand van Kelly vast. 'Hij houdt ook zielsveel van mij...' Met een wrange glimlach wees ze naar haar gehavende gezicht.

'Hij slaat mij niet maar hij geeft mij wel drugs', zei Kelly zacht. 'En soms weet ik niet waar ik het meest naar verlang: Mo of het witte poeder.'

Het was even stil. De voorhoofden van de twee meisjes raakten elkaar. Lien seinde naar Vivian, die luidruchtig haar keel schraapte. 'Luister meiden, de tijd dringt. Wij willen jullie helpen maar dan moeten jullie wel voor honderd procent achter ons plan staan. En dat is niet zonder risico. Als jullie twijfels hebben, gaat het niet door.' Ze keek de twee meisjes afwachtend aan.

'Ik wil niets liever dan zo snel mogelijk terug naar huis', antwoordde Lisa. 'Over twee dagen moet ik gaan tippelen op de kade. Dat wil ik echt niet.'

'En jij, Kelly?' vroeg Lien. Kelly's gezicht was rood en haar stem schoot uit: 'Natuurlijk doe ik mee. Ik laat me niet meer door die lulhannes gebruiken. Hij kan voor mijn part doodvallen. We stappen direct in de auto en rijden terug naar huis.'

'Nee, dan komen we niet ver', waarschuwde Lien. 'Zodra hij merkt dat jullie weg zijn, stuurt hij zijn vrienden achter jullie aan. Die houden de stations en jullie ouderlijk huis in de gaten. Ze plukken jullie zo weer van de straat. Zoiets moet je zorgvuldig voorbereiden. We bellen eerst met jullie ouders en maken afspraken waar ze jullie kunnen oppikken. Jullie hebben in Nederland een schuiladres nodig want terug naar huis is uitgesloten. Zodra Mo de kans krijgt, grijpt hij jullie. Jullie zijn voor hem veel geld waard. En dat laat hij zich echt niet afpakken. Zolang hij vrij rondloopt, zijn jullie niet veilig. We moeten mensen omkopen om aan informatie te komen. Mensen inhuren die jullie naar de grens brengen. Je hebt geld nodig voor een hotel en voor eten.'

'We kunnen toch ook hier naar de politie', vond Lisa.

'Luister, lieverd', legde Lien haar uit. 'Onze vriendenkring is erg beperkt en bestaat uit hoeren en pooiers. Als wij de politie inschakelen, wordt dat niet in dank afgenomen. Dan hebben wij geen werk en geen vrienden meer. En wat denk je dat Mo en zijn vrienden met ons doen?'

'We helpen jullie een eind op weg', legde Vivian uit. 'Een groot deel van jullie vlucht moeten jullie zelf uitvoeren, zonder ons.' Bij die woorden vielen ze allemaal even stil.

'Oké,' zei Kelly, 'wat doen we?'

'Wij hebben twee of drie dagen nodig om alles te regelen', zei Vivian. Toen ze de wanhopige blik in Lisa's ogen zag, voegde ze er snel aan toe: 'We proberen voor jou wat geld bij elkaar te sprokkelen waarmee we een aantal mannen inhuren. Zodra jij gaat tippelen, komen deze mannen langs en doen zich voor als klanten. Je stapt bij ze in de auto en een paar straten verder wacht je tot de tijd om is. Wij geven de mannen geld mee en daarvan betaal je Mo, zodat hij geen argwaan krijgt.' Lisa haalde opgelucht adem.

'Luister...' Lien trok een eetkamerstoel naar voren en nam plaats. Ze gebaarde de anderen dat ze ook moesten gaan zitten. De meisjes ploften op de bank neer en Vivian ging op de salontafel zitten. 'Het komt ons wel goed uit dat jij op de kade gaat werken. Je moet het huis uit. Buitenshuis maken we meer kans om te vluchten. Het 'wanneer' houden we geheim voor jullie. Er worden geen koffers gepakt, er wordt van niemand afscheid genomen. Mocht Mo argwaan krijgen en één van jullie onder druk zetten, dan valt er weinig te vertellen want je weet niks. Zo heeft de ander nog een kans om te vluchten. Hij verwacht nooit dat jullie er met zijn tweeën vandoor gaan. Als het zover is, worden jullie afzonderlijk opgehaald. De chauffeurs maken zich wel bekend. Jullie worden naar een dorp buiten Antwerpen gebracht en daar wachten jullie op elkaar. Niet langer dan dertig minuten. Is de een er niet, dan gaat de ander weg. In het dorp stappen jullie over in een andere auto en die brengt jullie gezamenlijk de grens over.

Jullie worden bij een bushalte gedropt en reizen per bus naar Breda. Als alles goed verloopt, staan jullie ouders daar op jullie te wachten.'

'En als het fout gaat?' wilde Kelly weten. 'En als onze ouders nou niets meer met ons te maken willen hebben? En als...'

'Het gaat niet fout', antwoordde Lien. 'En je ouders... we zullen zien.'

Vivian kwam omhoog. 'We moeten aan de tijd denken. We weten niet wanneer Mo weer op de stoep staat.' Lien knikte en kwam ook uit haar stoel omhoog. 'Vanaf nu zoeken we geen contact meer met elkaar. Dit was de laatste keer dat we elkaar hebben gesproken.' Ze stak haar hand naar Lisa uit. 'Het ga je goed.' Lisa staarde naar de uitgestoken hand. In haar donkere ogen lag een onzekere uitdrukking. Haar stem trilde toen ze zei: 'Bedankt!'

Het drietal vertrok. Beneden bij de deuren namen Lien en Kelly afscheid van Vivian. Op de terugweg werd er geen woord gewisseld. Ze hadden beiden zoveel om over na te denken. Het scenario van hun vluchtplan spookte door hun hoofden. Voor de club werd de auto geparkeerd en liep het tweetal het pand binnen. Ze keken niet op of om. Ze zagen de man en vrouw achter het raam op de tweede etage niet staan. Mo had zijn sigaret losjes tussen de vingers en inhaleerde de prikkelende rook. Hij gromde naar Els en trok zich terug van het raam.

Kelly was alleen op haar kamer en voelde zich ellendig, verontwaardigd en woedend. Ze vulde de waterkoker, zette de radio aan, en toen weer uit. Ze had een enorme hoofdpijn en het zuur kwam omhoog in haar keel. Ze ijsbeerde in het rond en liet zich uiteindelijk op het bed vallen. 'De klootzak', brieste ze. 'De ontiegelijke lul.' Ze voelde de tranen achter haar oogleden prikken. Hoe kon ze zo stom zijn geweest om te denken dat hij echt van haar hield. Hij had zijn spel goed gespeeld, ze was er met open ogen in getrapt. Ze was stom... stom, stom, stom. Ze sloeg met haar vuist tegen haar hoofd. Ze wilde hem veel te graag geloven, dat was haar fout geweest. Die idiote nepverloving, de belachelijke kulverhalen over trouwen en kinderen krijgen. Een hysterische lach kwam diep van binnen omhoog. Wat zouden Mo en zijn vrienden een lol hebben gehad om haar naïviteit. Die hebben natuurlijk in een lachstuip gelegen. De eikels... Ze heeft al die weken de hoer voor hem gespeeld, al haar geld afgestaan omdat ze zoveel van hem hield. Hoeveel van die hijgende en zwetende kerels had ze niet boven op haar gehad? Dat had ze allemaal voor hem gedaan. De gore oplichter... Als hij dacht dat hij hier ongestraft mee wegkwam, dan had hij het mis. Hij ging hiervoor boeten. Ze zou hem kapotmaken zoals hij haar kapot had gemaakt. Ze sloot haar ogen en bedacht allerlei gruwelijke wraakacties in de hoop dat daardoor de pijn die door haar lichaam ronddwaalde zou afnemen.

Het was even na zessen toen hij haar kamer binnenstapte. Kelly lag nog steeds op bed. Een bittere grijns plooide zich om haar mond. 'Lig je nog op bed, prinses?' vroeg hij bezorgd. 'Je mag wel opschieten, je moet zo werken.' Hij kwam op haar af en wilde haar kussen maar zij wendde haar gezicht af. 'Ik heb een barstende koppijn', liet ze hem weten. 'Ik blijf in bed.' 'Maar lieverd...' Hij ging naast haar op bed zitten en aaide over haar arm. 'We hebben het geld hard nodig. Neem dan een aspirientje of iets anders? Wil je wat spul?' Ze schudde resoluut haar hoofd. Hij zuchtte en probeerde meelevend te kijken. 'Je zit ook veel te veel binnen. Ben je vandaag nog buiten geweest?'

'Nee!' Haar stem snauwde. 'Waar moet ik heen dan? Ik ken niemand hier.'

'Tuurlijk wel. Er werken hier toch genoeg meiden waarmee je kunt gaan winkelen. Wat heb je vandaag dan gedaan?'

'Niets,' reageerde ze geïrriteerd. 'Ik heb de hele dag op bed gelegen en ik heb nu geen zin in jouw gezeik.' Ze keek hem uitdagend aan en hoopte dat hij haar zou vastgrijpen en door elkaar zou schudden. Dat hij haar zou slaan, zou vervloeken. Dat hij in ieder geval iets deed waardoor ze hem kon aanvliegen. Ze wilde niets liever dan met haar nagels in zijn gezicht klauwen. Maar hij deed niets van dit alles. Zijn mond trok strak.

'Ik ben ziek, dus rot op', herhaalde ze ongeduldig. Hij stond langzaam op en keek haar zonder iets te zeggen een paar minuten aan. De ogen onder de zwarte wenkbrauwen stonden wantrouwend. 'Ik weet niet waarom je zo lullig tegen me doet maar weet wel dat ik van je hou.' De ogen van Kelly vlamden op. Ze werkte zich in haar kussens omhoog en nam Mo overdreven traag van top tot teen op. Zijn stem veranderde toen hij zag dat hij weinig indruk maakte met zijn bekentenis. Hij kreeg nu een dringende klank, als van een generaal die bevelen gaf. 'Morgen ga je gewoon weer aan het werk. Hoofdpijn of niet... Ik pik dit soort kinderachtige spelletjes niet. Begrepen?' Kelly snoof. De haartjes in haar nek kwamen overeind. Ze kon de minachting niet uit haar stem houden toen ze vroeg: 'Is dit een dreigement?' Hij was even van zijn stuk gebracht. Een zweem van ongeloof gleed over zijn gezicht. Plotseling boog hij zich voorover en steunde met zijn vuisten op het matras. 'Maak me niet kwaad', fluisterde hij met ingehouden woede in haar oor. 'Ik ben beslist geen lieverdje als ik kwaad ben.'

'Dat weet ik', antwoordde ze koeltjes. Hij veerde omhoog en keek haar donker aan. Toen draaide hij zich om, stampte de kamer uit en sloeg met een klap de deur achter zich dicht.

Lien had Mo zien vertrekken en aan zijn manier van lopen was het haar duidelijk dat hij woedend was. Dat had haar verontrust. Het kostte haar ontzaglijk veel moeite om niet direct bij Kelly de kamer binnen te stormen om te kijken of alles wel in orde was. Maar na vier uur, toen Kelly allang beneden had moeten zijn, kon ze zich niet langer bedwingen. Ze was de kamer binnengestapt en stond met haar vuisten in de zij voor het bed. 'Wat is er met jou aan de hand?' wilde ze weten. Bezorgd gleed haar blik over het meisje heen.
'Waarom ben jij beneden niet aan het werk?'
'Ik verzet geen stap meer voor die klootzak. Hij kan de kolere krijgen.'
'Kelly!' siste Lien geërgerd. 'Straks verpest je alles. Je kunt makkelijk gaan bedienen, ik hou de kerels wel bij je weg. Maar als je van de één op de andere dag helemaal niets meer doet, kweek je achterdocht. En dat kunnen we dus niet gebruiken.'
Kelly haalde nukkig haar schouders op. 'Ik ben echt niet bang voor hem.'
'Dat is dan heel dom', meende Lien. 'Maar je kunt misschien voor de verandering eens aan een ander denken. Het draait niet alleen om jou. Ik ben er ook nog en Vivian en Lisa. Jij bent misschien niet bang, maar wij wel.' Met een ruk draaide Lien zich om en beende naar de deur.
'Lien...' Kelly sprong uit haar bed en haastte zich achter de vrouw aan. 'Je hebt gelijk. Ik ben stom bezig', zei ze op snelle, zachte toon. 'Sorry maar... ik ben zo kwaad. Ik voel me zo... zo ... dom... zo...'

'Ik weet het, liefje.' Ze tikte het meisje onder haar kin. 'Maar hou je aan het plan, anders wordt het niks.' Kelly knikte met tegenzin. 'Morgen kom ik weer werken', zuchtte ze.

'Goed zo, liefje.' De hand van Lien lag al op de deurklink.

'Lien, wacht...' Kelly liet zich bij de linnenkast op haar knieën zakken en haalde het theedoosje te voorschijn. 'Hier!' Ze duwde het doosje bij de vrouw in haar handen. 'Ik heb stiekem wat gespaard zoals je toen geadviseerd had. Bij elke klant heb ik vijf euro achtergehouden.Gebruik het geld voor Lisa zodat ze niet hoeft te tippelen.' Lien opende het doosje en staarde naar het geld. 'Het is veel geld. Weet je het zeker? Je kunt het ook zelf gebruiken. Je kunt ook net doen alsof je gewerkt hebt en hem het geld geven.'

'Nee, het is voor Lisa.' Kelly's mond stond hard en vastberaden.

24

Voetstappen klonken op de trap, gemorrel aan het slot en toen een dreun van de deur die in het slot sloeg. Met een boog vloog de jas door de lucht en belandde op de grond.

'Verdomme, verdomme, verdomme', tierde Mo en bij elk woord beukte hij met zijn vuisten tegen de deur. De deur trilde door de kracht van zijn slagen in de vergrendeling. Plotseling draaide hij zich om, zijn borstkas zeeg wild op en neer. 'Maak koffie', commandeerde hij tegen Lisa. Hij harkte met zijn vingers door zijn haar en liet zich op een stoel zakken.

'Is er wat gebeurd?' vroeg Lisa voorzichtig.

'Ja, de plannen zijn gewijzigd', antwoordde hij grimmig. Lisa voelde haar hart overslaan, ze verstijfde, stond vastgenageld aan de vloer. Ze stond met haar rug naar hem toe en durfde zich niet om te draaien, bang dat hij de paniek op haar gezicht kon lezen. 'O?' hakkelde ze onhandig. 'Wat is er veranderd dan?'

'Ik breng je morgen naar de kade om te werken. We hebben het geld hard nodig.' Met een ruk draaide ze zich om. 'Maar dat kan echt niet', protesteerde ze half in paniek. 'Je weet toch dat ik...' Ze stopte midden in de zin en keek hem verward aan.

'Die twee dagen maken ook niks meer uit', blafte hij.
'Maar ik ben ongesteld.' Hij vloog overeind en wierp nijdig zijn sigarettenpeuk in haar richting. 'Je gaat, daarmee uit', schreeuwde hij. Lisa toomde in. Het had geen nut om er tegen in te gaan. Zijn wil was wet. Hoe moest ze in hemelsnaam Vivian of Lien op de hoogte brengen van deze plotselinge wending? Straks werd ze door een echte klant meegenomen en wat moest ze dan? Ze wachtte dus af, op haar lip bijtend. Hopend dat hij haar alleen zou laten, al was het maar voor even. Maar als een pitbull hield hij de wacht, geen seconde week hij van haar zijde.

Lisa had slecht geslapen. Ze had liggen woelen en draaien en uiteindelijk was ze pas laat in de nacht in een onrustige slaap gesukkeld. Ze werd wakker van het gestommel in de kamer. Mo was bezig met het dekken van de tafel en liep met mokken en borden heen en weer. Toen hij merkte dat ze wakker was, verscheen er een brede glimlach op zijn gezicht. 'Prinses,' riep hij vriendelijk, 'ik heb een heerlijk ontbijtje voor ons gemaakt. Kom snel zitten.' Hij sloeg haar dekens open en trok haar uit het bed. 'Je moet goed eten voor je gaat werken.' Hij plantte haar op een stoel en nam tegenover haar plaats. Lisa reageerde verdoofd. Haar ogen flitsten naar de stoel achter hem en namen de minirok, de netkousen en de witte blouse op. Hij volgde haar blik. 'Ik heb alvast wat kleren voor je klaargelegd', verklaarde hij met een grijns. 'Ik heb er niet veel verstand van maar volgens mij is dit sexy genoeg. Je kunt de bovenste knopen van de blouse open laten staan, dan komen je borsten beter uit. Ik heb trouwens met Annelies afgesproken dat je vandaag met haar meeloopt. Kun je een beetje de kunsten afkijken. Zij heeft tenslotte enorm veel ervaring.' Lisa knikte

zwak en probeerde het brood dat plotseling naar stopverf
smaakte, met een slok thee weg te spoelen. Na een paar
minuten sprong hij weer op en ruimde neuriënd de tafel af.
Lisa volgde elke beweging terwijl haar hersens op volle toeren
draaiden. Ze moest Vivian waarschuwen, ze moest! De douche
bevond zich in de gang. Misschien dat ze vanuit daar... 'Ik ga
even douchen', zei ze snel. Ze haalde een handdoek uit de kast,
nam de kleren onder haar arm en verdween de gang op. Ze
wilde de kamerdeur sluiten maar zijn stem hield haar tegen.
'Laat deze deur maar openstaan', riep hij. Hij verscheen in de
deuropening en knikte haar bemoedigend toe. Ze perste haar
lippen op elkaar. Verdorie... Ze sloot de douchedeur en draaide
de douchekranen open. Ze wachtte een paar minuten en
opende toen voorzichtig de deur. Ze stak haar hoofd om het
hoekje en gluurde de schemerige gang in, haar kamer binnen.
Er was geen beweging te zien. Zachtjes sloot ze de douchedeur
achter zich en glipte de gang door, de trap af. Zenuwachtig
bonkte ze met haar vuisten op de deur van Vivians
appartement. 'Vivian... Vivian.' Lisa's stem sloeg over van de
zenuwen. Het geluid van voetstappen over een plavuizen vloer
stopte achter de deur. 'Vivian...' Een deurknip werd
verschoven en de deur zwaaide open.
'Lisa?' siste de brunette. 'Wat doe jij hier?' Gejaagd keek ze
langs het meisje heen de gang door.
'Ik moet nu, nu! Je moet me helpen. Ik wil niet, ik wil het niet.'
'Wat?' Vivian schudde niet begrijpend haar hoofd. 'Ik moet
nú tippelen. Help me alsjeblieft. Help me.' Ze raakte de arm
van de vrouw even aan en holde toen de trap weer op. Boven
aan de trap bleef ze even staan en gluurde haar kamer in.
Geen Mo. Het gekletter van het water in de douche was in de
gang hoorbaar. Vlug schoot ze de doucheruimte in en trok

273

haar nachthemd uit. Ze stapte onder de douche, maakte haar haren nat en draaide de kranen dicht.

Het was grauw en somber weer. Donkere wolken trokken samen en langzaam slibde de lucht dicht. Het zag er naar uit dat op elk moment een hevige stortbui kon losbarsten. Mo stopte zijn sportauto op de kade en boog zich over Lisa. Hij trok aan de portierhendel en haar portier zwaaide open. 'Ik zet even mijn auto weg, ga jij maar alvast naar Annelies. Ik kom zo.' Hij seinde met zijn hoofd dat ze moest uitstappen en ze gehoorzaamde zonder protest. Schoorvoetend stapte Lisa op een groepje meisjes af. 'Hallo', stamelde ze onhandig. 'Ik ben Lisa, ik ben nieuw.' Het was plotseling stil. Onderzoekend keken de meisjes de nieuwe aan.

'Als je voor de secretaressebaan komt, ben je te laat', riep Annelies plotseling bijdehand. Ze deed een stap naar voren en keek met een cynische grijns Lisa aan. 'Ze hebben al iemand gevonden.' Er klonk een onderdrukt gegiechel uit de groep. 'Of kom je ergens ander voor?'

'Dat weet je best', grauwde Lisa met een knalrood hoofd. Ze frunnikte wanhopig aan haar blouse en keek over haar schouder of ze Mo zag.

'Ik? Ik weet van niks', riep Annelies als een volleerd toneel-speelster en ze hief haar armen in de lucht. 'Ik ben de typiste van de groep. Mij vertelt nooit iemand iets.'

'Hé, Eef, laat dat kind met rust', riep een van de meisjes geërgerd.

'Ik mag toch wel een beetje stangen', giechelde Annelies boos. 'Dat is het enige waar ik nog plezier uit haal.'

'Maar genoeg is genoeg', vond het meisje.

'Ach, ze went er vanzelf wel aan. Vooral nu we innig gaan

samenwerken', riep Annelies honend. 'Kom, Bep...' Ze stootte Lisa aan, 'dan laat ik je ons stekkie zien.' De plek was niet meer dan een paar straattegels langs een doorgaande weg. Om de paar meter stonden schaars geklede vrouwen te lonken naar de auto's die stapvoets voorbijreden. Lisa telde in totaal zes vrouwen. Naast haar stond een meisje met donker krullend haar tot aan haar heupen en aan de andere kant een meisje met een wolk blond haar. Het donkere meisje stak haar hand op: de vele grote ringen aan haar vingers glommen. 'Dat is Gina,' stelde Annelies haar buurvrouw voor, 'en het blondje is Sonja.' En toen brulde ze over straat naar de meisjes: 'Dit is Bep, een groentje. Ze wordt door mij ingewerkt.' Handen zwaaiden door de lucht. 'Je treft het vandaag niet, Bep', riep een roodharig vrouw terug. Ter verduidelijking wees ze naar de lucht. 'Het gaat zo regenen.'

'Ik heet Lisa', siste Lisa verbolgen tegen Annelies. Deze rolde met haar ogen en schudde zuchtend haar hoofd. 'Tjonge, je bent echt een groentje. Wij gebruiken nooit onze echte naam als we aan het werk zijn. Je naam is geheim, dat is om je te beschermen. Als je door de politie wordt opgepakt, heet je Bep. Als een klant naar je naam vraagt, heet jij Bep en ik heet Eef. En wat betreft de klanten... Als er een klant komt, dan doe ik het woord. Jij draait af en toe eens sexy met je heupen. Gaat dat lukken denk je, Bep?' Ze keek Lisa vragend aan. Lisa knikte moeizaam. 'Mooi, dan is nu het wachten op klanten.'

De wind trok aan en de motregen viel als een vitrage over de stad. Met grote passen stak Mo de kade over. Hij begroette wat meisjes en stopte zo nu en dan om een praatje te maken. Breed grijnzend kwam hij op Lisa af en trok haar in zijn armen. 'Ik ben zo trots op je', fluisterde hij in haar oor. 'Doe je best, lieverd, doe het voor mij.' Hij drukte een kus op haar haar en wendde zich toen tot Annelies. 'Ik ben bij Ron. Als er problemen zijn, weet je ons te vinden.' Het meisje snoof. 'Wij redden ons wel. Zolang jouw vrouwtje precies doet wat ik zeg, gebeuren er geen rare dingen.'

'Dat weet ik toch', antwoordde Mo terwijl hij haar een vette knipoog gaf. 'Ik weet wel aan wie ik mijn meisjes toevertrouw. Jij bent gewoon de beste.' Lisa reageerde niet, maar dat ene woordje bleef in haar hoofd haken: meisjes.

'Succes, meiden.' Mo gaf Lisa een paar tikjes op haar kont en verdween.

Vivian vloekte hardop. Het liep helemaal fout. Elk detail was tot in de puntjes uitgewerkt maar ze hadden geen rekening gehouden met onverwachte veranderingen. Lien en Vivian hadden om de paar uur naar de ouders gebeld maar er werd niet opgenomen. De mensen leken van de aardbodem te zijn verdwenen. Ze hadden drie chauffeurs met vluchtauto's kunnen regelen maar de prijs die ze daarvoor moesten betalen was aanzienlijk hoger dan waarop ze hadden gerekend. En nu Lisa... Vivian moest rap handelen. Ze had hooguit een paar minuten om dit probleem op te lossen. Hoe minder tijd ze had om het voor te bereiden, hoe meer kans er bestond dat ze fouten ging maken. Ze wachtte tot Lisa en Mo het pand hadden verlaten en stormde toen de trap af. 'Sjaak...' Sjaak lag op een bank die beneden in de hal van het pakhuis stond. Ze schudde zijn knokige lichaam heen en weer. Met tegenzin opende hij zijn ogen en keek de vrouw lodderig aan. 'Wat mot je?' grauwde hij.

'Ik heb een klusje voor je.' Hij veegde zijn vette, lange haren naar achteren en kwam omhoog.

Een zilvergrijze BMW stopte voor de stoep van Lisa en Annelies. Een man van middelbare leeftijd draaide zijn raampje open en wenkte. Annelies vloog op de auto af en leunde op haar ellebogen door het raam naar binnen. Ze waren druk in gesprek en geregeld wees Annelies naar Lisa, die op haar beurt zenuwachtig op de binnenkant van haar lip stond te kauwen. De man keek een paar keer in haar richting en na een minuut werd ze geroepen. Met verdoofde benen liep ze op de auto af. 'Mijn zusje is nog maagd, u bent haar eerste. Niet waar, Bep?' Annelies trok Lisa omlaag zodat de man haar beter kon bekijken. De man liet taxerend zijn blik langs het lichaam glijden. 'Hoe oud ben je?' vroeg hij uiteindelijk. Die vraag bleef even in de lucht hangen.

'Net veertien?' loog Lisa in de hoop dat dit getal de man zou afschrikken. En dat deed het. De man fronste zijn wenkbrauwen en schudde met zijn hoofd. 'Dat is me toch wat te jong.' Annelies gaf Lisa een waarschuwende por tussen haar ribben. 'Maar boven de veertien vindt u geen maagd meer', wierp Annelies tegen. 'Zo'n kans krijgt u nooit meer.' De man schudde resoluut zijn hoofd. 'En hoe zit het met jou? Jou zie ik ook wel zitten.' 'Dat kan', antwoordde ze. Bijna huppelend liep ze om de auto heen, trok het portier open en liet zich op de passagiersstoel vallen. 'Ik ben over een halfuurtje terug', riep ze naar Lisa. Lisa knikte opgelucht en stapte snel de stoep weer op. Ze sloeg haar armen beschermend om haar middel en keek de BMW na die stapvoets de straat uitreed.

Nog geen tien minuten later stopte een tweede auto. De bestuurder helde over de passagiersstoel en draaide het zijraam open. Hij keek haar een tijdlang zwijgzaam aan. Lisa kreeg het benauwd en stond wat onhandig aan haar vingers te

frunniken. Toen kwam zijn hand naar buiten, die haar
ongeduldig seinde dat ze dichterbij moest komen. Haar
voeten kwamen met tegenzin in beweging. Ze stopte een paar
meter voor het raampje en gluurde met een benauwd gezicht
de auto in. 'Hoeveel?' wilde de man weten. Lisa
schokschouderde. De ogen van de man glommen hebberig.
'Stap maar in', riep hij. 'We komen er samen wel uit.' Ze
maakte een afwerend gebaar en keek schichtig achterom. Ze
voelde haar tong aan haar gehemelte plakken toen ze zei: 'Ik
werk vandaag niet, ik voel me niet zo goed.'
'Wat doe je dan hier', beet de man haar toe. Hij maakte een
wegwerpgebaar en gaf een dot gas. Bij Gina kwam de auto
weer abrupt tot stilstand. Gina liep naar voren en na een kort
gesprek stapte ze in. Lisa nam weer plaats op die ene
vierkante meter die haar was toegewezen. Ze probeerde
zoveel mogelijk de auto's die stapvoets voorbijreden te
negeren. Zodra ze werd geroepen, wendde ze haar hoofd af.
Aan de overkant stopte een zilvergrijze BMW en Lisa
herkende hem direct. Het duurde even voordat Annelies uit de
auto klom. Ze wierp de man een handkus toe, trok haar rokje
recht en holde de straat over. 'Zijn er nog klanten geweest?'
Lisa schudde driftig met haar hoofd. 'Nee, het is vrij rustig.'
Annelies sloeg de kraag van haar zwarte lakjas op en stopte
haar handen diep in haar zakken. De regen maakte een
vreemd roffelend geluid op de plastic laklaag van haar jas. De
motregen had plaatsgemaakt voor dikke druppels die nu
gestaag uit de hemel vielen. 'Dat komt door dit kloteweer',
meende ze terwijl ze haar mond opensperde en de druppels
probeerde op te vangen. 'Als dit zo doorzet, zijn we vroeg
thuis.' Lisa's hart sloeg over en ze bad stilletjes dat er een
onweer zou losbarsten. Een claxon klonk en een man gooide

zijn rechterportier open. Annelies liep op de witte Ford af en hurkte naast het portier. Lisa sloot haar ogen en mijmerde een schietgebedje. Alsjeblieft, alsjeblieft.

'Bep, kom eens hier.' Een jammerklank kwam uit Lisa's keel omhoog. Ze deed een paar stappen naar voren en bleef als een zoutpilaar achter Annelies staan. Annelies stootte met haar elleboog tegen Lisa's been om aan te geven dat ze moest zakken. Onwillig zakte Lisa en wierp de man een vijandige blik toe. De man kneep zijn ogen tot spleetjes en bestudeerde haar gezicht. 'Je hoef niet zo boos te kijken', zei hij met een scheve grijns. 'Ik doe je niks. Kom, stap maar in.' Lisa kauwde zenuwachtig op haar lip. Was deze man door Vivian gestuurd of... of zat ze ernaast. Wat moest ze doen?

'Schiet op!' siste Annelies. Ze duwde Lisa ruw de auto in en stak toen haar hand uit. 'Wel direct betalen', riep ze. De man haalde zijn portemonnee tevoorschijn en telde vijftig euro uit. 'Veel plezier', riep ze en ze sloeg het portier dicht. De Ford trok op.

Lisa beet nerveus op haar nagels. Stel dat deze man niet door Vivian gestuurd was. Straks is hij een echte klant. Ze haalde zwaar adem. Dan moest het maar, dacht ze. Dan liet ze het gebeuren. Na een rit van vijf minuten reed de Ford een groot parkeerterrein op. De man zette de motor uit en haalde loom zijn handen door zijn haren. Hij draaide zich naar Lisa, die verkrampt naar de regendruppels staarde die op de voorruit uiteenspatten. Hij lachte toen hij haar benauwde gezicht zag. 'Maak je maar geen zorgen. Vivian heeft me gestuurd. Ik ga even op de achterbank een dutje doen. Maak me over een halfuurtje maar wakker.' Hij stapte uit en nam op de achterbank plaats.

Toen Lisa uiteindelijk weer teruggebracht werd naar de kade stond Annelies haar stampvoetend op te wachten. 'Schiet op! Ik sta hier te blauwbekken, we gaan naar De Zwarte Hengst.' Ze hield haar jas met twee handen stevig tegen zich aangedrukt en zag eruit als een verzopen kat. Ze seinde met haar hoofd en holde toen de kade over.

Mo rangschikte de speelkaarten in zijn hand en keek op toen de deur van De Zwarte Hengst openzwaaide. Hij fronste zijn wenkbrauwen toen de meisjes binnenstapten en legde de kaarten op tafel. 'Wat komen jullie doen?' gromde hij. Hij kwam uit zijn stoel omhoog en liep op het tweetal af.
'De regen zeikt uit de hemel', bitste Annelies. 'Als jij denkt dat ik een longziekte ga oplopen, heb je het mis.' Ze schoof met een wrokkige blik in haar ogen langs hem heen.
'Wacht even', riep hij en greep Annelies vast. Hij hield zijn hand op. Ze wrikte zich los en haalde vijftig euro uit haar jaszak tevoorschijn.
'Is dit alles', foeterde hij. Maar toen hij de woeste blik in Annelies' ogen zag, bond hij in. 'Nou, ja', zei hij onverwacht vriendelijk. 'Morgen is er weer een dag.' Hij trok Lisa in zijn armen en zei: 'Je mascara is uitgelopen, je ziet er niet uit.' Lisa reageerde niet.

25

Bart had zijn visspullen bij de voordeur al klaarstaan. Hij ging samen met de buurjongen een dagje vissen en hij had er reuze zin in. Het was alweer bijna twee jaar geleden dat hij voor het laatst met zijn vader had gevist. Hij had de deurknop al in zijn hand toen de telefoon rinkelde. Even weifelde hij maar uiteindelijk ging hij zuchtend naar het toestel. 'Met Bart.' Bart drukte de hoorn tegen zijn oor en speelde met het telefoonsnoer. 'Mijn moeder is er niet. Kan ik een boodschap aannemen?' Ongeduldig luisterde hij naar de vrouwenstem en wipte van zijn linker- op zijn rechtervoet. 'Ja, ze heeft wel een gsm maar dat nummer weet ik niet uit mijn hoofd.' Vluchtig keek hij op zijn horloge. Het nummer lag in de keukenla maar het leek hem niet nodig om het aan de vrouw te geven. Het was tenslotte een onbekende.

'Wil je tegen haar zeggen dat ze me met spoed moet terugbellen. Het is heel belangrijk', hield Lien vol. 'Heb je een pen en papier?' Bart blies zijn wangen op en draaide met zijn ogen. Hij grabbelde een pen uit de la. 'Zegt u het maar.' '0032...' herhaalde hij terwijl de pen over zijn handpalm kraste. Hij dreunde nogmaals het nummer op toen de vrouw erom vroeg. 'Ja, het is heel belangrijk. Ik zal het mamma zeggen. Dag mevrouw.' Hij drukte snel de hoorn op het toestel, graaide zijn visspullen uit de gang en sprintte het huis uit.

Ze zochten van 's morgens vroeg tot 's avonds laat de sekshuizen en tippelzones af. Meneer en mevrouw Kroon waren in de grote steden ten zuiden van de woonplaats begonnen. Mevrouw Aldra en Joost waren afgezakt naar het noorden. Ze hadden foto's van de meisjes meegenomen maar ze werden nergens herkend. Mevrouw Aldra en Joost kwamen die avond laat thuis. Ze waren doodop. Joost zette nog snel een pot koffie en mevrouw Aldra ging even bij haar jongste zoon op de kamer kijken. De buurvrouw had Bart al naar bed gebracht. Ze opende zachtjes de deur en stak haar hoofd om de hoek. Op haar tenen sloop ze naar zijn bed. Alleen zijn donkere kruin stak boven de dekens uit. Ze drukte een kus op zijn haar en sloop toen de kamer weer uit. In de keuken liet ze zich op een stoel zakken en haalde diep adem. Haar ogen stonden vermoeid en waren omlijnd met zwarte kringen. Ze plantte haar handen onder haar hoofd en sloot haar ogen. 'Morgen wil ik samen met Bart ontbijten', zei ze terwijl ze in haar ogen wreef. 'Hij krijgt veel te weinig aandacht. Zodra hij naar school is, gaan we verder zoeken.'
'Dat is prima', antwoordde Joost. Hij nam tegenover haar plaats en schoof een mok koffie over de tafel naar haar toe. Ze opende haar ogen en glimlachte dankbaar. 'Je bent een liever. Wat had ik zonder jou gemoeten.' Hij nam een slok koffie en knipoogde naar haar.

Bart was verbaasd toen hij de volgende morgen zijn moeder en Joost aan het ontbijt aantrof in plaats van de buurvrouw. Hij nam met een blij gezicht plaats aan tafel en pakte twee beschuitjes met hagelslag van de schaal. 'Hebben jullie nog iets gevonden?' vroeg hij nieuwsgierig. Zijn moeder maakte een hulpeloos gebaar. 'Niets. Misschien hebben we vandaag meer geluk. Hoe ging het vissen gisteren?'

'Tof. Ik heb drie grote snoekbaarzen gevangen en Peter twee.' Hij kauwde enthousiast op zijn beschuit. 'En de moeder van Peter kwam soep en limonade brengen en we hebben onwijs gelachen.'

'Dat klinkt gezellig', meende Joost. 'De volgende keer ga ik met jullie mee.'

'Mij best', zei Bart. 'Ik moet opschieten want Frits komt me halen. We fietsen samen naar school.' Zijn ogen hielden de wijzers van de klok in de gaten terwijl hij met grote slokken zijn melk opdronk. Hij veegde met zijn mouw het melk-snorretje van zijn gezicht en sprong op.

'Ik heb voor de middag iets lekkers ingepakt', zei zijn moeder.

'Is het snoep?'

'Dat zal je wel zien', glimlachte mevrouw Aldra.

'Ik hoop dat het snoep is', zei Bart en hij pakte zijn rugtas van de grond. 'Ik ga.'

'Krijg ik geen zoen?' vroeg zijn moeder en trok hem in haar armen voordat hij langs haar heen kon schieten. Ze hield hem enkele minuten stevig vast.

'Mam! Ik stik bijna', piepte de jongen. Hij wrong zich los en holde de keuken uit.

'Doe je jas aan', brulde zijn moeder hem nog na.

'O, mam...' Barts hoofd verscheen om de hoek van de deur.

'Gisteren heeft er een mevrouw gebeld. Het was heel belangrijk en je moet terugbellen.' En weg was zijn hoofd.

'Bart, hier blijven', schreeuwde zijn moeder en ze spurtte achter de jongen aan naar buiten. 'Wie was die vrouw? Heeft

ze een naam genoemd? Heb je haar nummer genoteerd?'
'Mam...' piepte Bart met een kinderlijk stemmetje, 'straks
kom ik te laat. Frits staat al te wachten.' Hij seinde naar Frits,
dat hij nog even geduld moest hebben. Joost stond nu ook in
de deuropening. 'Bart, dit is belangrijk. Misschien ging het
over je zus. Heeft die mevrouw jou een nummer gegeven?'
Bart knikte en keek naar de inktvlek op zijn handpalm. 'Het
was een heel lang nummer. Ik had het hier opgeschreven
maar ik denk dat door het water...' Joost greep zijn arm vast
en stroopte zijn mouw omhoog. 'Heb je het op je hand
geschreven? Nee toch...' jammerde Joost.
'Ik kon toch ook niet weten...', sputterde de jongen tegen.
'Bart', gromde zijn moeder maar ze maakte haar zin niet af.
Ontredderd keek hij haar aan, zijn lip trilde. Met een klap vielen
haar kaken dicht. 'Maar er zijn nog wel wat cijfers te lezen', zei
Bart met een iel stemmetje en hij wees op zijn hand. 'Kijk
maar... Hier een drie en een zes en...' Mevrouw Aldra holde
foeterend het huis binnen en kwam terug met pen en papier.
'Laat zien', snauwde ze. Ze probeerden de blauwe vegen te
ontcijferen. 'Ga nu maar naar school. Doe voorzichtig.' Bart
knikte, sprong op zijn fiets en verdween de straat uit.

'Wat hebben we?' vroeg Joost. Ze bogen zich over het papier
en bestudeerden de cijfers. 'Dit kan een zeven of een negen
zijn. Volgens mij is het een buitenlands nummer', merkte
Joost op. 'Welk land begint er met nul en drie?'
'Wacht...' Mevrouw Aldra haalde een agenda uit de kast en
begon te bladeren.
'Meestal staan de landennummers in een agenda. Hier...
Spanje, België, Ierland, Frankrijk, Italië en Luxemburg
beginnen met nul nul en een drie.'

'Het moet België zijn geweest, dat kan niet anders,' zei Joost.

'Waarom?' Mevrouw Aldra keek hem verbaasd aan.

'Het moet Vlaams zijn geweest, een andere taal verstaat Bart niet.'

'Dat is waar. En nu?'

'Er ontbreekt hier een cijfer en een cijfer is onduidelijk. Dit kan een zeven of een negen zijn. We maken een lijst met de mogelijkheden en bellen ze allemaal af.'

'O, god... dat kan dagen duren.' De stem van mevrouw Aldra sloeg over en er verscheen een angstige uitdrukking op haar gezicht. Alsjeblieft, dacht ze. Laat haar niks zijn overkomen, alsjeblieft. Ze haalde diep adem en het voelde alsof een zware steen op haar maag lag. Het gevoel dat ze de psychische druk niet meer aankon en dat ze zou doordraaien, werd steeds groter. Haar hart roffelde wild tegen haar ribben en het zweet brak haar uit.

'Gaat het?' vroeg Joost bezorgd. Hij legde zijn hand op haar arm.

'Ik red het wel, maak je om mij maar niet bezorgd', zei ze dapper. 'Ik bel ik de ouders van Kelly om te vragen of ze met hun mobiel hier naar toe willen komen. Dan bellen we met zijn vieren. En dan maar hopen dat dit iets is.'

De volgende dag had Mo Lisa op de kade afgezet en was naar Hot Lips gereden. Hij sprong neuriënd uit zijn auto en mikte zijn sigarettenpeuk in de goot. Beneden in de bar trof hij Kelly achter een glas warme chocolademelk en lezend in een tijdschrift aan. 'Prinses...' riep hij blij. Hij sloeg zijn arm rond haar schouder en drukte een kus op haar wang. 'Ben je alweer wat opgeknapt? Gelukkig maar. Ik maakte me ontzettend ongerust.' Hij nam tegenover haar plaats en bestelde een kop koffie. Kelly keek hem aan, een schaduw gleed over haar gezicht.

'Ik ben gisteren weer begonnen', antwoordde ze korzelig. 'Alleen wat serveren want ik voelde me nog niet fit genoeg voor iets anders.'

'Wil je wat wiet of iets sterkers?' Kelly twijfelde even. Het leek haar wel prettig om even alles te vergeten, even los te komen uit deze nachtmerrie. Een enorme zucht ontsnapte aan haar keel. Ze had het moeilijk. 'Nee, dank je', zei ze ten slotte.

'Weet je wat wij gaan doen?' Kelly trok vragend haar wenkbrauwen op.

'We gaan samen ergens wat eten', opperde hij. 'Gezellig met zijn tweetjes, daar knap je van op. Je bent gewoon een beetje depri. Je moet er gewoon even tussenuit.'

'Denk je?' vroeg Kelly zoetsappig en een namaakglimlach verscheen op haar gezicht.

'Dat weet ik wel zeker. Kom, pak maar vast je jas.'

'Ik drink eerst even mijn chocolademelk op', antwoordde ze lauw en met samengeknepen ogen hield ze zijn gezicht gevangen. Rond halftwaalf stapten Mo en Kelly in de auto. Lien staarde het tweetal vanachter het raam na en liep toen naar de telefoon.

Mo had haar meegenomen naar een klein tentje even buiten Antwerpen. Hij haalde zijn shag tevoorschijn en trok er een vloeitje uit. Hij rangschikte de tabak en begon te rollen. Kelly keek hoe Mo aan zijn shagje likte en zei toen: 'Hoe gaat het eigenlijk met de zaken in Nederland? Ik hoor je daar nooit meer over.' Hij stopte en leek verbaasd, maar herstelde zich snel. 'Ik heb al een aardig netwerkje opgezet. Als we dit zo volhouden, zijn we over een jaar van onze schuld af.' Onze schuld... Deze twee woorden bleven nagalmen in haar hoofd. Onze... Ze voelde woede, een opkomende driftbui, die wanhopig wachtte om tot uitbarsting te komen. Ze slikte haar boosheid in.

'Wat wil je eten, lieverd?' Kelly's ogen dwaalden over de kaart. Ze had totaal geen behoefte aan eten, ze wilde wraak. Het kostte haar moeite om te antwoorden: 'Doe maar een uitsmijter.'

Hij bestelde twee uitsmijters en twee glazen verse jus d'orange. De ober dekte de tafel en meldde dat het eten over een krap kwartiertje geserveerd zou worden. Kelly leunde naar achteren en speelde met de aansteker op tafel. 'Je bent de laatste tijd wel veel in België.'

'Wat bedoel je?' vroeg hij achterdochtig.

'Voorheen kwam je alleen in het weekend maar nu kom je steeds vaker tussendoor. Dat kan je toch je klanten kosten?' Mo schraapte zijn keel en drukte wild zijn sigaret in het asbakje uit. 'Ramon helpt me zo nu en dan, zodat ik wat langer in België kan blijven. Ik mis je gewoon, vandaar. Vind je het erg?' Hij pakte haar hand en bracht hem naar zijn mond.

'Nee, natuurlijk niet.' Haar ogen bleven gebiologeerd op het mes op tafel rusten. Ze moest zich bedwingen om niet het mes van tafel te graaien en hem daarmee te steken.

'Je weet toch dat ik zielsveel van je hou', hoorde ze hem nog zeggen. De huichelaar. Ze trok haar hand onder zijn lippen vandaan en borg haar handen in haar schoot op. Ze kon met het mes een haal over zijn mooie gezicht halen, ze kon... Ze stond plotseling op en keek met flikkerende ogen op hem neer. 'Ik moet even naar de wc.' En haar stem sloeg over toen ze dat zei. Ze liep met grote stappen naar achteren. In een klein halletje, naast de wc, bleef ze even staan.

'Bent u Kelly?' Kelly keek de man aan en knikte traag.

'Ik kom u halen.'

Ze voelde de tranen achter haar ogen branden en ze slikte.

'Op de hoek van de straat staat een witte Renault op u te wachten. U kunt via de achterdeur ongezien het restaurant verlaten', smiespelde de man.

'Gaat u maar vast, ik kom eraan.' De man staarde haar aan alsof hij haar niet vertrouwde.

'Ik wacht hooguit vijf minuten.' Toen draaide hij zich om en liep naar buiten. Kelly nam een minuut de tijd om haar gedachten te ordenen. De dag om afscheid te nemen was gekomen. Hij was dan voorgoed uit haar leven verdwenen. De hoek van de straat was hooguit twee minuten lopen, als ze een spurt trok was het een halve minuut. Voordat hij er erg in had, was ze al kilometers ver weg. Maar nee... Ze kon het niet. Ze kon niet zomaar verdwijnen zonder wraak. Ze rechtte haar schouders en liep terug naar het tafeltje. Haar woede groeide bij elke stap. Ze bleef naast hem staan en raakte even zijn schouder aan. Hij keek op en lachte naar haar. Ze pakte een mes van tafel; het donkere lemmet glom. Ze kneep in het handvat en voelde haar vingers kloppen. Zijn ogen glommen nieuwsgierig, bijna geamuseerd.

Ze keek hem strak aan en haar stem trilde toen ze zei: 'Je hebt me belazerd. Je hebt mij al die tijd gebruikt.' Met een gesmoorde vloek kwam hij omhoog en probeerde haar opzij te duwen. Het mes flitste door de lucht. Hij kon het niet ontwijken en het lemmet maakte een wrede haal over zijn handpalm. Zijn schreeuw vulde het restaurant. De ober kwam geschrokken naderbij, klanten sprongen op. Mo greep naar de pijnlijke plek. 'Secreet', schreeuwde hij, een druppel spuug raakte haar voorhoofd. Geschrokken liet ze het mes vallen en verbaasd keek ze naar het bloed dat langs zijn vingers op de grond druppelde. 'Ben je achterlijk geworden. Jij... jij... jij bent straks hartstikke dood, hoor je. Ik maak je af, ik...' schreeuwde Mo woedend. Hij schopte zijn stoel omver en kwam dreigend op haar af. Kelly deed een stap naar achteren en wiekte met haar vuisten in het rond. Ze raakte hem in het gezicht, op zijn borst en in zijn maag. Toen hij wankelde, schoot ze naar voren en rende het pand uit. Haar hart bonkte in haar keel en haar benen vlogen vooruit. Ze had bijna de hoek bereikt toen ze Mo haar naam hoorde brullen. Nog drie meter, nog twee, nog een... De deur van de Renault vloog open en Kelly dook naar binnen. De motor loeide en vervolgens scheurde de auto met hoge snelheid de straat uit. Mo krabbelde overeind en staarde naar zijn hand. Het was een bloederig geheel geworden. Hij keek naar de bloedvlekken op zijn shirt en haalde zwaar adem. 'Kutwijf', siste hij. Hij schoot de zaak uit en holde naar zijn auto, de gewonde hand tegen zijn lichaam gedrukt. Onhandig zocht hij naar de autosleutels in zijn broekzak en maakte het portier open. Hij nam achter het stuur plaats, startte de auto en racete achter de Renault aan.

'Dat zusje van jou zie ik wel zitten. Wat is haar naam?'
'Bep', antwoordde Annelies en ze duwde Lisa de auto in.
'Bep...' herhaalde de man.
'U moet wel direct bij mij afrekenen.' Een portemonnee kwam tevoorschijn. 'Dat is geen probleem.' Lisa kneep haar handen tot vuisten toen ze zag hoe de man het geld in de uitgestoken hand uittelde. 'Prima', zei Annelies en borg het geld in een buidel onder haar trui op. 'Ik zie je zo weer.' Toen de auto de straat uit was, keek de man haar vriendelijk aan. 'Lisa? Dat is toch je echte naam?' Ze aarzelde even en knikte toen.

'Er gebeurt niks, hoor. Ik ben geen echte man, ik bedoel...' Hij lachte ongelukkig. 'Ik bedoel... ik ben wel een man maar geen klant.'

'O, gelukkig.' De angst in haar ogen verdween. 'Ik heb opdracht gekregen om je over een halfuur weer terug te brengen. Heb je trek in een frietje? Ik trakteer.'

'Ja fijn, dank u.'

Annelies wees op haar horloge toen Lisa op de stoep werd afgezet. 'Ruim drie kwartier', foeterde ze. 'Dat is veel te lang. Je moet beter op je tijd letten.'

'Ik zal er de volgende keer op letten', antwoordde Lisa gedwee.

'Dat is je geraden. Is alles goed gegaan?'

'Ja, waarom niet?'

Enkele minuten later stopte er een stationcar. Een man van rond de twintig opende zijn portier en stapte met een voet naar buiten. Harde muziek rolde over straat. 'Die mooie dame met dat lange, donkere haar', brulde hij en hij seinde dat Lisa moest komen. 'Stap maar in.' Hij lachte haar vriendelijk toe. Tot nu toe ging alles goed, dat gaf haar zelfvertrouwen. Met een paar grote stappen stond ze naast de auto. Ze rukte het portier open en liet zich snel in de stoel zakken. Enigszins verbaasd volgde Annelies haar pupil. Het leek wel of het kind er plezier in kreeg. Ze mocht wel oppassen, straks had ze serieuze concurrentie aan het meisje.

'We hebben het nog niet over de prijs gehad', zei Annelies tegen de man.

'Hoeveel?' wilde hij weten.

'Ligt eraan wat je wilt.'

'Alles.' De man stak vijftig euro naar voren. 'Dit is toch wel genoeg?'

'Over een halfuur weer terug.'

'Tuurlijk', beloofde de man.

De man draaide de volumeknop verder open en stuurde de stationcar de snelweg op. Hij trommelde met zijn vingers op het dashboard met de muziek mee. Lisa voelde haar hart een keer overslaan toen ze de afslag naar Antwerpen voorbij zag razen. 'Je brengt me niet meer terug, toch?' vroeg ze onzeker. De man schudde resoluut het hoofd. 'Nee! Ik heb opdracht gekregen om je naar Lille te brengen. Ik heet trouwens Leo.'

26

'Ik ben gewond, man', brulde Mo in zijn gsm. 'Dat kolere wijf heeft mijn hand opengesneden. Ik bloed als een rund. Nee, ik zit in de auto. Ze werd buiten opgewacht. Weet ik veel... een vent in een witte Renault. Verdomme...' Hij smeet zijn gsm op de passagiersstoel en trok aan het stuur. Hij nam wat gas terug en trok moeizaam de versnellingspook naar zijn vier. De auto dribbelde in de bocht en trok daarna weer recht. De vingers van Mo begonnen te tintelen en zweet parelde op zijn voorhoofd. Druppels bloed vielen op de witleren zitting van de stoel toen hij de gsm weer oppakte. 'Ron... We rijden op de Ring van Antwerpen. Zorg voor een paar mannetjes en kom deze kant op. Dan rijden we ze klem. Schiet op!' Mo gooide de gsm weer op de stoel en drukte zijn handpalm stevig op zijn spijkerbroek in de hoop dat hij zo het bloed kon stelpen. Hij trapte het gaspedaal in en probeerde de Renault te passeren. De Renault zwenkte naar rechts en sneed hem de pas af. Mo vloekte hardop en ramde met zijn vuist op het stuur. Als hij die twee in zijn handen kreeg dan... Wie kon die vent zijn? Een klant die verliefd op Kelly was geworden? Het zou niet de eerste keer zijn dat een kerel smoorverliefd werd op een van de meisjes. Breda, las Mo op een bewegwijzering die voorbij zoefde. Natuurlijk... De kerel probeerde Kelly naar Nederland terug te brengen. Maar daar zou hij een stokje voor steken. Hij liet haar niet zonder slag of stoot gaan. Hij had veel te veel in Kelly geïnvesteerd. Ze moest zeker nog een jaar of twee voor hem werken voordat hij genoeg aan haar had verdiend. Een plotselinge misselijkheid golfde omhoog en het zweet gleed in straaltjes langs zijn gezicht, in zijn ogen. Gejaagd veegde hij met zijn bebloede hand het zweet van zijn gezicht. Hij knipperde met zijn ogen en bevochtigde met zijn tong zijn droge lippen. Zijn vingers gleden langs het stuur dat rood zag van het bloed. Het stuur was glad en glibberig geworden en bood weinig houvast meer. Een bocht naar rechts. Zonder vaart te minderen stuurde hij de auto door de bocht. De auto slingerde over de weg en al vloekend probeerde hij het vehikel te corrigeren. Driftig trok hij aan het stuur waardoor de auto de weg afschoot, de berm in. De auto schommelde en hobbelde over de zachte berm. Geschrokken trapte hij op de rem, wist op een haar na een verkeersbord te ontwijken en uiteindelijk kwam de auto schokkend tot stilstand. Met een spierwit gezicht zat hij enkele seconden bevroren achter het stuur. Hij haalde moeizaam adem en zag hoe de Renault langzaam uit het zicht verdween. Zijn woede laaide weer op en hij trapte het gaspedaal in. Aarde spoot omhoog, de wielen slipten en groeven zich diep in de aarde vast. 'Trut', brulde hij. 'Je gaat eraan.' Hij pakte zijn gsm en drukte op de toetsen. 'Waar zijn jullie?' blafte hij in het toestel. 'Ik zit met mijn auto vast in de berm. Pik me zo snel mogelijk op en bel Ramon. Die vent brengt haar terug naar huis. Laat Ramon zorgen dat iemand haar daar opwacht.'

'Hij gaat slippen', schreeuwde de chauffeur van de witte Renault. Kelly draaide zich met een ruk om en zag hoe de auto van Mo in de berm tot stilstand kwam.

'Dat scheelde weinig of hij was tegen het verkeersbord aangeknald', meende de man.

'Jammer dan', antwoordde Kelly droogjes en ze ging weer recht zitten.

'Je moest ongezien het restaurant verlaten', foeterde de man.

'Zo moeilijk was dat toch niet. Nou hebben we een gestoorde maniak achter ons aan. Wat heb je gedaan?' Kelly schokschouderde. 'Waar gaan we heen?' veranderde ze snel van onderwerp.

'Naar Lille, mogen we hopen. Maar we hebben nu al een probleem.' Hij kon een boze zucht niet onderdrukken. 'Ik heb een omweg moeten maken om de maniak op het verkeerde been te zetten', verklaarde hij. Kelly gaf geen reactie, haar gedachten waren duidelijk elders. Ze staarde met een spierwit gezicht naar de bloedspettertjes op haar handen. Toen ze Mo met het mes stak, verwachtte ze overspoeld te worden door genoegdoening, of door een gevoel van triomf. Maar dat bleef uit. Ze was alleen maar geschokt. Geschokt dat ze tot zoiets in staat kon zijn. Ze realiseerde zich al te goed dat ze nu zijn woede over zich had afgeroepen. Hij zou niet rusten tot hij haar te pakken had. 'We zijn behoorlijk uit koers, dus ik hoop dat we nog op tijd in Lille aankomen.' Zijn woorden sijpelden langzaam tot haar door. Ze stopte haar handen in haar jaszak en wiegde heen en weer op de bank. Steeds sneller en sneller. Bezorgd bekeek de man het gespannen meisje naast hem aan en trapte toen het gaspedaal tot de bodem in. Ze zetten koers naar Malle met als einddoel: Lille.

Mo had een oud T-shirt in de kofferbak gevonden en dat om de wond gewikkeld. Hij stond tegen zijn auto geleund en zoog ongeduldig aan een sigaret. Zijn hersenen maakten overuren. Elk detail van de afgelopen dagen, hoe klein dan ook, spoelde als een film voorbij. Wat had hij over het hoofd gezien?

Wanneer is ze zich anders gaan gedragen? Dat was de dag waarop ze met Lien op stap was geweest. Hij knikte stilletjes. Toen had ze tegen hem gelogen. Toen beweerde ze dat ze de hele dag ziek thuis had gezeten. Ze had hem afgebekt, als vuil behandeld. Dikke Lien... Hij kauwde gefrustreerd op zijn sigaret. De vrouw had hem vanaf het begin al niet gemogen maar dat gevoel was dan ook vice versa. Misschien was het geen slecht idee om Lien eens op een bezoekje te trakteren. Zij wist meer. Hij veerde omhoog toen de Audi van Ron in zicht kwam. Nog voordat de auto goed en wel gestopt was, had hij het portier al opengetrokken en was hij in de auto gesprongen.

'Rechtdoor', brulde Mo. Met een stug knikje begroette hij de twee mannen op de achterbank. Melvin sloeg hem op de schouder. 'Dit is Ger', stelde hij zijn compagnon naast hem op de achterbank voor. 'We krijgen ze wel te pakken.'

'Hoe zit het met je hand?' wilde Ron weten. 'Moet je niet eerst naar het ziekenhuis? Het bloed komt er doorheen.'

'Niet zeuren maar gas geven. Ik moet ze te pakken krijgen', grauwde Mo. 'Heb je Ramon gewaarschuwd?' Ron knikte.

'Als ik die trut in mijn tengels krijg, maak ik haar af', siste Mo. Zijn gsm klonk en snel trok hij het toestel te voorschijn. 'Mo', snauwde hij kortaf. 'Wat? Hoezo, niet teruggekomen?' Zijn hoofd liep donkerrood aan en een ader in zijn nek zwol op. 'Hoelang is ze dan al weg? Ruim één uur? Was ze met een vaste klant mee? Nooit gezien... Donkergroene stationcar.' Mo klauwde met zijn vingers in zijn haren en snoof wild. 'Wacht nog een kwartiertje en als ze er dan nog niet is, bel je Erik. Ik heb nu even geen tijd, ik zit tot over mijn oren in de shit. Laat

Erik de omgeving afzoeken. Misschien was de man ontevreden en heeft hij haar op een afgelegen parkeerplaats de auto uitgegooid. Laat hem bellen zodra hij haar heeft gevonden.' Mo verbrak de verbinding en sloeg driftig met zijn gezonde hand op het dashboard. 'Dit kan toch niet waar zijn? Lisa is nu ook verdwenen. Geef wat meer gas. We rekenen eerst met deze twee af.' Met honderd zestig kilometer per uur stoof de Audi de A1 op naar Breda.

'Hier mag je eruit', zei Leo. De stationcar stopte in de Kloosterstraat. Leo draaide de radio uit en trok een envelop onder zijn stoel vandaan. 'Deze brief moest ik je geven. Goed lezen.' Hij legde de brief in haar schoot en knikte vriendelijk. 'Ik wens je succes, Lisa. Het ga je goed.'
'Dank je, Leo.' Lisa stapte uit en keek zoekend in het rond in de hoop dat Kelly al op haar stond te wachten. Op een paar bejaarde dames met boodschappenwagentjes na, was de straat verlaten. Ze stak de straat over en ging op een bankje in de zon zitten. De zon voelde prettig aan en ze sloot heel even haar ogen. Het was lang geleden dat ze van zoiets simpels als de zon genoot. In gedachten was ze weer thuis, in de warme keuken met de geur van koffie en de stemmen van moeder, Joost en Bart. Ze haalde diep adem. Niet huilen, zei ze tegen zichzelf. Er waren genoeg tranen gevloeid. Ze opende haar ogen en las de letters op de envelop: Lisa. Met haar vinger volgde ze langzaam de lijnen van het kriebelige handschrift. Ze draaide de envelop en scheurde het open. Twee briefjes van twintig euro en een brief dwarrelden in haar schoot. De brief was in hetzelfde handschrift geschreven als de envelop. Haar ogen schoten langs de regels.

Lieve Lisa,
Bestel bij café De Valk wat te drinken en wacht op Kelly. Jullie
worden daar spoedig opgehaald en naar een hotel in Eindhoven
gebracht. In Eindhoven nemen jullie een taxi naar het
politiebureau. Doe aangifte, vertel jullie verhaal. Laat de
schoften boeten voor wat ze jullie en vele andere meisjes hebben
aangedaan. De politie neemt jullie in bescherming, daar ben je
veilig. Zorg dat we trots op jullie kunnen zijn. Wij hopen dat
we jullie hier nooit meer terugzien. Pas goed op je zelf,
twee hartsvriendinnen.

Enigszins teleurgesteld staarde Lisa naar de letters op het
papier. Geen moeder dus, die haar bij de grens opwachtte.
Geen Bart, geen Joost. Ze voelde haar hart samenkrimpen.
Met een zucht kwam ze omhoog en zocht de gevels af. Een
groot uithangbord, halverwege de straat, trok haar aandacht.
Ze stak de straat over en ontcijferde de sierletters op het bord:
De Valk. Ze opende de deur en ging naar binnen. De vrouw
achter de bar stopte met het spoelen van de glazen en keek
Lisa fronsend aan. Haar blik gleed langs het korte rokje, de
strakke blouse en het zwaar opgemaakte gezicht. Onzeker
glimlachte Lisa naar de vrouw en nam plaats aan een tafeltje
achter het raam. 'Wil je iets bestellen', vroeg de vrouw
vriendelijk en ze probeerde haar nieuwsgierigheid te
bedwingen. Lisa knikte en bestelde een tomatensoep.
De deurbel van het café klingelde toen een vrouw, gekleed in
een zwartleren motorjack, binnenkwam. Midden dertig,
donkere ogen, slank gestalte, halflang sluik haar bedekt met
een basketbalpet. Ze bestelde een kop thee en keek toen
zoekend in het rond. Haar blik bleef op Lisa rusten. Ze sloeg
haar langdurig gade, zich afvragend of dit een van de meisjes

was die ze zocht. Al roerend in de thee liep ze op Lisa af en plofte tegenover Lisa op een stoel. In Lisa's blik lag argwaan, gecombineerd met verrassing. 'Ik ben Shirley en volgens mij ben jij Lisa? Tenminste...' Over het randje van haar theekopje staarde ze Lisa aan. Achterdochtig staarde Lisa terug. De vrouw schoot in de lach toen ze zei: 'Ik ben gestuurd.' Ze plantte haar ellebogen op tafel en leunde naar voren. 'Door Lien en Vivian...' Lisa's mondhoeken krulden omhoog. 'Ik ben Lisa.' Shirley knikte tevreden en dronk met drie flinke slokken haar kopje leeg. 'En Kelly? Is ze er nog niet?'

'Ik heb haar nog nergens gezien. Misschien staan ze in een file.'

'We wachten nog even. Niet te lang, hooguit een kwartiertje.' Shirley keek op haar horloge en stond toen op. 'Wil jij nog iets?' Lisa sloeg het aanbod af en hield de straat vanachter het raam nauwlettend in de gaten. Regelmatig drentelde Shirley tussen het tafeltje van Lisa en de bar heen en weer. 'Zie je haar al?' vroeg ze dan. En telkens schudde Lisa ontkennend haar hoofd. Op een gegeven moment bleef Shirley staan en leunde met haar vuisten op het tafelblad. 'Luister, Lisa... We moeten nu echt gaan. De tijd begint te dringen.' Ze trok een spijtig gezicht en haalde een sleutelbos uit haar jaszak tevoorschijn. 'Maar Kelly...' sputterde Lisa tegen. 'Kunnen we niet nog even wachten? Tien minuten maar, alsjeblief?'

'We hebben al veel te lang gewacht. We gaan nu echt.'

'Nee!' protesteerde Lisa opstandig. 'Ik ga niet mee. Niet zonder Kelly.'

Shirley strekte haar rug en zette haar benen uit elkaar. 'Jij stapt nu in mijn auto', commandeerde ze, haar armen over elkaar slaand. 'Je weet drommels goed wat het gevaar is van nog langer wachten, dus wees niet eigenwijs. Je moet nu

alleen verder. Afspraak is afspraak.' Ze seinde met haar hoofd
naar de deur en ging toen vooruit. Schoorvoetend volgde Lisa
naar buiten. Voordat ze plaatsnam in de Volkswagen zocht ze
nog eenmaal de straat af naar Kelly.

'Lisa?' Shirleys stem klonk dwingend. Lisa liet zich in de
passagiersstoel zakken en sloeg het portier dicht. De motor
sloeg aan en langzaam draaide de auto uit zijn parkeerplaats
de weg op. Lisa staarde naar het wegdek en kon alleen nog
denken aan Kelly en wat er mogelijk was fout gegaan.

Lien ijsbeerde door de kamer en keek geregeld naar de klok op
het dressoir. Als alles goed was gegaan, waren de meisjes nu
op weg naar Eindhoven. Maar als het fout was gegaan... Ze
schudde driftig met haar hoofd. Ze moest positief blijven
denken, het was niet fout gegaan. Alles verliep perfect. Ze
verstijfde toen de telefoon rinkelde en van schrik gaf ze een
gil. Met opengesperde ogen staarde ze naar het apparaat.
Moest ze oppakken of niet? Misschien was het Mo of
misschien een van de meisjes of... Haar hand trilde toen ze de
hoorn opnam. 'Ja...' vroeg ze en ze was op haar hoede. Een
rimpel verscheen tussen haar ogen. 'En wie bent u?'
'Joost... Joost Aldra', klonk het aan de andere kant van de hoorn.
'Heeft u misschien ons geprobeerd te bellen? Mijn neefje Bart
heeft een boodschap aangenomen maar hij heeft het wat
onhandig opgeschreven. En nu weten we niet zeker of...'
'Nee, ik heb niet...' Ze bleef midden in de zin steken. Aldra?
Bart? Maar natuurlijk... 'Wacht! Ja...' riep Lien enthousiast.
'Ja, ik heb gebeld. U bent toch familie van Lisa?'
'Ik ben haar oom', antwoordde Joost en zijn stem trilde
hoopvol.
'Ik heb nieuws over Lisa. Luister...'

'We zijn bijna bij de grens en ik heb geen Renault gezien',
mopperde Ron. Hij nam Mo zijdelings op. 'Ik denk dat hij al
eerder een afslag heeft genomen en dat doen wij nu ook. Ik
breng je naar het ziekenhuis. Die wond bevalt me niet.'
'Ach, zeur niet. Ze moeten toch ergens zijn. Misschien zijn ze
gestopt bij een tankstation of...' sputterde Mo tegen. Zijn
gezicht was asgrauw en zijn mond stond strak van de pijn. Hij
gebaarde dat ze door moesten rijden.
'We vinden ze zo nooit', snauwde Ron nu geïrriteerd. 'De
Renault heeft toch een Belgische kentekenplaat? De kans
bestaat dat de man ergens rond Antwerpen woont en Kelly
gewoon mee naar huis heeft genomen. We zoeken een andere
keer verder, een ding tegelijk. Nu breng ik je naar een dokter
en Melvin en Erik halen jouw auto op, daarmee uit.' Mo knikte
met tegenzin. 'En vanavond brengen we Dikke Lien een
bezoekje', fluisterde Mo met opeengeklemde kaken. 'Eens
kijken wat zij te vertellen heeft.'
'We krijgen haar wel aan de praat', suste Melvin. 'We vinden
ze wel...' De Audi draaide de afslag af en reed terug naar het
dichtstbijzijnde ziekenhuis.

27

Ze waren Lille nog niet uit toen Lisa plotseling opveerde en een schreeuw gaf. 'Daar gaat ze, ik weet het zeker. Dat is ze.' Shirley volgde de wijzende vinger en gooide haar stuur om. Ze sloeg op de claxon en zette de achtervolging in. De witte Renault matigde zijn snelheid en de man achter het stuur keek in zijn achteruitkijkspiegel. Hij zei iets tegen zijn passagier die zich omdraaide en het tweetal in de Volkswagen met grote ogen aanstaarde.

'Kelly!' brulde Lisa. Ze draaide haar raampje open en wapperde met haar hand naar buiten. 'Kelly!' De Renault stond midden op de weg stil, de deur vloog open en Kelly vloog naar buiten.

'Kelly, wacht...' brulde de man en hij stak een envelop in de lucht. Ze nam de envelop aan. 'Bedankt voor alles', zei ze en wierp de man een handkus toe. 'Lisa...' Ze stormde, zwaaiend met haar handen door de lucht, op de Volkswagen af. Lisa stond naast de auto en sloot Kelly in haar armen.

'Kom op, meiden', brulde Shirley. 'We houden de boel op.' De meisjes merkten nu ook de rij met wachtende auto's op en namen snel op de achterbank plaats. 'Waar bleef je nou?' riep Lisa uitgelaten. 'Ik dacht dat je nooit zou komen.'

'We hadden wat oponthoud', antwoordde Kelly vaag. Met een scheve glimlach opende ze haar envelop. De inhoud van de brief was identiek aan de brief die Lisa had ontvangen. Ook in deze envelop zat veertig euro ingesloten. Met brandende ogen staarde Kelly naar buiten. Ze voelde een hand op haar schouder en het scheelde weinig of ze was in tranen uitgebarsten. Ze slikte. Het was een tijdlang doodstil in de auto. 'Achter mijn stoel', verbrak Shirley plotseling de stilte, 'ligt een tas met kleren. Kleed je in de auto om want die kleren die jullie nu dragen vallen veel te veel op. Ik heb ook wat vochtige doekjes meegenomen om de troep van jullie gezicht te wassen. Vanaf nu zijn jullie weer twee onschuldige meisjes van vijftien jaar.' De spanning van de afgelopen weken kwam vrij en de opgekropte emoties golfden door de auto. De meisjes lachten en huilden tegelijkertijd. Lisa pakte de tas van de grond en haalde de kleding te voorschijn. Ze waren weer vrij, de nachtmerrie was voorbij. Ze konden het nauwelijks geloven. Met trillende vingers en een zenuwachtig gegiechel wisselden de meisjes van kleding. Kelly draaide het raam open, spiedde om haar heen en gooide toen haar hoge hakken door het raam naar buiten. 'Vaarwel Mo', joelde ze. De schoenen van Lisa volgden met een triomfantelijk gebrul. Shirley observeerde de meisjes door haar achteruitkijkspiegel en schoot in de lach. 'Zo kan die wel weer, dames. Straks hebben we de politie achter onze broek aan.'
'Dat komt dan goed uit', riep Kelly stoer. 'We hebben nog een interessant verhaal voor ze.' Ze voelde hoe de hand van Lisa om die van haar sloot en haar zachtjes kneep. Ze keken elkaar aan, zwijgzaam, met ogen vol angst en pijn. Een pijn die zo diep zat dat alleen zij, zonder een woord te wisselen, begrepen.

De Volkswagen stopte voor het hotel. 'We zijn er, meiden', zei Shirley terwijl ze door de achteruitkijkspiegel naar de meisjes keek.

'Kom nog even met ons naar binnen', bedelde Lisa. 'Alleen even snel iets drinken, toe nou?'

'Nee, meiden, echt niet. Ik moet nog een heel eind terug. In de hal van het hotel is een telefooncel en vandaar uit kunnen jullie een taxi bellen. Doe geen domme dingen meer.' De meisjes schudden allebei driftig het hoofd.

'Shirley...' Kelly pulkte aan haar onderlip. 'Als je Lien nog ziet, wil je dan zeggen... dat ik haar een moordwijf vind. Dat ik van haar hou en dat ik haar nooit meer zal vergeten.'

'Dat doe ik', antwoordde Shirley gesmoord. 'Dag meiden, wees voorzichtig.' Ze stak haar hand op en reed toen stapvoets het terrein af.

Annelies haalde een spiegeltje uit haar zak en bekeek met een kritische blik haar spiegelbeeld. Ze zag er belabberd uit. Onder haar ogen zaten blauwe kringen van vermoeidheid en haar gezicht had een matte, asgrauwe tint. Ze haalde de lippenstift uit haar zak en werkte haar lippen bij. Ze glimlachte zuur tegen haar spiegelbeeld en borg het spiegeltje weer op in haar zak. Ze liep naar voren toen de Audi van Ron de kade op kwam rijden. De Audi remde en Mo sprong uit de auto. Met grote stappen liep hij op haar af en greep haar arm vast. Geschrokken probeerde ze zich los te maken uit zijn greep. 'Wat moet je van me?' beet ze hem toe.

'Is Lisa al terug?' snauwde hij. 'Hebben jullie haar al gevonden?'

'Nee. Erik en Paul hebben de hele buurt afgezocht maar niets gevonden.'

'Heb je die vent zijn kenteken genoteerd?' Ze schudde haar hoofd. 'Waar zie je me voor aan? Ik ben geen agent.' Hij hief zijn hand in de lucht en toen merkte ze pas het verband op. Met vier hechtingen had men in het ziekenhuis de wond dichtgemaakt en daarna verbonden. De hand was een grote witte bal geworden, een bal met vier korte vingers. De witte bal bleef dreigend in de lucht hangen. Haar ogen schoten vuur en in haar stem sloop sarcasme toen ze zei: 'Heb je jezelf gesneden bij het scheren? Moeilijk hé, zo'n eerste keer.'

Zijn neusvleugels trilden en hij stond op het punt om krachtig uit te halen toen Ron tussenbeide kwam. Hij trok Mo aan zijn shirt naar achteren. 'Rustig aan, vriend', zei hij terwijl hij beschermend voor Annelies ging staan. 'Omdat jouw vrouwen ervandoor zijn, hoef je de mijne niet af te tuigen.'

'Als die hoer van jou beter had opgelet, was er niks aan de hand geweest.'

'O ja? Klootzak', schreeuwde Annelies terug. Ze deed een stap in zijn richting en prikte met haar vinger in zijn schouder. 'En als jij je vrouwen beter behandelt, hoeft er ook niet opgepast te worden. Ze is er vandoor en ik geef haar geen ongelijk.'

'Annelies, hou je smoel', riep Ron wanhopig. 'Mo...' Met zijn ene arm duwde hij Annelies gebiedend achteruit en met zijn andere hield hij Mo vast. Wild mepte Mo naar de vinger die irritant in zijn borst bleef prikken. Hij stapte opzij en probeerde zo langs Ron te komen om de vrouw aan te vliegen. 'Hou daarmee op, allebei', brulde Ron en met beide handen hield hij Mo nu op afstand. Mo worstelde zich los en kookte van woede. Een groepje vrouwen had zich om hen heen verzameld. Ze keken verbaasd, nieuwsgierig en zelfs een beetje geamuseerd. Hij aarzelde. Zijn reputatie stond op het spel. Hij liet zich toch niet afbekken door een vrouw? Niet hij.

Zijn hand suisde naar voren en raakte Ron tegen zijn schouder. Met een enorme kracht sloeg Ron tegen de grond. 'Jij moet je hoeren beter opvoeden', blafte Mo in het verblufte gezicht van Ron. 'En jij...' Hij deed een stap naar voren en wees dreigend met zijn witte balhand naar Annelies. 'Jij blijft voortaan ver uit mijn buurt, anders snij ik je strot door.' Toen beende hij naar de Audi en nam achter het stuur plaats. Hij ramde de versnellingspook in zijn een, knalde het portier dicht en scheurde de straat uit. Woedend sprong Ron overeind. 'Je bent er geweest!' schreeuwde hij zijn auto na. 'Vlucht maar, laffe hond, maar ik weet je te vinden.'

De versnellingsbak kraakte toen Mo de pook in zijn derde versnelling probeerde te duwen. De motor gierde, de auto slingerde door de straten. Met piepende remmen kwam de auto voor Hot Lips tot stilstand. Hij trok het dashboard open, wetend dat Ron daar altijd een wapen had liggen, en haalde daar een Walther P5 tevoorschijn. Hij sprong uit de auto en stak de Walther tussen zijn broekriem. Met grote passen liep hij het gebouw binnen. Iemand ging boeten voor zijn ellende. En die iemand was Lien.

Het was bijna zeven uur toen de taxi voor het politiebureau stopte. 'Dat is dan veertien euro', zei de chauffeur en hij zette de meter af. Hij draaide zich naar de twee meisjes op de achterbank om en stak zijn hand naar voren. Kelly betaalde de man twintig euro en wachtte op het wisselgeld. Ze stapten uit, en Lisa schoof haar hand in die van Kelly. Het leek plotseling alsof het buiten veel frisser was geworden. Ze kropen dicht tegen elkaar aan en staarden enkele minuten zwijgzaam naar het gebouw. 'Wat gaan we zeggen?' vroeg Lisa. Ze keken elkaar aan. 'Alles...'

'Ik zie er zo tegenop...' zei Lisa zacht. Kelly knikte. 'Ik ook... ik ook.'
'Ik hield van hem. Ik heb alles voor hem opgegeven, alles. We zijn met elkaar naar bed geweest, we zijn zo intiem geweest en nu ga ik hem aangeven. Het voelt zo...zo...'

'Zo stom en fout', vulde Kelly aan. 'Alsof je hem gaat verraden. Ik weet het.' Lisa zuchtte. 'We kunnen ook gewoon doorlopen, weggaan en...' stelde ze voor.

'En dan? Net doen alsof er niets gebeurd is en Mo vrijuit laten gaan? Over mijn lijk', riep Kelly strijdlustig. 'Hij heeft ons als hoeren laten werken. Ben je vergeten hoe vernederend dat was? Kom mee, we gaan naar binnen.' Ze trok Lisa aan haar jas mee het gebouw binnen.

De agent achter de balie keek de meisjes belangstellend boven zijn halve brilletje aan. De meisjes stootten elkaar aan. 'Begin jij maar eerst.'

'Nee, ga jij maar eerst. Ik weet het nog niet.'

'Wat willen jullie mij vertellen? Weet je wat... begin eens met jullie namen', probeerde de agent nu. Lisa mompelde iets onverstaanbaars en keek nerveus om zich heen. Ze stonden in een ruime hal waar mensen in- en uitliepen. Moest ze hier haar verhaal vertellen, waar iedereen kon meeluisteren? De agent leunde naar voren. 'Pardon?'

'Lisa Aldra', herhaalde Lisa, maar nu iets harder.

'Kelly Kroon', antwoordde Kelly.

'En we komen aangifte doen. We...' De meisjes keken elkaar onzeker aan.

'Lisa en Kelly?' De agent trok zijn brilletje van zijn neus en veerde omhoog. 'Wacht even', zei hij. Met zijn hand maakte hij een sussend gebaar en verdween achter de balie. De meisjes bleven verbaasd achter.

'Wat nu?'zei Lisa nogal slecht op haar gemak.

'Weet ik veel.'

Een zijdeur werd geopend en de agent verscheen. 'Deze kant op, dames.' Hij hield de deur uitnodigend voor ze open. 'Willen jullie alvast iets warms drinken? Chocolademelk, thee of koffie?' Onzeker schuifelden ze langs de man het vertrek binnen.

'Ik lust wel chocolademelk', zei Kelly.

'Ik ook, graag.'

Bij de derde deur in de gang hield de agent halt. Hij gaf een korte roffel op de deur en maakte toen de deur open. De stemmen in de kamer verstomden, stoelpoten schoven over het zeil. Met zachte dwang duwde de agent de meisjes de verhoorkamer binnen. Het was een aantal seconden doodstil. Met een gedempte klik zwaaide de deur achter hen dicht. Krampachtig vocht Kelly tegen de tranen en wist zich uiteindelijk te vermannen. Ze deed een stapje naar voren maar bleef toen toch vertwijfeld staan. Lisa barstte in tranen uit en haar kreet verbrak de stilte: 'Mam!'

'Lieverd...' riep mevrouw Aldra met hese stem en ze schoot uit haar stoel omhoog. Lisa wierp zich in haar armen en Joost klampte zich aan het tweetal vast. Hij wiegde het tweetal beschermend heen en weer en kuste hun haren.

'Ik ben zo stom geweest', snotterde Lisa. 'Het spijt me zo...'

'Het spijt ons ook', suste Joost.

Mevrouw Kroon stormde luid snikkend op haar dochter af en trok haar tegen zich aan alsof ze haar nooit meer wilde los-laten. Kelly keek haar onwennig aan en zag een pijn in haar ogen die ze nooit eerder bij haar moeder had gezien. 'Ik hou van je', huilde haar moeder. Kelly slikte. Ze was eindelijk thuis. Eindelijk! 'Mam, ik hou ook van jou.' Meneer Kroon stond wat verloren in het midden van de kamer, niet goed wetend wat hij moest doen. Er prikte iets achter zijn ogen, hij hield zich groot. Maar toen Kelly hem omhelsde, liepen ook bij hem de tranen langs zijn wangen.

Lien zat beneden aan de bar toen Mo briesend het vertrek binnenkwam. Instinctief wist ze dat hij voor haar kwam. Zijn ogen zochten in het rond en toen hij haar ontdekte, stoof hij op haar af. Snuivend bleef hij voor haar staan. 'Waar is Kelly? Wat heb je met haar gedaan, feeks? Dik secreet.' Er klonk afkeurend gefluister door de bar. Lien nam een slok van haar wijn en vertrok geen spier. 'Ik weet niet waar je het over hebt', antwoordde ze kalm.

'Dat weet je wel', spuugde hij haar toe. 'Je weet verdomme heel goed wat er aan de hand is. Ze heeft me met een mes gestoken, ze wilde me vermoorden.'

Als bewijs stak hij zijn verbonden hand naar voren. De potloodwenkbrauwen van Lien schoten omhoog en inwendig moest ze lachen. Een meid met pit, dacht ze genoegzaam.

'Wat heb ik hier mee te maken?'

'Jij hebt haar opgestookt. Jij hebt haar meegenomen en haar tegen mij opgezet. Wie is die vent die haar heeft opgepikt?'

Lien schokschouderde. 'Wat raaskal je nou? Welke vent?'

'Die vent in die Renault. Is het een vaste klant? Ik wil zijn naam, vertel op!'

'Ze is vanmorgen met jou vertrokken. Hoe moet ik nou weten met wie ze buiten dit gebouw afspreekt? Hoe zag de man eruit?'

'Weet ik niet', siste Mo tussen zijn tanden. 'Hij bleef in zijn auto zitten. Ik heb zijn gezicht niet gezien.'

Lien rolde met haar ogen. 'En dan verwacht je van mij dat ik het wel weet?' Er werd gegiecheld, minachtend gesnoven. 'Wie is die vent', brulde Mo. 'Ik wil het weten, nu!' Zijn hand ging naar zijn broekriem en hij trok het wapen tevoorschijn. Versteend staarde Lien in de loop van het pistool. Het was enkele seconden doodstil in de bar. En toen ontstond er paniek. Gillend stoven enkele vrouwen de bar uit. Anderen lieten zich jammerend op de grond vallen en weer anderen zaten bevroren in hun stoelen. Trillend van woede, met de vinger verkrampt om de trekker, stond Mo voor Lien. Hij was gevaarlijk geworden, maar vreemd genoeg was Lien niet bang. Ze bedacht dat de aanval waarschijnlijk de beste verdediging was. 'Nu is het genoeg', viel ze daarom nijdig uit. 'Nu heb je me lang genoeg lastiggevallen. Opgesodemieterd, nu meteen!' Het schot galmde door de bar. Met grote, verbaasde ogen keek Lien de schutter aan. Vlekken dansten voor haar ogen en toen viel ze met een doffe klap van haar kruk. Verward staarde Mo naar het roerloze lichaam voor hem op de grond.

'Laat dat wapen vallen', hoorde hij een stem brullen. 'Laat vallen!' Charif stond wijdbeens in de deuropening en hield een jachtgeweer op hem gericht.

'Charif...' hakkelde Mo. 'Ze heeft er zelf om gevraagd. We zijn familie, je gaat toch niet...'

'Anja...' riep Charif naar de vrouw achter de bar, 'bel de politie en een ziekenwagen.'

Vivian legde een stapeltje post op het nachtkastje en schoof de gordijnen open. 'Heb je goed kunnen slapen?' De vrouw mompelde iets. Vivian pakte een stoel en ging naast haar aan het bed zitten. 'De koffie komt zo.' Ze pakte de post van het kastje. 'Er zit een kaart bij, wil je hem zien?' Lien knikte en las de boodschap op de achterkant van de kaart:

Wij houden van je.
Twee hartsvriendinnen.

Lien moest plotseling lachen. Het was een zielig lachje, want de wond in haar schouder trok. Ze kreunde traag en fluisterde hees: 'Gelukkig was hij met links geen beste schutter.'

De meisjes deden aangifte en vertelden hun gruwelijke avontuur aan de politie, die op hun beurt een onderzoek startte naar de activiteiten van de loverboys. Naar huis durfden de meisjes niet meer. Bang dat de loverboys, zeker na hun verklaring aan de politie, op wraak uit waren. Joost heeft Lisa liefdevol opgevangen in zijn appartement. Mevrouw Aldra verkocht haar huis in Culemborg en is haar enkele maanden later gevolgd. Kelly ging voor enkele weken naar een afkickcentrum om van haar verslaving af te komen. Daarna trok ze bij haar oma en opa in. Ze heeft haar school afgemaakt en werkt nu als verpleegster in een ziekenhuis.

Zeven stappen van een loverboy

Een loverboy gaat vaak op dezelfde manier te werk. Hieronder lees je de 7 stappen van een loverboy:

De ontmoeting

De loverboy zoekt zijn meisjes bijvoorbeeld in de buurt van scholen, cafés en winkelcentra. Ook kunnen bekenden hem in contact brengen met zijn slachtoffers.

Indruk maken

De loverboy is een vriendelijke en attente jongen en overlaadt zijn slachtoffers met lieve woorden en cadeaus. Hij schat direct in hoe gevoelig het meisje daarvoor is.

Een relatie

De loverboy merkt dat het meisje gevoelig is voor zijn aandacht. Ze wordt verliefd en gaat een relatie met hem aan.

Hij biedt haar onderdak aan en belooft voor haar te zorgen en haar te beschermen.

Seksueel contact

Hij wil vrij snel met het meisje naar bed. Sommige allochtone meisjes worden verkracht, omdat dit de terugkeer naar hun familie extra moeilijk maakt.

Grenzen verleggen

De loverboy stimuleert vaak het gebruik van soft- en harddrugs. Vaak beweert hij dat hij problemen heeft en dat het meisje hem kan helpen door met zijn vrienden naar bed te gaan.

Prostitutie

De loverboy vraagt het meisje de prostitutie in te gaan, of dwingt haar daartoe. Ze is afhankelijk geworden en durft niet te weigeren.

Uitbuiting

Het meisje kan zich niet meer losmaken van de loverboy. Ze wordt constant in de gaten gehouden. Bovendien heeft ze nauwelijks nog vrienden over waarop ze kan terugvallen. Vaak werken meerdere meisjes voor dezelfde loverboy.

Wat kun je doen?

Overkomt dit je? Of iemand uit jouw kennissenkring? Praat erover met iemand die je vertrouwt: een vriend of vriendin, een familielid of een leraar. Je kunt ook met je huisarts hierover praten. Deze heeft een beroepsgeheim en mag je verhaal aan niemand doorvertellen. Of doe aangifte bij de politie. Mishandeling en het dwingen tot prostitutie zijn strafbaar.

Nawoord
van de auteur

In dit verhaal is het redelijk goed afgelopen met de
slachtoffers van de loverboy. De werkelijkheid is vaak anders.
In Nederland belanden jaarlijks honderden minderjarige
meisjes in de leeftijd van dertien tot en met achttien jaar door
toedoen van een loverboy in de prostitutie. Eenmaal verslaafd
aan de drugs is het voor de meisjes enorm moeilijk om zich
los te weken van de loverboy, die tevens als dealer fungeert.
Veel meisjes komen dan ook de prostitutie niet meer uit.

Wees alert. Lezen is weten en weten is herkennen.
Herkennen is voorkomen...

Helen

Verschijnt in oktober 2009

ISBN 978 90 223 2423 3

Andere boeken van Helen Vreeswijk

Eerwraak

ISBN 978 90 223 2330 4

Chatroom

ISBN 978 90 223 2232 1

Overdosis

ISBN 978 90 223 1953 6

De stalker

ISBN 978 90 223 1932 1

Kortingsbon

(uitsluitend voor België – Voor Nederland zie achterzijde)

Korting : € 3

Korting op alle boeken van Helen Vreeswijk

Geldig van 1 oktober 2009 tot en met 31 december 2009

BON van € 3 op de adviesprijs van € 16,95 – geldig
bij aankoop van een boek van Helen Vreeswijk

Gelieve aan te kruisen voor welk boek u de kortingsbon wenst te gebruiken:

☐ Chatroom   ISBN 978 90 223 223 21

☐ Eerwraak   ISBN 978 90 223 233 04

☐ Loverboys   ISBN 978 90 223 189 35

☐ De stalker   ISBN 978 90 223 193 21

☐ Overdosis   ISBN 978 90 223 195 36

☐ Ontvoerd   ISBN 978 90 223 242 33

Uitsluitend inwisselbaar bij de erkende boekhandel.

Verantwoordelijke uitgever: Standaard Uitgeverij,
Mechelsesteenweg 203 – 2018 Antwerpen

BERICHT AAN DE BOEKHANDELAAR

Deze bon is inwisselbaar uitsluitend bij aankoop van de vermelde titels.

De bonnen dienen teruggestuurd te worden voor controle en
verrekening via VBB-bonnenclearing

Te Boelaerlei 387 – 2140 BORGERHOUT.

Niet cumuleerbaar met andere kortingen.

WB: LOVERBOYS

9 826139 643007

Kortingsbon

(uitsluitend voor Nederland – voor België zie achterzijde)

Tegen inlevering van deze bon krijgt Eerwraak, Loverboys,
De stalker of Overdosis van Helen Vreeswijk met € 3,- korting!
*U betaalt dan **€ 13,95** in plaats van € 16,95-.*
Deze actie loopt van 1 oktober 2009 tot en met 31 december 2009.

- -

Gelieve aan te kruisen voor welk boek u de kortingsbon wenst te gebruiken:

☐ Eerwraak   ISBN 978 90 223 233 04
                Actienummer: 901-67171

☐ Loverboys   ISBN 978 90 223 189 35
                Actienummer: 901-67188

☐ De stalker   ISBN 978 90 223 193 21
                Actienummer: 901-67195

☐ Overdosis   ISBN 978 90 223 195 36
                Actienummer: 901-67201

- -

U kunt deze bon
inleveren bij
de boekhandel en
het warenhuis.

WB: LOVERBOYS

9 826139 643007